Patricia St. John · Regenbogen im Sturm

Patricia St. John

Regenbogen im Sturm

Verlag Bibellesebund
Marienheide/Winterthur

Originaltitel: »Nothing Else Matters«
Erschienen bei Scripture Union, London

Deutsch von Renate Mauerhofer

Wortlaut, Kapitel- und Versangaben
der zitierten Bibelstellen
stammen aus Die Gute Nachricht, 1982

ISBN 3-87982-101-1

1. Auflage 1983

Titelfoto: action press, Hamburg
Titelgestaltung: Besser, Siegen
Druck: Mohndruck, Gütersloh
Printed in Germany

Inhalt

1 *Nur ein Streik der Fischer*

»Lamia, wo ist dein Bruder Amin?«

Die sechzehnjährige Lamia schreckte zusammen, denn ihr sonst eher zurückhaltender Vater sprach schärfer als gewöhnlich. Er stand in der Tür, elegant gekleidet, die Aktentasche in der Hand und wartete ungeduldig auf eine Antwort.

Lamia stellte ihre Yoghurtschale auf den Tisch und sah ihrem Vater gerade ins Gesicht.

»Ich weiß es nicht, Vater«, antwortete sie ruhig. »Vielleicht ist er früh aufgestanden und hinausgegangen.«

»Unsinn! Sein Bett ist unberührt. Und lüge mich nicht an! Du weißt doch ganz genau, wo er ist!«

»Nein, Vater, ich weiß es nicht. Aber wenn er letzte Nacht nicht nach Hause gekommen ist, hat er bestimmt bei seinem Freund Nicolas übernachtet.«

»So ist das also! Dann machen sie wohl beide mit, was? Und du auch noch!« Seine Augen blitzten zornig. »Narren seid ihr alle! Ihr werft euer Leben weg für ein paar Stunden Nervenkitzel! Denkt ihr denn gar nicht an eure Mutter? Wenn du Amin siehst, richte ihm aus, daß ich mit ihm reden will – und seid pünktlich in der Schule!« Er drehte sich auf dem Absatz um und war fort. Einen Augenblick später hörten sie, wie er die Tür seines Mercedes zuschlug und aus dem Hof fuhr.

Sami und Huda, elf- und achtjährig, betrachteten neugierig ihre Schwester, die merklich blaß geworden war. Sie frühstückten auf der nach Osten hin gelegenen Veranda. Ein großer Weinstock, der bald junge Triebe bekommen würde, bildete ein lebendiges Dach über dem Sitzplatz. Sie aßen Yoghurt, Oliven und heiße Brotfladen, während die Sonne über dem Einschnitt zwischen den Bergen aufging und sie in Wärme und Licht tauchte. »Wo ist Amin denn?« fragte Sami neugierig. »Komm schon, uns kannst du's doch verraten. Ist er weggegangen, um zu kämpfen? Los, erzähl mal!«

»Wenn er fortgegangen ist, um zu kämpfen, ist es besser, du weißt von nichts, mein Sohn«, sagte die Stimme ihrer Mutter hinter ihnen. Sie trat mit einem Tablett mit dampfenden Kaffeetassen heraus und setzte sich zu ihnen. »Ai, ai!« klagte sie. »Er ist noch so jung! Aber beim Geknatter der Gewehre sind die Burschen wie Pferde, die vor der Schlacht ungeduldig scharren. Der Krieg liegt ihm im Blut; er wird nicht auf uns hören ... und das alles nur wegen eines Streiks der Fischer! Wir leben in einer schlimmen Zeit.«

»Nein, Mutter, nicht nur wegen eines Fischerstreiks! Es geht um viel mehr. Jeder junge Mann sollte bereit sein. Außerdem kämpfe ich nicht, ich übe nur.« Amin war unbemerkt eingetroffen und stand nun vor ihnen. Sein müdes Gesicht war von Schmutzstreifen überzogen, und seine Hände klebten vor Schmiere. Doch er setzte sich lachend hin und legte seinen Arm um die Mutter. Da lachte sie auch, denn dieser fröhliche Junge war einfach unwiderstehlich, und sie wollte diesen Augenblick nicht durch ihr Mißfallen verderben.

»Geh, und wasch dich auf der Stelle!« Sie versuchte, einen strengen Ton anzuschlagen, was ihr aber nicht gelang. »Du hast gerade noch Zeit, schnell zu essen, bevor der Schulbus kommt!« Ihr Herz quoll über vor Liebe, und Tränen standen in ihren Augen, als sie in die Küche eilte, um ihm ein Omelette zu backen und Kaffee einzuschenken.

Die beiden Kleinen liefen los, um ihre Bücher zu holen und die Schulkittel überzuziehen, doch Lamia blieb sitzen. Ihre dunklen Augen blickten ernst zu den Bergen auf, die noch im Schatten lagen. Es war Anfang April, und die Terrassen, die sich von der Stadt hinaufzogen, waren ein einziges Blütenmeer von Orangen- und Mandelbäumen, von dem sich die silbergrauen Ölbäume abhoben. Reihe um Reihe ragten weiße Villen aus dieser üppigen Vegetation heraus. »Was für ein schönes

Land!« dachte sie. »Sollen die Fischer doch für ihre Rechte kämpfen und die Palästinenser ihr Pulver verschießen – uns kann das alles nichts anhaben. Wir sind reich und sicher und glücklich.« Sie drehte sich um und lächelte ihren Bruder an, der sauber und für die Schule umgezogen zurückkam und sich nun daranmachte, sein Frühstück hinunterzuschlingen. Sie waren allein und genossen die Harmonie, wie sie zwischen Zwillingsgeschwistern besteht.

»Ich glaube nicht, daß es noch lange gutgehen wird«, sagte Amin plötzlich, als ob er ihre Gedanken erraten hätte, »und ich muß bereit sein. Wenn es soweit ist, gilt es, unser Erbe, unser Bürgerrecht und unseren christlichen Glauben zu verteidigen. Kannst du das den Eltern begreiflich machen? Wir alle werden unseren Teil dazu beitragen müssen.«

»Mutter versteht es«, entgegnete Lamia, »aber Vater nicht. Er möchte, daß du ins Geschäft einsteigst. Und außerdem meint er, du seist noch zu jung.«

»Es wird keine Geschäfte mehr geben, wenn wir uns nicht behaupten. Bei den Moslems und den Palästinensern gibt es noch jüngere als mich, die in Uniform üben. Mein Freund Kamal, der am Rand des Flüchtlingslagers wohnt, besitzt ein Gewehr und weiß, wie man damit umgeht.«

»Ein Gewehr? Hast du auch eins, Amin?«

Er lachte. »Natürlich habe ich eins, Schwesterchen; womit sollte ich mich sonst auf den Kampf vorbereiten? Aber das braucht keiner zu wissen. Ich lasse die Waffe und meine Uniform bei Nico. Heute morgen habe ich bei ihm zu Hause noch ein paar Stunden geschlafen. Ach, da kommt unser Bus. Ist Sami fertig?«

Er hob seine Schultasche auf, ging in die Küche und verabschiedete sich mit einem Kuß von seiner Mutter. Dann eilte er mit Riesenschritten den Gartenweg hinunter; Sami trottete hinter ihm her. Einige Minuten später rannten Lamia und Huda zu ihrem Bus. Am Tor drehten sie sich kurz um und winkten der Mutter.

Nun waren sie fort, alle vier – und fuhren hinaus in diese unbekannte, bedrohliche Welt. Rosa stand am Hauseingang und starrte ihnen nach. Sie konnte ihre Kinder nicht begleiten, vermochte ihnen nicht einmal mit ihren Gedanken zu folgen. Vor achtzehn Jahren war sie als die sechzehnjährige Braut eines Mannes, den sie nur flüchtig kannte, aus ihrem Bergdorf in dieses Haus gebracht worden. Die Hochzeit war von ihren Eltern beschlossen worden. Doch sie hatte ihre Pflicht getan; sie war eine gute Hausfrau geworden und hatte Elias vier gesunde Kinder geschenkt. Ja, sie hatte es sogar gelernt, ihren stillen Mann zu lieben. Abgesehen von Verwandtenbesuchen oder Kirchgängen verließ sie selten das Haus, und ihre Einkäufe erledigte sie in den nahegelegenen Geschäften. In dem weißen Haus mit dem großen Garten für Behaglichkeit und Schönheit zu sorgen, verschaffte ihr tiefe Befriedigung. »Glück«, das war für sie der Geruch von ofenfrischem Brot, der Duft zerstoßener Weizenkörner und frischen Gemüses, das Lachen ihrer gesunden, wohlernährten Kinder und, alles übertreffend, die Nähe und Fröhlichkeit ihres erstgeborenen Sohnes Amin, der ihre höchste Freude war. Ja, das Leben hatte es gut mit ihr gemeint, und wenn Schwierigkeiten auftauchten, gab es immer noch das Kruzifix an der Wand. Sie meinte, es könne sicher nicht schaden, wenn sie auch jetzt davor niederkniete. Ihre Gedanken wanderten wieder zu Amin. Er hatte einmal beobachtet, wie sie zum Kruzifix aufblickte, und in seinem neckenden, doch liebevollen Ton gesagt:

»Mutter, du bist abergläubisch! Wie könnte dir dieses Stück Holz wohl helfen?«

»Es ist kein Stück Holz!« hatte sie bestürzt und empört geantwortet. »Es ist das Kreuz, an dem Jesus Christus starb, und zu ihm bete ich.«

Das Lachen war aus seinen Augen gewichen, und er hatte die blasse, ausgezehrte kleine Plastik düster angestarrt. »Immer nur ein toter Christus!« hatte er schließlich gesagt. »Kann ein toter Christus uns helfen? Kann diese kleine, hölzerne Figur mit den festgenagelten Händen Krieg und Blutvergießen verhindern?«

Rosa hatte ihm keine überzeugende Antwort geben können, doch hatte sie sich Sorgen um ihn gemacht und war heimlich zur Kirche hinaufgestiegen, um eine Kerze für ihn anzuzünden und vor dem großen Kruzifix zu beten. Nun machte sie sich erneut Sorgen, und eine kalte Angst schien ihr Herz zu umklammern. Sie kannte sich nicht so gut in der Politik aus wie ihre Zwillinge, doch wußte sie, daß der Streik der Fischer von Sidon keine unbedeutende Angelegenheit gewesen war. Ein guter Mann, der für die Sache der Armen eingetreten war, war angegriffen worden und seinen Verletzungen erlegen. Daraufhin waren Autos in Brand gesteckt worden, und die große Straße, die nach Süden führte, war durch Geschützfeuer und brennende Reifen blockiert worden. Dann hatten sämtliche Linksparteien einen Generalstreik ausrufen lassen. Als die Armee eingegriffen hatte, waren bei dem Zusammenstoß sechzehn Menschen gestorben, und auf beiden Seiten loderten immer noch Haß- und Rachegedanken in den Herzen.

Rosa merkte, daß sie zitterte. Vielleicht konnten sie Amin dazu überreden, sich herauszuhalten? Schließlich war er erst sechzehn, viel zu jung, um wirklich zu kämpfen. Sicherlich würde die Welle der Gewalttätigkeit niemals ihr friedvolles Heim erreichen, das im Osten durch den Gebirgszug des Libanon und im Süden durch den Orangenhain geschützt war.

Doch zwischen dem Orangenhain und dem Kriegsschauplatz im Süden des Landes lagen die Brutstätten vertriebener, benachteiligter, zorniger Menschen: die Palästinenserlager.

2 *Es ist soweit . . .*

Sonntags war das Mittagessen immer eine besondere Zeit der Ruhe. Rosa, Lamia und die beiden Kleinen gingen gewöhnlich zur Messe in die maronitische Kirche* oben auf dem Berg, während Amin und sein Vater ausschliefen, um sich von den Anstrengungen der Woche zu erholen.

Mittags nahm dann die ganze Familie die Mahlzeit auf der Veranda ein. Auf diese Stunde freute sich Rosa am meisten, denn keiner hatte es eilig, und sie konnte ihre ganze Familie auf einmal versorgen. Gewöhnlich bereitete sie schon am Samstag so viel wie möglich vor, so daß sie sonntags Zeit hatte, sich ruhig hinzusetzen und an der allgemeinen Fröhlichkeit und den Familiengesprächen teilzunehmen.

Doch heute würde Amin nicht mit ihnen essen. Rosa war etwas enttäuscht darüber, denn eigentlich kochte sie vor allem für ihn. Er hatte seinem Vater widerwillig gehorcht und sich beim Schulungskorps der Miliz eine Woche lang nicht mehr blicken lassen. Heute aber nahm sein Parteiführer im Westteil der Stadt, jenseits des Flusses, an der Einweihung einer neuen Kirche teil. Amin hatte höchst selten die Gelegenheit, sein großes Vorbild aus nächster Nähe zu sehen. Doch an diesem Sonntag würden er und Nicolas in der Menge stehen. Vielleicht würde der große Mann einen Blick in ihre Richtung werfen, und ihre glänzenden Augen und entschlossenen jungen Gesichter würden ihm zeigen, daß zumindest zwei

* Die meisten libanesischen Christen, wie auch die Hauptpersonen dieses Buches, gehören der maronitischen Kirche an (nach dem Mönch Johannes Maro, gest. vor 423 n. Chr.). Sie wird vom Patriarchen von Antiochien geleitet, ist aber seit dem 12. Jahrhundert eng mit der römisch-katholischen Kirche verbunden. Die Maroniten bilden eine starke Partei und haben eine eigene Bürgerwehr.

seiner Anhänger gewillt waren, ihr Leben für die Sache hinzugeben.

Amin verließ schon früh das Haus, sorgfältig gekleidet für diesen besonderen Anlaß. Er hatte seine Schuhe poliert, bis sie glänzten, und seine Mutter hatte seinen Anzug so gewissenhaft gebügelt, daß er wie neu aussah. Sie freute sich über das Vorhaben ihres Sohnes, weil er selten in die Nähe einer Kirche geriet. Und das Gesicht des Vaters entspannte sich zu einem stolzen Lächeln, als sein Sohn sich respektvoll von ihm verabschiedete.

Der Morgen verlief ruhig. Rosa putzte auf der Veranda das Gemüse für das Mittagessen, die Kinder spielten im Garten, und Lamia saß über ihren Hausaufgaben. Doch sie konnte sich nicht konzentrieren. Irgend etwas stimmte nicht. Hier, im Salon, wo vereinzelte Sonnenstrahlen ein Muster auf den kostbaren Damaskusteppich zeichneten, wo das Licht noch kühl und schwach und die Luft schwer vom Duft der Orangenblüten und des Jasmins war, schrie ein Teil ihres Inneren vor Schmerz und Furcht. Sie wußte, welcher Teil es war. Sie hatte ähnliches schon früher erlebt, doch noch nie in dieser Weise. Nie zuvor hatte ihr Zwillingsbruder so sehr gelitten.

Sie konnte nichts dagegen tun, sondern mußte warten, so schwer es ihr auch fiel. Nach einer Weile ging sie in die Küche und half der Mutter, Petersilie kleinzuhacken und Weizenkörner zu zerstampfen. Als die Mutter für einen Augenblick hinausgegangen war, hörte Lamia auf einmal, wie jemand sie leise rief. Sie drehte sich um – Huda winkte ihr durch den Türspalt.

»Komm«, flüsterte die kleine Schwester und blickte mit bleichem, erschrockenem Gesicht zu ihr auf. »Komm schnell! Amin ruft dich. Komm, und sag es niemand! Er sitzt unter den Orangenbäumen, und, Lamia, soll ich dir was erzählen ...? Er weint!«

Lamia rannte los. Sie fand ihn, wie Huda gesagt hatte. Er saß unter einem Orangenbaum und hatte den Kopf in den Händen vergraben. Als er sie kommen hörte, sah er auf. In seinen Augen stand das Entsetzen. Seine Kleider stanken nach Schießpulver.

»Lamia«, flüsterte er, »jetzt ist es soweit ... ich muß gehen ... ich glaube, daß wir alle gebraucht werden ... aber unsere Männer waren so grausam und brutal. Sie hätten das wirklich nicht tun sollen ...«

Er schauderte und preßte seine Hände gegen die Augen, als wolle er sich vor einem furchtbaren Anblick schützen.

»Was haben sie denn getan, Amin?« fragte Lamia und wollte es doch gar nicht wissen, weil sie spürte, wie schrecklich es gewesen sein mußte.

Ihr Bruder sah wie gehetzt aus.

»Wir wurden außerhalb der Kirche angegriffen, und der Leibwächter unseres Führers wurde niedergeschossen. Ich konnte nichts sehen ... ich befand mich am Rand einer großen Menge, und wir alle flohen zum Fluß. Es war so laut – alle brüllten, und die Leute waren außer sich vor Wut. Dann kam ein Bus die Straße herunter, unterwegs zum Palästinenserlager ... unsere Milizsoldaten stellten sich beiderseits der Straße auf und schossen ... Ich konnte sie durch die zerbrochenen Scheiben erkennen – Männer, Frauen und Kinder ... wie sie schrien und von Glassplittern zerschnitten und von Kugeln getroffen wurden. Und die hörten nicht auf zu schießen. Oh, Lamia, das ist kein Krieg, das ist ein abscheuliches Morden; und jetzt werden so viele weitere Menschen sterben müssen! Ich muß gehen ...«

»Wohin, Amin? Du hast ja eine Gänsehaut und zitterst von Kopf bis Fuß. Komm mit herein zu Mutter und ruh dich aus!«

Er schüttelte wild den Kopf. »Nicht zu Mutter!« sagte er. »Wenn ich Mutter sehe, werde ich nachgeben. Sag ihr ... du weißt schon, was du ihr sagen mußt, Lamia. Komm mit mir zu Nico!«

Seine Erregung ließ nach, und er riß sich zusammen. Sie wußte, daß es keinen Sinn hatte, ihn von seinem Vorhaben abzuhalten. Sie folgte ihm die Straße hinunter.

Die Neuigkeit schien sich schon herumgesprochen zu haben. Die Menschen standen flüsternd in erschrockenen Grüppchen, und einige Geschäftsleute verbarrikadierten ihre Schaufenster.

Es war sehr still in Nicolas' Elternhaus am Ende der Straße. Vater und Mutter machten einen Besuch bei ihrer verheirateten Tochter, und Nicolas, der Jüngste, war allein zu Hause. Im Kampfanzug und mit dem Gewehr in der Hand erschien er an der Tür. Er sah merkwürdig alt aus für seine siebzehn Jahre. Sein Gesicht war ernst, aber er schien nicht so erschüttert zu sein wie Amin.

»Beeil dich!« drängte er. »Im Hauptquartier wird man uns schon erwarten. Deine Sachen sind da drinnen. Mach schnell, wir müssen gehen!«

Als er mit Lamia allein war, veränderte sich sein Gesichtsausdruck. Sie kannte ihn kaum; er war eben Amins Freund. Doch er blickte sie auf einmal freundlich an und schien ihr etwas sagen zu wollen, während er verlegen mit seinem Gewehr hantierte.

»Werdet ihr kämpfen?« flüsterte sie.

Er nickte. »Ich nehme es an; es wird sicherlich Vergeltungsschläge geben . . . So etwas konnten nur Verrückte tun!« Er schaute aus dem Fenster. Von hier aus hatte man einen freien Blick gegen Westen, und jenseits des blühenden Gartens fiel die Stadt zum Meer hin ab. Hinter den Hochhäusern und großen Hotels schimmerte das Mittelmeer. »Dafür lohnt es sich zu kämpfen«, sagte er schlicht. »Wieso sollten wir uns von Fremden vertreiben lassen?«

Einen Augenblick später kam Amin zurück. Er steckte in einem viel zu großen Kampfanzug. Seine Wangen waren noch so glatt wie die eines Kindes, und er sah aus, als hätte er sich verkleidet, wie er so verstört und steif vor ihnen stand.

»Auf Wiedersehen, meine Schwester«, sagte er tapfer. Er zögerte, dann fuhr er fort: »Etwas kannst du für uns tun: Geh hoch zur Kirche und bete vor diesem Kruzifix . . . und geh sofort! Wenn du es aufschiebst, ist es vielleicht zu spät. Und sag Mutter, daß es mir leid tut.«

Sie gingen los und marschierten mit entsichertem Gewehr zaghaft die Straße hinunter. Lamia war froh, daß sie einen Auftrag auszuführen hatte. Ein Tränenschleier nahm ihr die Sicht, und sie stolperte den Weg durch den Orangenhain zurück. Sie vermied die Straßen und benutzte den Pfad, der durch die Ölbaumpflanzungen zur Kirche hinaufführte. Als sie zu Füßen der geschnitzten Gestalt mit den ausgestreckten Armen kniete und zu dem blassen, ausdruckslosen Gesicht emporblickte, erinnerte sie sich an die Frage ihres Bruders: »Kann ein toter Christus uns helfen? Können diese festgenagelten, durchbohrten Hände Krieg und Blutvergießen verhindern?« Sie murmelte jedoch alle Gebete, die sie kannte, und kniete vor der Jungfrau Maria und jeder Heiligenstatue in der Kirche nieder. Sie waren allesamt vor so langer Zeit gestorben und sahen so hölzern aus! Fröstelnd und entmutigt schlüpfte Lamia in die lebendige Frühlingswelt hinaus. Die Hänge mit den Wiesen voll roter Anemonen trösteten sie, denn dies war die Jahreszeit der Feldblumen, des Vogelgesangs und der Blütenpracht. Hier draußen im Sonnenschein schien der Tod keine Macht zu haben.

Langsam ging sie nach Hause und pflückte hier und da Blumen. Sie hatte keine Eile, ihrer Mutter die Nachricht des Bruders zu übermitteln. Außerdem dachte sie an Amin und Nicolas – den jungen, ängstlichen und doch so standhaften Amin und Nicolas mit den ernsten, sanften Augen. Er hatte ihr etwas sagen wollen und es dann doch nicht gesagt. Wenn er es gesagt hätte, wäre es sicher etwas sehr Wichtiges gewesen, glaubte sie. Sie wußte auch, daß es nie gesagt werden würde, wenn er heute starb. Nie würde sie es dann erfahren. Und plötzlich fragte sie sich, warum sie überhaupt an Nicolas dachte, wo doch Amin in Gefahr schwebte!

Als sie sich gerade nach einer Blume bückte, begann das Donnergrollen. Diesmal war es nicht weit entfernt.

Von der Ostseite des Flusses klang das Dröhnen schwerer Maschinengewehre und Geschütze herüber. Sie beobachtete, wie plötzlich schwarzer Rauch über den blauen Aprilhimmel zog und rannte erschrocken zu ihrem Haus hinunter. Ihre Mutter stand am Gartentor und suchte mit verzweifeltem Blick die Straße ab, während Huda an ihrem Rock hing.

»Lamia, mein Kind, komm schnell herein! Wo ist dein Bruder?«

Im Salon hörte man das Dröhnen nur noch gedämpft durch die dicken Hauswände und die Wohnblocks, die ihr Heim abschirmten. Sie rückten dicht aneinander und Lamia berichtete schluchzend, was passiert war. »Ich konnte ihn nicht davon abbringen, Mutter«, versicherte sie. »Bitte sag nicht, daß ich daran schuld bin!«

Die Mutter strich ihr übers Haar. »Nein, du konntest ihn nicht davon abhalten«, sagte sie beschwichtigend. »Er liebt sein Heimatland, und er ist ein tapferer Junge. Ich bin stolz darauf, einen solchen Sohn zu haben. Möge Gott ihm und seinem Vater gnädig sein.«

»Wo ist Vater?«

»Unten im Geschäft; er befürchtete, daß man es plündern oder zerstören könnte. Er wird gut nach Hause kommen. Im Radio werden laufend die sicheren Stadtviertel durchgegeben, und er wird auf diesem Wege zurückkommen. Kommt, ich werde jetzt etwas zu essen machen. Unsere Kleinen haben Hunger.«

Sie lächelte in ihre verstörten Gesichter und besänftigte sie durch ihre Ruhe. Sie folgten ihr in die Küche und drängten sich an sie wie ängstliche Lämmer.

Doch der Geschützdonner wurde lauter und stärker, und beißender Rauch und der Geruch von Sprengstoff drangen ins Haus.

»Ich glaube, hier sind wir sicher«, sagte Rosa ruhig, »es sei denn, eine Granate schlägt ins Dach ein und setzt den Oberstock in Brand, oder der Wohnblock hinter uns fängt Feuer. Aber die Leute, die ganz im Westen unseres Stadtviertels wohnen, können einem leid tun. Komm,

Lamia, wir wollen Brot backen. Wenn sich die Kämpfe bis in die Nacht hineinziehen, werden wir sicher einigen Menschen Obdach geben müssen. Gott sei Dank, daß wir ausreichend Lebensmittel im Haus haben.«

Lamia stand in der Eingangstür und beobachtete, wie eine immer größer werdende Menschenmenge von der Stadt heraufeilte. Die Leute glichen Ameisen, wie sie aus den Straßen hervorquollen und in einer verstörten Prozession durch die Orangenplantagen den Berg heraufstiegen. Frauen schleppten Säuglinge auf den Armen und Bündel auf dem Rücken. Männer trugen kleine Kinder auf den Schultern und schoben Kinderwagen oder Schubkarren vollbeladen mit ihrer notwendigsten Habe vor sich her. Am bedauernswertesten waren die Alten. Sie stolperten voran, von Verwandten halb gezerrt, halb gestützt, oder sie wurden zur Seite gestoßen von denen, die schneller vorankamen.

»Wohin gehen sie nur alle?« fragte Huda.

»Wer weiß?« antwortete Lamia. »Einige haben vielleicht Verwandte in den Dörfern. Ich glaube, heute werden manche am Berghang übernachten.«

»Die Klöster werden auch einige beherbergen«, sagte die Mutter. »Und sollten einige bei uns vorbeikommen, wollen wir ihnen Unterkunft für die Nacht geben.«

Sie arbeiteten ununterbrochen und bereiteten Essen vor, als stehe eine Belagerung bevor. Doch die Zeit verstreicht langsam, wenn die Minuten einzeln gezählt werden und doch nicht die Rückkehr eines Vaters oder Bruders mit sich bringen. Der Lärm der Granaten und Raketen war so laut, daß sie manchmal ihr eigenes Wort nicht verstanden. Nun würde im Westen die Sonne im Meer versinken, doch die zarten Farbtöne der Dämmerung würden durch die schwarze Todeswolke, die über dem ganzen Stadtgebiet lag, verhüllt sein. Mutter gestattete es ihnen ohnehin nicht, hinters Haus zu gehen, um sich das anzusehen. Und immer noch hielt der schwere Beschuß an, und die Druckwellen ließen das stabile, alte Haus erbeben. In der Abenddämmerung trafen dann die

Schutzsuchenden aus dem tiefer gelegenen Teil des Vorortes ein. Sie hatten den Tag in Kellern oder Souterrains verbracht, weil sie nicht wußten, wohin sie fliehen sollten. Doch den furchtbaren Stunden, die auf sie zukommen würden, konnten sie nicht gelassen entgegensehen. In einer vorübergehenden Gefechtspause waren sie zu ihren Nachbarn im geschützten östlichen Teil aufgebrochen. Lamia hatte den Eindruck, daß ihre Mutter den armen Menschen wie ein Engel vorkommen mußte, als sie sie höflich in den Salon bat und ihnen warmes Essen vorsetzte.

Einige von ihnen konnten nur weinen und zittern, andere gaben erschütternde Schreckensberichte ab. Ein Ehepaar war mit seinen drei kleinen Kindern aus einem lichterloh brennenden Haus geflüchtet und saß nun da und klagte über die Zerstörung seines gesamten Hab und Guts. Eine weitere kleine Familie traf ein, alle zerschunden und mit Schnittwunden bedeckt, die Haare und Kleider weiß von Staub und Mörtel. Die Zimmerdecke war auf sie heruntergestürzt. Dann kam eine Mutter, still, benommen, zu erschüttert, um weinen zu können. Sie hielt einen kleinen, verbrannten Körper in ihren Armen. Manchen war es nur mit Mühe und Not gelungen, in den sicheren Ostteil zu fliehen. Sie waren mitten ins Kreuzfeuer zwischen dem Flüchtlingslager und dem nördlichen Hügel der Stadt geraten. Ganz zu schweigen von den furchtbaren, vermummten Heckenschützen, die auf den Dächern der verlassenen Gebäude hockten. Auf den Straßen lagen die Toten, und an jeder Ecke und Kreuzung waren Straßensperren aufgerichtet worden.

Immer mehr Menschen trafen bei ihnen ein. Lamia verteilte Essen und Kaffee und hörte den Berichten still zu. Rosa bettete das tote Kind in ihrem Schlafzimmer und tröstete die verstörte Mutter, bis sich ihre Verkrampfung löste und sie endlich weinen konnte. Elias aber war noch nicht zurückgekehrt, und Lamia dachte an die leblosen Körper, die nun im Schutt herumlagen. War Amin unter ihnen? Nein, sie wußte, daß er lebte, denn wenn auch ein Teil von ihr Furcht und Gefahr verspürte, so war doch kein Stück von ihr gestorben.

Die Nacht zog sich hin, und die junge Mutter schlief tief, wie betäubt von Schock und Schmerz. Einen Arm hatte sie um das Laken gelegt, das ihr totes Baby verhüllte. Rosa verband Schnittwunden, reinigte Schürfstellen, schenkte frischen Kaffee aus und beruhigte und tröstete ihre verzweifelten Gäste. Die Kinder schliefen endlich ein, doch Lamia blieb hellwach und lauschte, bis die Hähne von den Bergen krähten. Das Donnern der vergangenen zwölf Stunden ebbte zu einem dumpfen Grollen ab, das gelegentlich von einem scharfem Gewehrknall übertönt wurde. Inzwischen schienen alle im Haus eingeschlummert zu sein, und Lamia schlich sich unbemerkt zur Tür und schlüpfte in die Morgendämmerung hinaus.

Die reine, frische Brise, die von den dunklen Bergen wehte, war eine Wohltat nach der verpesteten Luft in dem fensterlosen Korridor, wo Lamia mit allen anderen die Nacht zugebracht hatte! Bald würde es hell sein. Die Zypressen hoben sich wie schwarze Schwerter vom heller werdenden südlichen Himmel ab. Lamia blieb stehen und atmete tief. Sie spürte, daß auch der Garten atmete. Der Duft der Blumen und des Morgentaus war stärker als der Sprengstoffgestank, und der klare Gesang der Vögel wurde weit getragen, weil das Feuer im Augenblick eingestellt war. Irgendwann brach immer ein neuer Tag an, man mußte nur geduldig ausharren . . .

Vielleicht war es die ungewohnte Stille, die die Menschen erwachen ließ. Jedenfalls rührten sich alle, als Lamia wieder ins Haus schlüpfte. Sie hoben ihre Bündel und schlafenden Kinder auf und murmelten ihren Dank, als sie mit müden Augen zur Tür schlurften. Auch Kämpfer müssen irgendwann einmal ausruhen, und es war wichtig, die Gefechtspause zu nutzen, denn wer wußte, wieviel Zeit man haben würde, um die Trümmer wegzuschaffen, sich auf den nächsten Angriff vorzubereiten, die Verwundeten zu versorgen und die Toten zu bestatten? In kurzer Zeit hatten alle Leute das Haus verlassen, und während Sami und Huda noch schliefen, öffneten die Mutter und Lamia Fenster und Türen, saugten die Teppiche und spülten das Geschirr. Sie waren mitten bei der Arbeit, als sie draußen Schritte hörten; und im nächsten Moment lag Rosa in den Armen ihres Mannes.

Elias drückte sie einen Augenblick fest an sich, bewegt und überrascht vom plötzlichen Gefühlsausbruch seiner so pflichtbewußten, würdevollen Frau. Dann schob er sie sanft von sich und fragte: »Ist alles in Ordnung hier? Wo ist der Junge?«

Diese Frage konnten sie nicht beantworten, und sie sahen, wie sein Gesicht auf einmal alt und grau wurde. Vielleicht hatte er es sich schon gedacht, denn er kannte seinen Sohn. Man kann die aufsteigende Sonne nicht mit einem Mantel zuhängen oder das Kommen des Frühlings aufhalten oder das patriotische Feuer auslöschen, das im Herzen eines Jungen brennt. Elias ließ sich am Tisch nieder, verbarg sein Gesicht in den Händen und seufzte tief. Er war durch die Stadt nach Hause geschlichen, die wie ausgestorben schien. Auf den Straßen türmten sich hastig aufgeworfene Erdwälle. Die graue Morgendämmerung, die sich verschämt und zögernd in die Stadt zu stehlen schien, fiel auf vom Feuer geschwärzte Gebäude, auf geplünderte Geschäfte und zerstörte Wohnhäuser. Voll Bitterkeit hatte Elias sich gefragt, welchen Sinn diese Verwüstung haben mochte, doch er hatte keine Antwort darauf gefunden.

3 *Die Geburtstagsparty*

Drei Tage und drei Nächte lang tobte der Kampf. Nur frühmorgens schwiegen die Waffen. Rosas geschütztes Heim zwischen den Bergen und den hohen Wohnblocks im Westen wurde zum Zufluchtsort für die geängstigten Obdachlosen, deren mitten in der Kampfzone liegende Häuser eins nach dem andern durch Explosionen oder Brand zerstört wurden. Manche Leute schlichen im Morgengrauen nach Hause, nur um festzustellen, daß ihr ganzer Besitz geplündert worden war. Elias verbrachte die meiste Zeit in seinem Geschäft, um seine Existenzgrundlage zu schützen. Rosa und Lamia beruhigten die Kinder, gaben den Hungernden zu essen, trösteten die Trauernden und pflegten Verwundete. Sie waren froh, unablässig beschäftigt zu sein, denn dadurch vergingen die leeren, schmerzlichen Stunden: Amin war nicht zurückgekehrt.

Am Morgen des dritten Tages trat eine unheimliche Stille ein. Verschiedene wohlbekannte Stimmen forderten ihre Anhänger über den Rundfunk unablässig auf, sich von den Straßen zurückzuziehen. In den Stadtvierteln, wo der Kampf nicht gewütet hatte, jubelten die Menschen über den Waffenstillstand; in den östlichen Vororten dagegen ließ das Ausmaß der Zerstörung und der Verluste keine Freude aufkommen. Viele Bewohner schliefen erschöpft zwischen den Ruinen ihrer Häuser oder unternahmen klägliche Versuche, ihre Toten anständig und würdig zu bestatten. Es schien eine Geisterstadt zu sein, eine schwarze Narbe am mit zarten Blütenfarben überzogenen Gebirgshang. Lamia saß auf den Eingangsstufen und döste im Sonnenschein. Sie glaubte zu träumen, als sie die Augen öffnete und Amin vor ihr stand.

Sie stieß einen kurzen Schrei aus und wäre beinahe

ohnmächtig geworden. Doch er zog sie mit einem Ruck hoch, und sie erkannte, daß seine Not größer war als ihre, und riß sich zusammen. Sein Kampfanzug war steif vor Schmutz, sein Gesicht dreck- und ölverschmiert, sein Haar verfilzt von geronnenem Blut. Sie sah ihm in die Augen: sie waren blutunterlaufen und mußten Schreckensbilder gesehen haben, die er niemals würde beschreiben können. Er würde auch nie wieder über Sterbende weinen, weil er zu viele gesehen hatte. In diesem Augenblick kam seine Mutter aus dem Haus gerannt. Sami und Huda erwachten von ihrem lauten Freudenschrei und stürzten sich ebenfalls auf Amin.

»Wer hat gewonnen?« schrie Huda. »Sag uns, wer gewonnen hat!«

»Ja, wer hat gewonnen?« wiederholte Sami. »Hast du jemand mit deinem Gewehr totgeschossen?«

»Wir konnten unsere Vororte halten«, sagte Amin. »Mutter, ich möchte mich waschen, essen und schlafen. Mutter, gib mir schnell was zu essen!« Er spach ungehalten und gereizt, aber nur zu gern kam Rosa seinen Wünschen nach. Bis er sich gewaschen und umgezogen hatte, stand ein köstliches Essen auf dem Tisch. Sami stellte eine Frage nach der anderen, bis Amins Geduld ein Ende hatte. »Mutter!« rief er. »Schick sie fort! Ich will essen und dann schlafen gehen ... aber bleib du da, Mutter!«

Sie setzte sich zu ihm und bestickte einen farbenfrohen kleinen Rock für Huda. Ihre rhythmischen Handbewegungen beruhigten seine aufgepeitschten Nerven, und der Frieden, den ihr über ihre Arbeit geneigtes Gesicht ausstrahlte, ließ die Erinnerung an die Schreie eines zerfetzten Kindes und den Gestank der Toten, die man liegenließ, wo sie hingefallen waren, etwas verblassen. Er glaubte, schlafen zu können.

Er schlief und schlief – den ganzen Tag und die ganze Nacht. Seine Mutter, Lamia sowie später sein Vater lösten sich an seinem Bett ab, so daß immer jemand da war, falls er erwachen und etwas wünschen sollte. Spät am nächsten Morgen stand er auf, ausgeruht und entspannt, ja beinahe so fröhlich wie früher. Nur Lamia wußte, daß er sich verändert hatte und daß sie beide nie mehr eine Einheit sein würden; denn in drei kurzen, schrecklichen Tagen war er ihr vorausgeeilt und zum Mann geworden.

Die Schulen wurden wieder geöffnet, und abgesehen von den Heckenschützen auf den Dächern hielt der zerbrechliche Frieden an. Die Menschen stiegen von den Bergen zu ihren beschädigten oder zerstörten Häusern hinab und nahmen, so gut sie konnten, ihre alltäglichen Geschäfte wieder auf. Doch hörte man jeden Tag Gerüchte von erneuten Zusammenstößen im Norden. Haarsträubende Geschichten von Mord, Einbrüchen und Gewalttaten vom Südrand der Stadt bewirkten, daß sich kaum jemand auf die großen Verbindungsstraßen wagte. Spannung lag in der Luft, eine Ruhelosigkeit, die ahnen ließ, daß aller Raketenbeschuß und alle Zerstörung nichts erreicht hatten und der Haß immer noch brodelte und jeden Moment überkochen könnte. Nicolas und Amin verbrachten viel Zeit zusammen. Sie saßen auf den Treppenstufen und redeten miteinander. In der Nacht verschwanden sie – wohin, wußte keiner. Manchmal schlenderte auch Kamal vom Palästinenserlager jenseits des Orangenhains zu ihnen herauf. Lamia merkte, daß Nicolas dann immer sehr still wurde. Nachdem Kamal eines Abends gegangen war, sagte Nicolas mit ernstem Gesicht: »Warum erlaubst du diesem Jungen, hierherzukommen? Hat er nicht auf der gegnerischen Seite gekämpft, genau wie wir auf der unseren?«

»Aber das Waffenstillstandsabkommen ist von beiden Seiten unterschrieben!« verteidigte sich Amin. »Und er ist immer ein guter Schulkamerad gewesen. Sollte ich in Friedenszeiten sein Feind sein, nur weil das Schicksal uns in verschiedene Lager gestellt hat? Übrigens wissen wir nicht, ob er weiß, daß wir gekämpft haben.«

»Er mag dein Freund gewesen sein«, entgegnete Nicolas, »aber wenn der Krieg erneut ausbricht, wird er wieder dein Feind sein. Zu deiner eigenen und auch zu seiner Sicherheit: laß ihn da, wohin er gehört. Ich traue ihm nicht.«

Lamia warf einen Blick auf ihren Bruder: da war wieder der trotzige Gesichtsausdruck, den sie so gut an ihm kannte und den sie liebte. Amin war ein treuer Freund, und er würde seine Meinung nicht ändern, nur weil andere Zweifel anmeldeten. Kamal mochte ihn vielleicht nie mehr besuchen, doch die Freundschaft würde fortbestehen.

Drei Tage später wurde diese Freundschaft auf die Probe gestellt. Der Vater war geschäftlich nach Damaskus gereist, als eine Einladung zu Kamals Geburtstagsparty eintraf. Nichts und niemand konnte Amin deshalb hindern, diese Einladung anzunehmen.

»Du wirst auch mitkommen, Lamia«, verkündete er. »Jeder Junge darf eine Freundin mitbringen, und du bist im Moment meine beste Freundin. Da du nicht weißt, wie lange du das noch sein wirst, nutzt du es am besten aus!«

Lamia lachte. Alle Mädchen mochten Amin, doch er war so von »seiner Sache« in Anspruch genommen, daß er bis jetzt kaum Zeit für solche Dinge gehabt hatte. Im Sommer würden sie allerdings zusammen an den Strand gehen, und sie würde ihm ihre Freundinnen vorstellen. Sie war enttäuscht, daß Nicolas nicht auch zur Party gehen wollte. Auf dem Weg zu Kamal waren die Zwillinge bei ihm vorbeigekommen und hatten ein letztes Mal versucht, ihn zum Mitkommen zu bewegen.

»Ich glaube, du machst einen Fehler, dorthin zu gehen«, sagte Nicolas ruhig, »und einen noch größeren, deine Schwester mitzunehmen!«

Amin lachte, doch seine Augen blitzten zornig auf.

»Hast du Angst, Nico?« fragte er. »Warum mußt du immer so mißtrauisch sein? Gibt es denn kein Gesetz der Gastfreundschaft? Und was sollten sie uns schon bei einer Geburtstagsparty antun können?«

»Nein, ich habe keine Angst«, entgegnete Nicolas immer noch beherrscht, »aber ich bin vernünftig, und im übrigen hat mein Vater mir verboten mitzugehen. Dasselbe hätte dein Vater getan, wenn er hier wäre. Weiß deine Mutter, wohin ihr geht?«

Amin wurde es ungemütlich. Er hatte seiner Mutter nur erzählt, daß er Lamia zu einer Schulfeier mitnähme. Rosa hatte sich gefreut, als sie das hörte, denn sie hatte Lamias Traurigkeit gespürt und sie hatte mit viel Sorgfalt und Liebe das scharlachfarbene Kleid ihrer Tochter gebügelt. Als die beiden das Haus verließen, hatte sie ihnen nachgesehen und sich zum hundertsten Mal darüber gewundert, wie sie, ein einfaches Mädchen vom Lande, es fertiggebracht hatte, solch einen fröhlichen, gutaussehenden Sohn und solch eine strahlende Tochter zu haben.

»Ich möchte nicht, daß man mir nachsagt, ich würde meinem Freund nicht trauen«, antwortete Amin hochmütig. »Aber du bist es, der etwas verpaßt, nicht ich. Wir werden dir heute abend davon erzählen.«

Nicolas zuckte die Schultern und betrachtete Lamia. Das scharlachrote Kleid paßte gut zu ihrer dunklen Haut, und ihr schwarzes Haar war zurückgekämmt, so daß man die glänzenden goldenen Ohrringe sah. Ihre Augen strahlten vor Glück, denn in diesem Augenblick gab es keine Kluft zwischen ihr und Amin. In ihren Freuden waren sie immer noch eins.

»Na schön – aber paß bitte auf sie auf!« sagte Nicolas leise, und Lamia bedauerte, daß er ihr Unternehmen nicht guthieß. Bevor sie und Amin unter den schattigen Orangenbäumen verschwanden, drehte sie sich noch einmal um und lächelte Nicolas schüchtern an, und er lächelte zurück. Es war still und angenehm kühl unter dem dichten Laubwerk, und sie waren sich so nahe wie früher. Zum ersten Mal sprach Amin von seinen Erlebnissen, als wüßte Lamia alles über seine Angst und wie leidenschaftlich er gehofft hatte, am Leben bleiben zu dürfen. »Sie hätten mich beinahe erledigt«, sagte er nachdenklich. »Ein Schrapnell streifte mich am Kopf ... und jetzt sieht das Leben so schön aus, und ich habe noch so viel vor und will noch so vieles sehen! Aber ich glaube, daß noch viele junge Menschen sterben werden, bevor der Kampf zu Ende ist. Lamia, warst du oben in der Kirche, wie ich dich gebeten hatte?«

»Ja, aber ich blieb nicht lange. Diese Figuren kommen mir so hölzern und tot vor. Können sie uns wirklich helfen, Amin?«

Er lachte.

»Diese Figuren sind nicht Gott! Irgendwo muß es aber einen Gott geben, der lebt ... einen Schöpfer ..., einen, der Macht über die Sterne und das Meer hat und der die Dinge wachsen läßt. – Ich muß dauernd an etwas anderes denken: wenn ich erschossen worden wäre – wäre es das Ende gewesen, oder gibt es noch eine andere Wirklichkeit? Ich wüßte es so gern!«

»Mutter glaubt, daß es ein Jenseits gibt.«

»Mutter gehört nicht zu unserer Generation. Sie hat nicht unsere Schulbildung genossen. Sie nimmt alles hin, was der Priester ihr sagt, und stellt keine Fragen. Ich habe früher kaum über das alles nachgedacht; aber wenn einem die Kugeln um den Kopf sausen, ist es auf einmal anders ... Ich ertappte mich plötzlich dabei, wie ich zu jemand schrie, der tatsächlich dazusein schien. Ich wollte leben, doch wenn ich sterben mußte, wollte ich bereit sein. Weißt du, wovor ich wirklich Angst hatte? Nicht mehr vorhanden zu sein, mich in nichts aufzulösen!«

Sie waren nun in der Nähe des Hauses angelangt und hörten schon das laute Plärren eines Plattenspielers. Sie verlangsamten ihren Schritt und kosteten die Freude voll aus, die ihnen ihr Zusammensein brachte.

»Wenn dies alles vorbei ist«, sagte Amin plötzlich, »wenn unser Land nicht mehr bedroht und unser Erbe wiederhergestellt ist, dann werde ich diesen Dingen auf den Grund gehen. Wenn ich wieder kämpfen muß, dann vergiß nicht, egal, was du davon hältst, wieder zur Kirche zu gehen und vor dem Kruzifix zu beten. Man kann nie wissen . . .«

Die Party war schon in vollem Gange. Kamal hatte die Geschwister kommen sehen und trat aus dem Haus, um sie zu begrüßen. Er schien ziemlich verkrampft zu sein und nahm kaum Notiz von Lamia.

»Wo ist Nicolas?« fragte er plötzlich.

»Er kommt nicht«, antwortete Amin und schüttelte ihm die Hand. »Gesegneten Geburtstag!«

Als sie das Haus betraten, schaute sich Amin überrascht um. Er hatte angenommen, die ganze Klasse würde kommen, doch er und Lamia schienen die einzigen aus ihrem Stadtteil und von ihrer politischen Gruppe zu sein. Hatten alle anderen Angst gehabt? Nun ja, daran ließ sich jetzt nichts mehr ändern, und sie würden sich deshalb den Spaß nicht verderben lassen. Bald ließ er sich die aufgetischten Köstlichkeiten schmecken und tanzte so ausgelassen und fröhlich wie alle anderen. Er beschloß, vor Sonnenuntergang mit Lamia fortzugehen, damit sie noch im Hellen nach Hause kämen.

Und plötzlich geschah es. Lamia hatte einen Löffel Eiskrem halbwegs zu ihrem Mund geführt. Da fiel ihr die Totenstille auf, die mit einem Schlag eingetreten war. Sie sah hoch. »Das kann doch nicht wahr sein!« rief sie innerlich. Aber es war wahr.

Zwei vermummte Guerillas standen in der Tür, und ein Wagen mit einem schwerbewaffneten Fahrer hielt draußen. Mit entsicherten Gewehren brüllten die beiden Männer ihre Befehle: »Mädchen dorthin! Jungen, hierher!«

Jeder gehorchte sofort.

Ein Mädchen fiel in Ohnmacht, und ein anderes begann hysterisch zu schreien; doch als es die Gewehrmündung auf sich gerichtet sah, verstummte es augenblicklich.

»Jungen! Moslems dorthin, Christen stehenbleiben!«

Die Gruppe bewegte sich nach links und ließ Amin allein stehen – wie betäubt und mit bleichem Gesicht. Der

Anführer wandte sich an Kamal. »Wo ist der andere?« fragte er.

Kamal, der bis jetzt Überraschung und ohnmächtige Wut vorgetäuscht hatte, lief unter seiner braunen Haut rot an. »Er ist nicht gekommen«, murmelte er.

»Na schön, dann kümmern wir uns nur um diesen.« Sie trieben Amin zum Wagen. Dann drehte er sich plötzlich um, und seine vor Schreck geweiteten Augen hefteten sich auf seine Zwillingsschwester. »Es tut mir leid, Lamia«, sagte er gefaßt, »sag unserem Vater . . .«, doch er wurde mit einem Gewehrkolben in den Wagen gestoßen. Elias sollte niemals erfahren, was sein Sohn ihm ausrichten lassen wollte.

Keiner hielt Lamia zurück, als sie die Eingangsstufen hinuntersprang. Amin drehte sich im Auto nochmals um und versuchte tapfer, ihr zuzulächeln. Dann heulte der Motor laut auf, und der Wagen raste mit durchdrehenden Rädern in Richtung Flüchtlingslager davon.

4 *Erwachen zur Freude*

Zwei Tage verstrichen mit unzähligen Telefonaten, Besuchen bei Regierungsstellen und den Sicherheitskräften, doch alles war vergeblich. Amin war letzten Endes nur eins von vielen unbedeutenden Opfern der Welle von Entführungen, Morden und Grausamkeiten, die seit dem Ausbruch der Kämpfe die Stadt überrollte. Recht und Ordnung waren zusammengebrochen, und die Übergangsregierung schwankte bedenklich. Trotz des ausgehandelten, formellen »Friedens« waren Zusammenstöße zwischen muslimischer und christlicher Miliz, Bombenanschläge und andere Terrorakte und Gewalttaten im nördlichen Teil der Stadt an der Tagesordnung. Wen kümmerte da ein vermißter Junge! Außerdem war Amin ja erst sechzehn und hatte vom Gesetz her kein Recht, in der Miliz mitzukämpfen.

Lamia konnte sich kaum erinnern, wie sie nach Hause gekommen war. Jemand hatte sie im Wagen heimgebracht, doch sie wußte nicht wer. Sie hatte sich ziemlich hysterisch benommen. Nur Mutters kühle Hand auf ihrer Stirn und ihr leises Weinen brachten sie wieder ein wenig zur Besinnung. Fast die ganze Nacht lag sie wach. Die Dunkelheit schien heiß und drückend von ihrem Schmerz, ihrer Angst, und ihrem Haß – vor allem von ihrem Haß. Denn Kamal hatte seinen Freund verraten. Er hatte gewußt, daß Amin auf der gegnerischen Seite kämpfte und ihn absichtlich an einen Ort gelockt, an dem man ihn entführen konnte. Wenn Vater nicht Amins Gewehr versteckt hätte, hätte Lamia es in ihrem brennenden Haß genommen und ihren Bruder eigenhändig gerächt.

Die folgenden Stunden waren für ihren Vater mit hektischer Betriebsamkeit gefüllt und mit stillem Weinen und Warten für ihre Mutter. Auch Lamia wartete, eingeschlossen in ihre private Hölle. Denn Hassen ist eine einsame Beschäftigung, und sie trennte die Tochter von ihrer Mutter. Rosa litt und verbrachte Stunden vor dem Kruzifix. Vielleicht liebte sie viel zu sehr, als daß der Haß in ihr hätte Raum gewinnen können.

Lamia stieg mehrmals zur Kirche hinauf und murmelte vor jedem Bild und vor jeder Statue Gebete. Ihr Bruder hatte ihr das aufgetragen, und außerdem verging die Zeit dadurch schneller. Doch der Christus am Kreuz war vom Tod besiegt worden, und in seinem toten Antlitz war keine Botschaft der Hoffnung zu lesen. Sie fragte sich dumpf, wie Amins Gesicht wohl aussehen mochte, falls sie ihn erschießen würden. Er schien in dieses muffige alte Gebäude nicht hineinzupassen ... Erst auf dem Rückweg, als sie durch die Weinberge ging, wo die jungen Weinblätter sich entfalteten und die kleinen zarten Ranken emporstrebten, um die Pfähle hinaufzuklettern, sah sie ihn wieder vor sich: seine strahlenden Augen, sein lebhaftes, junges Gesicht, seinen reifenden, suchenden Geist, der sich wie die Weinranken dem Licht und der Wahrheit entgegenstreckte. Sie erinnerte sich an ihren letzten gemeinsamen Spaziergang: »Ich wüßte es so gern ... Ich werde den Dingen auf den Grund gehen ...« Er hatte diese Worte gesagt, kurz bevor Kamals Haus in Sicht kam, und als sie an dieses Haus dachte, überwältigte sie blinder Haß, der jede andere Erinnerung auslöschte.

In dieser Nacht schlief sie bei offenem Fenster ein. Sie spürte Amins Einsamkeit und Angst, war aber zu erschöpft, um noch länger mit ihm zu wachen. Zum ersten Mal seit seinem Verschwinden schlief sie tief und fest und erwachte plötzlich, gekräftigt und erfrischt, ohne sich sofort daran zu erinnern, was geschehen war. Es war immer noch dunkel, doch der Himmel über den Bergen verblaßte allmählich, und der helle Morgenstern stand tief. Sie spürte, daß eine dunkle Trauerwolke über dem Haus hing, doch das Leiden und die Angst ihres zweiten Ichs schienen plötzlich ein Ende zu haben. Der

Morgenwind, der sich in ihrem Vorhang verfing, flüsterte von unaussprechlicher Freude, und diese Freudenmusik war überall um sie herum: das Gezwitscher der erwachenden Vögel und das helle Lachen von Kindern, die in den frühen Sommermorgen hinausrennen und ein grundloses Gelächter anstimmen, einfach weil sie beisammen sind und sich freuen. Wie oft hatten Amin und sie genauso gelacht! Langsam kam ihr wieder alles zu Bewußtsein, und sie fragte sich, wieso sie an Freude hatte denken können und worüber Amin jetzt wohl lachen könnte? Sie drehte sich um, weinte in ihr Kissen und schlief wieder ein.

Als ein paar Stunden später ein junger Mann zur Tür kam und verlegen nach Elias fragte, schlief sie immer noch. Die Leiche eines Jungen sei am Rand des Orangenhains gefunden worden. Elias vermisse doch seinen Sohn. Ob er nachschauen könne, ob es sich um ihn handle?

Elias begab sich zu der angegebenen Stelle und kniete neben dem toten Körper seines Sohnes nieder. Sie mußten ihn gefangengehalten und verhört haben, denn er war noch nicht lange tot. Er lag wie schlafend da in seinem beschmutzten Festtagsanzug. Sein Gesicht zeigte keinerlei Ausdruck des Schreckens. Elias untersuchte ihn kurz, und eine Welle der Dankbarkeit stieg in ihm auf, bevor der Schmerz alles überflutete. Amin war durch einen Kopfschuß getötet worden. Man hatte ihn weder gefoltert noch verstümmelt. Wenigstens hierin war Gott gnädig gewesen.

Nun konnte Elias nichts mehr für ihn tun, als Hilfe zu holen und ihn nach Hause zu seiner Mutter zu bringen. Amin wurde gewaschen, mit dem Totenhemd bekleidet und aufgebahrt, bevor man ihn zu Grabe tragen würde. Und wenn es noch so schweren Herzens geschah – die Sitten und Gebräuche mußten befolgt und das Nötige mußte getan werden. Es war gut so, denn die Traditionen waren wie Pfähle, an die man sich klammern konnte, damit einen die Flut nicht mit sich fortriß und ertränkte. Die Trauerzeit begann, doch ihnen war nicht einmal der Trost der großen Totenklage vergönnt, wie es sich beim Tod eines erstgeborenen Sohnes gebührte, denn der Tod lauerte auf allen Straßen, und die Menschen hatten Angst zu reisen. Selbst die Nachbarn wagten sich nach Einbruch der Dunkelheit nicht mehr auf die Straßen, und außerdem ... so viele erstgeborene Söhne waren gestorben!

Nicolas kam und saß starr und benommen neben dem Leichnam seines Freundes. Lamia bemerkte den Schmerz in seinen Augen. Sie sah Nico zum ersten Mal seit der Party wieder, obgleich er fieberhaft Botengänge erledigt und Nachforschungen angestellt hatte. Zuerst hatte sie ihn nicht sehen wollen, weil Amin gestorben war, er aber lebte. Doch er war dem Tod ja auch nur um Haaresbreite entronnen, und als sie seine Traurigkeit sah, war sie auf einmal erleichtert, daß er noch lebte. Denn er war ein Junge und konnte mit einem Gewehr umgehen, und durch ihn wollte sie nun das große Ziel verfolgen, das allein ihrem Leben noch Antriebskraft und Sinn gab: den Mord an ihrem Bruder rächen.

Im sanften Abendlicht dieses Maitages wurde Amin durch die grünenden Weinberge und reifenden Obstgärten zum Friedhof hinaufgetragen. Die Männer folgten dem Sarg, doch die schwarzgekleideten Frauen blieben im Haus zurück. Bald verabschiedete sich eine nach der anderen, um noch vor Sonnenuntergang nach Hause zu kommen, und als die Dämmerung hereinbrach, waren nur noch einige nahe Verwandte und Nachbarinnen in dem ach so leeren Zimmer zurückgeblieben. Die kleine Huda kuschelte sich in Mutters Schoß, und Rosa wiegte sie wie ein Baby und sang ihr die Lieder, wie sie kleinen Kindern seit Jahrhunderten gesungen worden waren. Lamia hingegen hatte niemand, der sie hätte trösten können. Sie saß am Fenster und starrte auf die dunkler werdenden Berge. Die Männer mußten jeden Augenblick zurückkommen, und Amin würde allein bleiben ...

Da kamen sie langsam die Straße herunter, und Lamia beobachtete sie, wie sie sich trennten und jeder mit geneigtem Kopf nach Hause ging. Nur Nicolas und ihr Vater standen noch lange am Tor und redeten miteinander, weil Nicolas nur ein paar hundert Meter entfernt wohnte. Sie schlüpfte aus dem Haus, versteckte sich hinter einem Jasminstrauch und wartete. Sie wollte unbedingt mit Nicolas reden, und als ihr Vater an ihr vorbeiging, ohne sie zu bemerken, stahl sie sich zum Tor hinaus und rannte die Straße hinunter.

»Nico!«

Er wandte sich um und wartete auf sie. Sein Gesicht hob sich dunkel gegen die untergehende Sonne ab, die ihres erhellte. Das Licht brannte in ihren Augen, und auf beiden Wangen hatte sie einen scharlachroten Fleck. Er fühlte sich zu elend, um dies alles bewußt wahrzunehmen, doch später erinnerte er sich daran, wie schön sie ausgesehen hatte.

»Lamia!« rief er. »Oh, Lamia! Ich wünschte fast, ich wäre mitgegangen und mit ihm gestorben!«

»Welchen Sinn hätte das gehabt? Nico, ich möchte, daß du mir versprichst, etwas für mich zu tun.«

»Alles, was ich tun kann, werde ich tun.«

»Nico, du mußt den Tod meines Bruders rächen, und zwar bald. Ich kann keine Ruhe finden, solange dieser Verräter noch lebt!«

»Aber Lamia, woher können wir sicher wissen, wer der Verräter war? Es waren doch viele aus dem Flüchtlingslager bei der Feier!«

Sie warf ungeduldig ihr Haar zurück.

»Natürlich wissen wir, wer es war«, sagte sie. »Es war Kamal. Er hat so getan, als sei er überrascht; doch ich habe gehört, was er sagte: ›Wo ist der andere?‹ fragten sie ihn, und er antwortete: ›Er ist nicht gekommen.‹ Sie wollten dich auch, Nico! Ihr seid beide verraten worden! Du mußt mit deinem Gewehr losgehen und ihn abknallen!«

»Wenn sie auch nach mir gefragt haben, dann lauern

sie mir jetzt im Orangenhain auf. Wenn ich da hinunterginge, wäre ich tot, bevor ich überhaupt das Haus erreicht hätte. Gott wird rächen, Lamia, und falls ich Kamal je im Kampf gegenüberstehen sollte, werde ich schon mein Teil dazu beitragen.«

Sie sah ihn verächtlich an.

»Hast du Angst, Nico?« fragte sie verbittert. »Ich dachte, es wäre dir damit eiliger, als es dem Zufall zu überlassen. Schließlich war er nicht nur mein Bruder, sondern auch dein Freund.«

Sie konnte sein Gesicht im Gegenlicht kaum erkennen, aber als er antwortete, klang seine Stimme hart und gezwungen, so als ob er seine Gedanken aus einer versteckten, schmerzvollen Tiefe hervorpreßte:

»Ich habe keine Angst vor dem Sterben, Lamia, wenn du das meinst ... Ja, ich würde in diesem Augenblick sogar mit Freuden Selbstmord begehen, wenn mein Tod jemandem nützte. Doch wozu soll das gut sein? – Wenn ich vor etwas Angst habe, dann vor der Vorstellung, meine Eltern neben dem Leichnam ihres einzigen Sohnes weinen zu sehen, so wie deine Eltern und viele andere es tun ... und wozu? Wer hat etwas davon?«

Er stieß heftig einen Stein den Berg hinunter.

»Ich dachte, dir läge etwas daran, dein Erbe, deinen Glauben und dein Land zu verteidigen – doch anscheinend habe ich mich getäuscht!« höhnte Lamia, und Nicolas brauste auf.

»Was tun wir denn für unser Land, außer daß wir es zerstören? Soll das Krieg sein? Was wir tun, ist vergelten, nicht verteidigen ... Im Norden töten sie einige christliche Soldaten, und wir jagen eine Frau und ihre Kinder in den Vororten in die Luft, und sie schießen wiederum aus Rache den einzigen Sohn einer Familie tot. Wo soll das denn hinführen? Wann wird es je aufhören? Viele, viele werden noch sterben, bevor alles zu Ende ist. O Lamia, ich wünschte, du könntest die Stadt verlassen und dich in Sicherheit bringen!«

Sie fuhr zusammen, als sein zorniger Tonfall plötzlich

in heftige Verzweiflung umschlug. Am liebsten hätte sie sich an seine Brust geworfen und sich ausgeweint. Doch er teilte nicht ihren glühenden Haß und ihren Rachedurst, und sie beherrschte sich und wandte sich von ihm ab.

»Ich laufe nicht davon, Nico, wenn mein Land in solcher Gefahr schwebt. Vielleicht dauert es nicht mehr lange, und sie werden auch die Mädchen zum Kampf zulassen. Dann werde ich tun, was du anscheinend nicht tun willst.«

Sie rannte den Berg hinauf und durchs Gartentor. Ihr Vater saß zusammengesunken auf der Veranda und starrte zu den Bergen hoch. Er nahm keine Notiz von ihr. Im Inneren des Hauses war es still und beinahe dunkel. Bald würden sie das Licht einschalten und das Essen für die wenigen verbliebenen Gäste zubereiten, doch im Moment saßen die Trauernden apathisch da – die Kinder hatte der Schlaf übermannt. Die Mutter war ins Schlafzimmer gegangen und kniete mit einer brennenden Kerze in der Hand vor dem Kruzifix.

»Mutter«, preßte Lamia leise zwischen den Zähnen hervor: »Wo ist Amin jetzt?«

Ihre Mutter drehte sich halb um. Ihr Profil erinnerte an geschnitztes Elfenbein. »Wie eine Statue in der Kirche«, dachte Lamia. Sie hockte sich auf den Boden, und Rosa zog sie an sich und sprach lange kein Wort. Schließlich sagte sie mit bebender Stimme:

»Amin war ein lieber Junge. Ich glaube nicht, daß er lange im Fegefeuer sein muß. Ich werde beten und Kerzen für ihn anzünden . . .«

Lamia erschauderte: Fegefeuer – daran hatte sie noch gar nicht gedacht. Amin war ihr Zwillingsbruder, eine Hälfte ihres Lebens, aber sie hatte heute nichts gemerkt von den Leiden ihres zweiten Ichs. Vielleicht war sie zu sehr mit ihrem eigenen Schmerz beschäftigt gewesen? Vielleicht hatte der Tod aber auch das Band durchschnitten, das sie einte?

»Ich werde es doch nie wissen«, dachte sie, »wozu

soll ich mir den Kopf darüber zerbrechen?« Ihrer Mutter antwortete sie: »Ich habe auch in der Kirche oben gebetet. Er wollte es. Aber du siehst ja, daß es nicht geholfen hat!«

»Er hatte dich darum gebeten? Dann hat er geglaubt?«

Hätte Lamia hochgeschaut, hätte sie gesehen, wie die Augen in Mutters Elfenbeingesicht zu strahlen begannen.

»Er sagte, er wüßte es nicht; vielleicht könnte es helfen. Er sagte, daß er dem allen später einmal auf den Grund gehen wollte ... aber du siehst, es hat nicht geholfen. Mutter, wozu das Ganze? Was nützt uns der Glaube? Dieser kleine, hölzerne, tote Christus ... er konnte ihn nicht retten, nicht wahr?«

Nach langem Schweigen sagte ihre Mutter:

»Meine Tochter, ich stamme aus einem Dorf, und da stellten die Mädchen keine Fragen, wie du es jetzt tust. Mein Mann ist nicht religiös, und vom Priester erfahre ich auch nicht viel. Es gibt sicherlich noch vieles, was ich nicht weiß, und du wirst lesen und reisen und es herausfinden. Aber eins weiß ich: Christus starb, weil er uns liebte, und diese Liebe habe ich vor Augen.«

»Aber was nützt uns seine Liebe, wenn er nicht retten kann? Mutter, was für einen Sinn soll das haben?«

Nicolas' Worte hatten sie tiefer berührt, als ihr bewußt war. Doch wie sie so dasaß und die Mutter ihr übers Haar strich, fand sie einen Teil der Antwort auf ihre Frage von selbst. Denn Liebe kann sehr tröstlich sein, selbst wenn sie nicht zu retten vermag.

5 *Ein Kind ist ein Kind . . .*

Die Tage schleppten sich dahin; es wurde immer heißer. Lamias Schlafzimmer lag im Westen, und jeden Morgen, wenn sie erwachte, sah sie den Dunstschleier der Hitze vom Fluß aufsteigen. Er verschwand, wenn die Sonne über den östlichen Gipfeln stand und über die Dächer strömte. Dann funkelte die weite Bucht im Norden von Beirut silbern. Die Feldblumen verwelkten allmählich, während die Rosen und der Flieder immer noch im Garten unter ihrem Fenster blühten. Aber ihr Herz war zu schwer, als daß sie den Duft, das Licht und die Farben bemerkt hätte, und sie setzte sich niedergeschlagen und mit leeren Augen an den Frühstückstisch.

Die Kinder gingen nicht mehr zur Schule, denn die Straßen, die zur Stadt hinunterführten, waren zu gefährlich. Offiziell herrschte Waffenstillstand, und die Menschen bemühten sich, wieder ein normales Leben zu führen. Doch fortwährende Schüsse aus dem Hinterhalt, Plünderungen und vereinzelte, schreckliche Grausamkeiten störten diese Bemühungen. Lamia hätte ohnehin nicht am Unterricht teilnehmen können, denn Trauergäste aus der Nachbarschaft statteten immer noch ihre Besuche ab, und ihre Mutter bestand darauf, daß die Tradition befolgt wurde. So saß sie herum, nahm Beileidsbezeigungen entgegen, schenkte Kaffee ein und trieb qualvolle Konversation. Die Stunden schienen endlos zu sein, und sie haßte jeden einzelnen Augenblick.

Eines Morgens starrte sie schlechtgelaunt aus ihrem Fenster ins Leere, da hörte sie einen Pfiff, und als sie nach unten sah, entdeckte sie Nicolas, der in seinem Kampfanzug unter dem Rosenbusch stand. Ihr Herz begann schneller zu schlagen, und sie warf einen kurzen Blick in den Spiegel. Obwohl sie Nicolas' Haltung verachtete, hatte sie sich danach gesehnt, ihn wiederzusehen. Mit leichterem Schritt als gewöhnlich rannte sie nach unten und ging ihm über den Rasen entgegen. Ihr blasses Gesicht und schwarzes Kleid schienen merkwürdig fehl am Platz in diesem farbenprächtigen Sommergarten. Ein zärtlicher Beschützerdrang durchströmte Nicolas' Herz, doch sagte er nur rauh:

»Lamia, hast du heute morgen Radio gehört?«

»Ja, die jetzige Regierung packt zusammen. Wer wird deiner Meinung nach als nächster drankommen?«

»Ich weiß nicht, wer der nächste sein wird, aber ich weiß, *was* als nächstes passieren wird: es wird erbitterte Kämpfe geben. Alle Parteianhänger sind benachrichtigt worden, sich bereitzuhalten. Wenn es soweit ist, werde ich gehen. Ich ... ich bin ... ich wollte mich nur von dir verabschieden.«

»Nun, du gehst ja nicht gleich fort. Wo wirst du kämpfen?«

»Ich weiß es nicht; wahrscheinlich im Süden, bei den Flüchtlingslagern. Lamia, wenn ich ihn sehe, werde ich es ihm heimzahlen ... es sei denn, er erwischt mich zuerst.«

Sein Gesichtsausdruck war grimmig und unschlüssig zugleich. Beim Anblick Lamias vor dem blühenden Rosenbusch sehnte er sich verzweifelt danach, leben zu dürfen. Doch während sie noch miteinander redeten, erreichte sie über die Dächer das bekannte Donnergrollen – wie von entferntem Gewitter.

»Wo kämpfen sie jetzt?« fragte Lamia.

»Im Hafengebiet«, antwortete er.

Das Geräusch erstickte jeden Wunsch, sich einander mitzuteilen. Neben dem Dröhnen des Artilleriefeuers schien alles, was sie sagen wollten, alles, was ihnen so wichtig erschienen war, auf einmal belanglos. Sie starrten einander hilflos an, und ein verlegenes Schweigen entstand.

»Tja, ich muß mich wohl auf den Weg machen«, sagte Nicolas schließlich.

»Ja, und ich gehe jetzt frühstücken«, meinte Lamia.

»Bevor ich gehen muß, will ich versuchen, dich noch einmal zu sehen.«

»Du wirst dazu vielleicht keine Zeit haben, deshalb: Auf Wiedersehen!«

»Auf Wiedersehen; paß auf dich auf!«

»Und du auf dich!«

Wieder ertönte das Grollen der Geschütze; ein Windstoß durchfuhr den Rosenbusch, und eine scharlachfarbene Knospe wiegte sich gerade über Lamias Kopf. Nicolas pflückte sie und gab sie Lamia.

»Ein Zeichen des Lebens«, sagte er. »Ich werde zurückkommen, Lamia.«

»Und dein Versprechen eingelöst haben«, fügte sie hinzu. Sie sah, wie das Licht in seinen Augen erlosch, weil sie nicht gezeigt hatte, daß ihr an seiner Rückkehr gelegen war. Er drehte sich um und ließ sie mit der Rose in der Hand stehen.

Er sah sie nicht mehr, bevor der Kampf von neuem ausbrach. Die Einberufung kam plötzlich, am frühen Morgen, und wenn er in der Dämmerung unter ihr Fenster getreten sein und leise ihren Namen gerufen haben sollte, in der Hoffnung, sie könnte vielleicht wach sein, hatte sie nichts davon gemerkt. Später am Tag, als das große Artilleriefeuer begann, erfuhr sie dann, daß er gegangen war. Wieder einmal flohen die Menschen aus dem tiefer gelegenen Teil des Vororts, der Gestank von Sprengstoff verpestete die Luft, und das Donnern der Granatwerfer erschütterte das Stadtviertel. Elias war noch in der Stadt, und Rosa und Lamia begannen eifrig zu backen. Sie öffneten ihre Tür für die Gäste, die auch nicht lange auf sich warten ließen.

Es schien, als nützten alle Parteien die Verzögerung der Regierungsneubildung aus, um die Straßen unsicher zu machen und durch Schüsse aus dem Hinterhalt, durch Bombenanschläge und schweres Artilleriefeuer Terror zu verbreiten. Unten im Flüchtlingslager schossen sie unaufhörlich von einem leerstehenden Haus Raketen ab, und die hohen Wohnblocks, die Lamias Elternhaus schützten, wurden zweimal getroffen. Die Stromversorgung wurde unterbrochen, und als die Nacht hereinbrach, zündete man Kerzen an. Das sanfte Licht beschien benommene, zum Teil von Wunden gezeichnete Gesichter, und als Lamia von einem zum andern blickte, bemerkte sie plötzlich, daß Sami fehlte.

Der Mutter, die in der Küche beschäftigt war, sagte sie nichts. Er konnte ja nicht weit weg sein. Sie rannte in den Garten hinaus und rief nach ihm. Doch es kam keine Antwort. Sie blickte zum Himmel auf, der hinter den Häusern in Flammen zu stehen schien, und im gleichen Augenblick wußte sie, wo ihr Bruder sein mußte. Schnell stieg sie aufs Dach und fand ihn, gegen die Brüstung gelehnt, mit verschränkten Armen und gespreizten Beinen. Seine dunkle Gestalt hob sich scharf gegen den feuerroten Himmel ab.

»Sami!« brüllte sie. »Komm sofort herunter! Jeden Augenblick kann eine Rakete unser Dach treffen!«

Er nahm keine Notiz von ihr und sträubte sich dann verbissen, als sie ihn beim Kragen packte und in eine geschütztere Ecke zog. »Bist du verrückt geworden, Sami?« schimpfte sie. »Sollen wir etwa unseren zweiten Jungen verlieren?«

Er grinste sie an. »Weißt du was, Lamia?«

»Was, du verrückter Junge?«

»Die Granaten schlagen am Fuße des Orangenhains ein. Dort brennt ein großes Feuer. Ich glaube, Kamals Haus brennt, und vielleicht brennt Kamal auch. Hoffst du nicht auch, daß er brennt? – O Lamia, ich wünschte, ich wäre alt genug! Ich wünschte, ich hätte ein Gewehr!«

Sie blickte zustimmend zu ihm hinunter, denn seine Stimmung war der ihren am ähnlichsten. Er drückte ihre eigenen Gefühle aus. Bisher hatte sie den schmächtigen, eifrigen kleinen Kerl nie ernstgenommen; doch nun erschien er ihr als wahrer Kamerad. Zusammen hockten sie in ihrer geschützten Ecke des Daches, schauten zu der Stelle hinunter, wo das Feuer wütete, und schwelgten in ihrem Haß.

Sie schliefen alle recht und schlecht in Zimmern und Fluren mit den anderen Familien, die sie immer besser kennenlernten; und wieder einmal erwachte Lamia am frühen Morgen wegen der plötzlichen, ungewohnten Stille, als das Geschützfeuer für ein paar Stunden nachließ. Wieder einmal meinte sie, ersticken zu müssen und sehnte sich nach frischer Luft, und wieder schlüpfte sie hinaus in den Sommermorgen. Sie wußte nicht, wieso sie den Pfad beschritt, der in den Orangenhain führte – denselben Pfad, den sie und Amin bei ihrem letzten gemeinsamen Spaziergang so fröhlich entlanggepilgert waren. Sie folgte dem Pfad ein kleines Stück durch die Bäume. Es war unvernünftig, denn er führte geradewegs zum Palästinenserlager, aber sie hatte nicht vor, weit zu gehen. Sie war noch mitten in ihrem christlichen Stadtteil, eingehüllt vom dunkelgrünen Laubwerk und dem herben Duft der blühenden Orangenbäume, doch ihre Füße schienen sie fortzutragen, bis sie plötzlich hinter einer Wegbiegung wie angewurzelt stehenblieb und vor Schreck den Atem anhielt. Nur ein paar Meter weiter lag etwas auf dem Weg.

Sie wußte augenblicklich, was es war, und wäre beinahe laut aufschreiend zurückgerannt. Doch dann dachte sie daran, daß man Amin auch im Orangenhain gefunden hatte, und sie hatte das Gefühl, um jeden Preis nachsehen zu müssen, was für ein Menschenbündel dort lag. Sie bekreuzigte sich, nahm all ihren Mut zusammen und trat hinzu.

Eine Frau in Palästinenserkleidung lag mit dem Gesicht nach unten vor ihr. Sie war wahrscheinlich verwundet aus einem brennenden Haus geflohen, in der Dunkelheit in Feindesland gewankt und unter den Bäumen zusammengebrochen. Am Kopf hatte sie eine Schrapnellwunde, und ihre Kleider waren blutdurchtränkt. Sie war augenscheinlich tot, und Lamia hatte kein Mitleid mit ihr, denn sie gehörte dem Volk an, das ihren Bruder getötet hatte.

Oder war sie etwa doch nicht tot? Lamias Herz schien vor Schreck einen Satz zu machen, denn das Gewand, das den vor ihr liegenden Körper bedeckte, bewegte sich plötzlich. Wie festgewachsen und unfähig, einen Muskel zu rühren, beobachtete Lamia, wie das weite Gewand sich hob und wieder zusammenfiel, als ob darunter ein Kampf vor sich ginge. Dann wurde der Saum zur Seite gezogen, und Lamia starrte in zwei dunkle Kinderaugen. Aus einem schmutzigen braunen Gesicht, unter einem Wirrwarr schwarzer Locken hervor, blickten sie Lamia erstaunt, aber ohne Angst, an.

»Mama«, sagte das Kind, und seine Mundwinkel senkten sich nach unten.

Es kämpfte sich frei, setzte sich neben den reglosen Körper und versuchte, die Mutter zu wecken. Diese aber reagierte nicht, und so legte das Kind sich neben sie, schmiegte sich so eng wie möglich an sie und begann, an zwei Fingern zu nuckeln. Lamia stand da und sah zu und wagte kaum zu atmen.

Hier konnte sie das Kind unmöglich lassen. Ein Baby war ein Baby, egal, welchem Volk es angehörte, und ihre Mutter würde wissen, was man damit machte. Es mußte ungefähr zwei Jahre alt sein. Sie konnte nicht erkennen, ob es ein Junge oder ein Mädchen war. Sie riß sich zusammen, bückte sich und nahm das Kind auf den Arm, und obwohl es anfänglich wimmerte und zur Mutter zurückblickte, steckte es bald wieder seine Finger in den Mund und legte seinen Kopf auf Lamias Schulter. Schließlich war der Erdboden unbequem gewesen, aber diese Arme waren weich und warm. Außerdem hatte es Hunger, und diese Person würde ihm sicher etwas zu essen geben. Lamia stieg langsam den Pfad zwischen den Orangenbäumen hinauf, ihr kostbares Bündel auf dem Arm. Das Kind war schmutzig, rußverschmiert und stank unter anderem penetrant nach Sprengstoff. Doch Lamia hatte es von dem Augenblick an, wo es ihr vertrauensvoll in die Augen geblickt hatte, liebgewonnen. Sie wußte, daß sie ebensosehr darum kämpfen würde, es behalten zu dürfen, wie sie darum kämpfte, ihren Bruder zu rächen.

»Muhmi trinken!« sagte das Kind plötzlich.

»Ja, gleich bekommt Muhmi zu trinken«, versprach Lamia und drückte das Kind an sich. Sie hatten inzwischen das Gartentor erreicht, und der Morgen war immer noch recht ruhig. Die Gäste waren schon gegangen. Huda saß auf den Eingangsstufen und aß ihr Frühstück, Sami schlief noch.

»Was hast du da, Schwester?« fragte Huda und schaute zu dem Bündel hoch.

»Ein Baby, Huda. Es wird jetzt bei uns wohnen.«

»Au fein! Ich mag Babys. Laß mal sehen, Lamia! Ist es ein Junge oder ein Mädchen?«

»Ich weiß es noch nicht, aber das ist ja auch gleichgültig. Es hat Durst. Hol mir etwas Milch und Yoghurt! Ich werde es hier füttern, dann werde ich saubere Kleider suchen und es baden. Hol Mutter, Huda! Sie wird wissen, wo die nötigen Sachen sind.«

Es war ein kleiner Junge, wohlgenährt und gesund, ein makelloses Baby, abgesehen von einem großen weinroten Muttermal auf dem Rücken. Er nannte sich Muhmi, was wahrscheinlich die Kurzform für Abdel Muhmin war. Rosa hatte einige Babysachen von Huda aufgehoben. Sie lagen in einer Kommode zwischen Lavendel- und Lorbeerblättern. Jetzt holte sie die Kleider erfreut hervor, denn der apathische Ausdruck war aus Lamias Gesicht gewichen, und Huda lachte zum ersten Mal seit dem Tod ihres Bruders. »Er muß ein Geschenk Gottes sein«, dachte Rosa. Ihr eigenes gebrochenes Herz würde nie mehr heilen, da war sie sicher; doch vielleicht würde das Kind ihre Töchter über Amins Tod hinwegtrösten. Nachdem Muhmi gefüttert und gebadet worden war, saß er in sauberen Kleidern stolz auf Lamias Schoß, die seine verfilzten Locken zu kämmen versuchte. Alle versammelten sich um ihn und erklärten einstimmig, daß es sich hier um einen besonders niedlichen kleinen Kerl handle.

Alles begeisterte ihn; er tapste im Garten umher, entzückt von den vielen bunten Blumen, bis das Donnergrollen erneuter Artillerieduelle sie alle ins Haus trieb. Huda brachte ihm Rosenblüten, und er saß auf dem sonnenbeleuchteten Fußboden und spielte mit den Blütenblättern. Dabei erzählte er lange Geschichten in einer Babysprache, die sie nicht verstanden. Er erforschte seine neue Umgebung, und Lamia schien die Stelle der im Orangenhain zusammengebrochenen Gestalt eingenommen zu haben, denn er schaute sich immer wieder nach ihr um, ob sie noch da war. Wenn sie in einen anderen Raum ging, bekam er es mit der Angst zu tun, folgte ihr und hielt sich an ihrem Rock fest. Den Kindern erschien dank Muhmis Anwesenheit der Tag nicht mehr so endlos lang, nur für Rosa schlichen die Stunden dahin, denn ihr Mann war immer noch nicht nach Hause gekommen.

Gegen fünf Uhr abends wurde Muhmi immer stiller. Da gab ihm Lamia Milch zu trinken und zog ihm ein kleines weißes Nachthemd an, das viel zu groß für ihn war. Er war schon eingeschlafen, bevor sie fertig war, völlig gewöhnt an das Dröhnen der Artillerie. Doch er schien unruhig zu sein, während er auf dem Sofa lag. Als Lamia ihn dann aufnahm und in das improvisierte Bettchen legte, das sie für ihn bereitet hatte, setzte er sich plötzlich hellwach auf.

»Ba!« sagte er mit verwirrter Stimme. »Ah, Ba!«

»Ba ist nicht da«, beruhigte ihn Lamia und legte ihre Wange an die seine. »Leg dich wieder hin, Liebling. Ich bin doch bei dir.«

Er legte sich gehorsam hin und steckte seine Finger in den Mund. Doch sein Gesicht hatte einen traurigen, abwesenden Ausdruck angenommen. Während Lamia neben ihm saß und ihn betrachtete, gab er einen tiefen Seufzer von sich und schlief ein. Einige Minuten später hupte es draußen, und Rosa eilte hinaus, um ihren

Mann zu begrüßen. Er sah grau und erschöpft aus, und sie ging schnell in die Küche, um ihm Kaffee zu kochen. Die Kinder umringten ihn, doch er schickte sie mit einer Handbewegung fort. »Laßt mich zuerst mit eurer Mutter reden!« sagte er. »Ist sonst alles in Ordnung?«

Lamia und die beiden Kleinen gingen in die Küche, um das Abendessen zu bereiten, und Rosa setzte sich zu ihrem Mann. »Du kommst spät«, sagte sie. »Ich habe mich so sehr um dich gesorgt. Bleib hier bei uns, mein Mann. Lieber möchte ich das Geld verlieren als dich!«

»Das ist doch töricht! Wovon sollten wir dann leben? Ich habe Michel mit einem Gewehr zurückgelassen, damit er den Laden in meiner Abwesenheit bewacht. In dieser Gegend wird zwar noch nicht gekämpft, doch die Plünderungen nehmen überhand. Ich habe selbst gesehen, wie sie in unbewachte Geschäfte hineinspazierten und vollbeladen mit Teppichen und Stoffballen wieder erschienen. Überall sind Heckenschützen versteckt, und überall kommt es zu Ausschreitungen. Im Radio wurden die ›sicheren‹ Straßen durchgegeben, ich benutzte die kleinen Seitenstraßen . . . da kam ein Wagen vorbei. Sie hatten einen Mann hinten an die Stoßstange gehängt und schleiften ihn durch die Straßen . . . Frauen standen am Straßenrand und klatschten Beifall . . .«

Rosa erschauerte. »Das sind leibhaftige Teufel«, sagte sie.

Elias warf ihr einen Blick zu. »Es waren *unsere* Leute«, sagte er nach einer Pause. »Sie hatten ein Kruzifix am Auto angebracht. Die Kirche steht hinter unserer Partei; die Mönche verlassen die Klöster und nehmen mit ihren Kalaschnikows am Kampf teil. Wir müssen unseren Platz behaupten bei dieser neuen Regierung. Aber heute war es wirklich so, als kämpften leibhaftige Teufel in allen Parteien. – Wem gehört denn das Baby?« Er hatte Muhmi gehört, der im Schlaf lallte.

Rosa zögerte und sah sich nach ihren Kindern um. Sie standen in der Tür, und Rosa winkte sie her, denn sie spürte, daß sie Unterstützung brauchte.

»Lamia hat den kleinen Jungen gefunden«, erklärte sie. »Seine Mutter ist tot. Sie war wohl in den Orangenhain gerannt und in ihrer Angst viel zu weit gelaufen; sie starb an einer Schußverletzung.«

»Dann ist es also ein Palästinenserkind!«

»Nun ja . . . aber ein Kind ist ein Kind, Elias. Unsere Töchter haben heute so fröhlich mit ihm gespielt.«

»Na schön, es kann heute nacht hier schlafen, und morgen werde ich es auf dem Weg zur Arbeit bei den Nonnen abliefern.«

Da entstand ein plötzliches Geschrei. Huda fing laut zu weinen an, und Lamia stellte sich mit brennenden Wangen und verkrampften Händen vor ihren Vater.

»Vater, ich möchte ihn behalten!«

Seine Augen blitzten.

»Das Kind unseres Feindes! Und dein Bruder ist keine drei Wochen tot! Ich sage dir: Ich will diesen Balg nicht in meinem Hause haben!«

»Vater, wir haben einen Bruder verloren, laß uns diesen hier behalten!«

Elias konnte seine angespannten Nerven nicht länger unter Kontrolle halten und machte seinem Zorn Luft.

»Aha, so ist das also! Dieser kleine Bastard soll den Platz eures Bruders einnehmen? Ihr habt ihn also schon vergessen . . . schweig still, du Dummkopf von einem Mädchen, oder ich werfe ihn augenblicklich hinaus!«

Der Lärm war ohrenbetäubend; Huda brüllte, und Lamia schrie hysterisch. Sami stampfte mit dem Fuß auf, und Rosa rang die Hände. Elias' Stimme übertönte den Krach, und nicht weit von ihrem Haus entfernt begannen auch noch Maschinengewehre zu knattern. Die Familie hatte dem unschuldigen Grund all dieser Aufregung den Rücken zugewandt, und keiner bemerkte, wie er sich im Bett aufsetzte und sich die Augen rieb. Der lauteste Gefechtslärm konnte ihn nicht wecken, doch dieser Krach hier – das war etwas anderes. So etwas kannte er doch, das hatte er bisher vermißt! Er hatte seine Mutter verloren, doch hatte er andere schützende

Arme und freundliche Gesichter gefunden und bekam genügend zu essen. Sein Vater aber war vor zwei Tagen mit einem Kommandotrupp abgezogen, und keiner hatte bis jetzt seinen Platz eingenommen. Diese zornige Männerstimme, die über irgend etwas zu schimpfen schien, klang lieblich und vertraut in seinen Ohren. Muhmi kletterte aus seinem Bett und segelte wie ein kleiner, verlorener Engel auf die im Kerzenschein Sitzenden zu. Seine Augen strahlten und sein verschwommener Blick schien halbvergessene Träume widerzuspiegeln. Das Nachthemd schleppte auf dem Boden, als er direkt auf Elias zusteuerte und zwei runde Händchen, die wie Seesterne aussahen, auf seine Knie legte.

»Ba!« rief er begeistert. »Ah, Ba!«

Im Zimmer herrschte plötzlich Totenstille. Huda verstummte schlagartig, als hätte man ein Radio abgestellt, und Lamia hielt den Atem an.

Muhmi streckte Elias die Ärmchen entgegen, und der nahm das Kind wie hypnotisiert auf den Schoß. Warm, duftend und sehr schläfrig kuschelte sich Muhmi an ihn. Doch bevor er die Augen schloß, gluckste er schlaftrunken, streckte eine Hand hoch und zog Elias am Bart. Da begann Elias plötzlich zu lachen. Er lachte und lachte, bis ihm die Tränen über die Wangen rollten, und alle stimmten fröhlich mit ein. Als geängstigte Menschen bei Sonnenuntergang an ihre Tür klopften und um Obdach für die Nacht baten, lachte die Familie immer noch, und Elias saß in ihrer Mitte mit einem lockigen Feindeskind auf dem Schoß, das im Schlaf seinen Mantelaufschlag gepackt hielt.

6 *Auf Saat folgt Ernte*

Mit keinem Wort wurde fortan die Möglichkeit erwähnt, daß Muhmi aus dem Haus müßte. Elias ließ zwar eine Anzeige in die Lokalzeitung setzen und informierte die Nonnen, falls bei ihnen nach Muhmi gefragt würde, doch zur allgemeinen Erleichterung meldete sich niemand. Innerhalb weniger Tage war Muhmi als Familienmitglied voll anerkannt. Wenn Elias die Eingangstür öffnete, wartete er schon ungeduldig auf das Tapsen kleiner Füße und auf den entzückten Ausruf: »Ba! Ah, Ba!« Sie überlegten auch, ob es nicht vernünftiger sei, ihm einen christlichen Namen zu geben, doch Muhmi schien irgendwie am besten zu ihm zu passen, und so blieb es bei diesem Namen.

Immer wieder flackerten Gefechte auf. Regierungskabinette wurden gebildet, wieder aufgelöst und neu gebildet, und eine Zeitlang wagten sich die Menschen überhaupt nicht mehr auf die Straßen, weil Heckenschützen von den Dächern auf alles schossen, was sich bewegte. Nirgends war man mehr sicher: die Menschen starben in ihren Lehnstühlen, im Bad, am Tisch, und andere verschwanden einfach auf merkwürdige Art und Weise. Doch als die große Hitzeperiode kam, schien der neueste zerbrechliche Waffenstillstand eingehalten zu werden; jedenfalls hörten die massiven Raketenangriffe auf. Die Stadtbewohner reparierten ihre Häuser und wagten sich auf die Straßen. Sie gingen sogar zum Schwimmen an den Strand, ließen allerdings ihre Gewehre neben den Picknickkörben liegen. »Es wird keine vierte Runde geben«, versicherten sie einander. »Gott sei Dank, es ist endlich vorbei!«

Elias ging mit Sami und Huda an den Strand, doch Lamia blieb zu Hause bei der Mutter, die immer noch offiziell trauerte und tiefschwarz gekleidet war. Lamias

Leben war glanzlos und trübe geworden, als wäre wirklich ein Teil von ihr gestorben, und sie schien sich für nichts anderes zu interessieren als für ihre Schulbücher und Muhmi. Sie hatte so viel Unterricht versäumt, und Prüfungen waren auch nicht abgehalten worden. So saß sie im Schatten des großen Weinstocks auf der Veranda über ihren Büchern, und Muhmi hockte mit seinen Spielsachen am Boden bei ihr und plapperte munter vor sich hin, völlig unbekümmert, ob ihm jemand zuhörte oder nicht. Er war ein wunderschönes Kind, und alle Anzeichen deuteten darauf hin, daß er seit Geburt umhegt und geliebt worden war. Seine Grübchen und seine schwarzen Augen waren wie geschaffen fürs Lachen, und selbst Rosas trauriges Gesicht erhellte sich, wenn sie Muhmi sah.

In diesen Tagen tiefster Niedergeschlagenheit war er Lamias Rettungsanker. Ohne ihn wäre sie jeden Morgen mit der Frage erwacht, warum sie eigentlich weiterleben sollte. Doch Muhmi war meistens vor ihr wach, sprang in seinem Bettchen herum und weckte sie mit seinem fröhlichen Lärm. Draußen mochten Menschen leiden, sterben und verschwinden – Muhmi mußte trotzdem gebadet und gefüttert werden. Seine kleinen, emsigen Füße begleiteten sie von Stunde zu Stunde, und während sie mit ihm beschäftigt war, vergaß sie. Sie kümmerte sich fast allein um ihn und unterdrückte ihre aufkommende Eifersucht, wenn er sich davontrollte, um mit Huda zu spielen oder auf Rosas Schoß zu klettern. Rosa, die ihre große Tochter anteilnehmend beobachtete, fragte sich zuweilen, ob wohl das Christuskind zu ihnen gekommen sei, um sie zu trösten. Dabei paßte Muhmi ganz und gar nicht zu ihrer Vorstellung vom Christuskind. Er war viel zu ausgelassen.

Von Nicolas sah Lamia nicht viel. Beim letzten Angriff hatte ihn ein Granatsplitter im Gesicht verletzt, und als er sie besuchte, erzählte er, daß das Gebiet um Kamals Haus weitgehend zerstört sei. Doch er teilte ihren starken Rachedurst nicht, und Lamia fühlte sich von ihm nicht verstanden. Außerdem hatte er während der Ferien eine Arbeit als Krankenwärter in einem der großen Krankenhäuser der Stadt gefunden und kam nur noch selten nach Hause. Die Straße, die den Westteil der Stadt mit dem Ostteil verband, war zu gefährlich, als daß man sie oft benutzte.

An einem Samstagnachmittag machte Lamia mit Huda und Muhmi einen Spaziergang den Berg hinauf. Nicolas sah sie von seinem Fenster aus und folgte ihr. Sie setzten sich auf eine Terrassenmauer, während die Kinder sich zu den ersten Weinlesern gesellten und mit Trauben vollstopften. Die ärgste Hitze war vorüber, und das letzte goldene Licht lag über den Weinbergen, über der zerstörten Stadt und der Meeresbucht, wo die Sonne sich dem Horizont zuneigte. Keiner wußte, was er mit dem anderen reden sollte. Lamia erinnerte sich an den Tag, wo sie zusammen auf Amin gewartet hatten, der seinen Kampfanzug anzog. Damals hatte Nicolas ihr etwas sagen wollen, es aber nicht über die Lippen gebracht. Es war immer noch nicht ausgesprochen worden und würde es wohl auch nie mehr werden, dachte Lamia trübe. Doch das Schweigen wurde unerträglich, und so fragte sie Nicolas, ob er glaube, daß es weitere Kämpfe geben würde.

Nicolas machte ein enttäuschtes Gesicht. Er hatte nicht über Krieg reden wollen.

»Natürlich«, antwortete er, »keiner hat erreicht, was er wollte. Alle haben verloren, niemand hat gewonnen.«

»Vielleicht werden sie es dabei belassen.«

»Das glaube ich nicht. Jeden dürstet es nach Rache. Die jungen Männer bereiten sich in den Schlupfwinkeln der Berge auf den Kampf vor. Es fehlt nur ein Funke, um das ganze Land in Brand zu setzen.«

»Übst du dich weiter im Kampf?«

Er zögerte; er spürte, daß sie ihn im Innersten verachtete.

»Wenn der Krieg wieder richtig ausbrechen sollte, werde ich sicherlich wie die anderen kämpfen. Aber momentan habe ich genug im Krankenhaus zu tun. – Was ist das für ein Kind, Lamia? Ich habe es schon vorher bei dir gesehen.«

Sie errötete. »Seine Mutter ist getötet worden«, antwortete sie knapp. »Ich habe ihn bei ihrer Leiche im Orangenhain gefunden und mit nach Hause genommen.«

»Im Orangenhain? Welche Nationalität hatte seine Mutter?«

»Ähm . . . sie kam aus dem Lager.«

Nicolas lachte auf. »Du löffelst die Suppe auch nicht so heiß, wie du sie kochst, Lamia! Und in diesem Fall ist das auch kein Wunder . . .« Denn Muhmi war zwischen den Rebstöcken aufgetaucht. Wangen und Lippen dunkelrot verschmiert, tappte er auf sie zu und streckte Lamia seine Ärmchen entgegen. Nicolas beobachtete, wie ihr verschlossenes junges Gesicht weich und zärtlich wurde, als sie das Kind auf den Schoß hob und seine Locken küßte. Er lächelte, seufzte und ging nach Hause.

Lamia rief nach Huda. Sie wünschte, Nicolas hätte auf sie gewartet. Der Abendhimmel über dem Meer war dunkelrot – blutrot, dachte sie erschaudernd. Bevor sie das Haus erreicht haben würden, würde er verblassen, grau werden wie tote junge Gesichter, aus denen Leben und Licht gewichen ist. Nicolas' Worte hatten sie deprimiert und ihr die letzten Hoffnungen geraubt. Hätte er doch nur gewartet! Jeden Tag konnte die endgültige Vernichtung über sie hereinbrechen. Jeden Tag konnte Nicolas sterben, und dann würde für immer das graue Schweigen zwischen ihnen stehen, denn nichts war gesagt worden.

Es war soweit, als die Weinlese beendet war und die Weinblätter auf den Terrassen sich rot färbten. Die Katastrophe brach nicht unerwartet über sie herein, denn aus dem Norden und von den Bergen hatten sich unaufhörlich Horrorberichte von Massakern wie dunkle Fluten in die Stadt ergossen. Gefechte und Plünderungen brachen in einem Maß wie nie zuvor aus. Wenn nicht unablässig über den Rundfunk vor den gefährlichen Straßen gewarnt und ruhigere Zonen empfohlen worden wären, hätte Elias es nie geschafft, hin- und herzufahren. Er und sein Angestellter schliefen jetzt im Geschäft, das Gewehr neben sich. Obwohl der Laden sich nicht in der Kampfzone befand, nahmen die Plünderer wenig Rücksicht auf Sperrstunden. Am frühen Morgen kam Elias dann auf Umwegen nach Hause, wo er grau vor Erschöpfung eintraf. Und während er sein Frühstück verzehrte, berichtete er Rosa von immer neuen Greueltaten. An einem Septembermorgen war sein Gesicht aschfahl, als er die Eingangsstufen zu seinem Haus emporstieg. Er aß stumm, und seine Familie wußte, was geschehen war; im Radio war schon darüber berichtet worden. Nicht weit von Elias' Geschäft entfernt hatten Raketen ein Hotel in Schutt und Asche gelegt. Alle Hotelgäste, vor allem Ausländer, lagen unter den Trümmern begraben, und nichts konnte zu ihrer Rettung getan werden.

Rosa drang in ihren Mann, nicht mehr in die Stadt zurückzukehren. »Wir haben genug zum Leben«, flehte sie. »Bring deine Waren, und lagere sie hier im Haus!«

Er schüttelte den Kopf. »Dazu müßte ich einen Transportwagen haben«, erklärte er, »und den würden sie bei den Kontrollpunkten beschlagnahmen, wenn sie all die Stoffballen sähen. Nein, der Laden befindet sich nicht direkt im Kampfgebiet – jedenfalls noch nicht. Gekämpft wird weiter westlich und in den südlichen Vororten. Die Leute kaufen immer noch ein, doch viele Läden sind leergeräumt und geplündert worden, und die Plünderer haben überhaupt keine Hemmungen mehr. Sie fahren mit ihren Wagen vor und kommen seelenruhig vollbeladen mit teuren Waren aus den Läden. Manchmal ist es geradezu zum Lachen. Ich sah einmal, wie ein Mann mit seinem Mercedes vor einer zerstörten Zigarettenfabrik parkte. Er schleppte die Zigaretten gleich kistenweise aus dem Gebäude und mußte feststellen, daß inzwischen jemand mit seinem Mercedes fortgefahren war ...! Ja, es kreisen die seltsamsten Gerüchte, Rosa.

Ich selbst habe Lastwagen gesehen mit maskierten, bis an die Zähne bewaffneten Mädchen, die in den Kampf zogen.«

Lamia spitzte die Ohren. Vielleicht war das Leben doch noch lebenswert? Amin war für sein Land gestoren. »Bereit für deinen Ruf, mein Libanon«, hatten sie in der Schule gesungen, und ihr Herz hatte dabei vor Nationalstolz geklopft. Sie dachte darüber nach, als sie Muhmi in den Sportwagen setzte und in den Ortskern ging, um sich in die Menschenschlangen vor den Lebensmittelgeschäften einzureihen. Schlange stehen war ihr schon zur täglichen Gewohnheit geworden. Die Händler bezogen ihre Waren von den Bauern in den Dörfern außerhalb Beiruts und schafften sie dann in Schubkarren oder Handwagen heran. Natürlich waren die Preise enorm gestiegen, und manche Spezialitäten, die sie früher reichlich hatten genießen können, waren nun nicht mehr erhältlich. Doch alles in allem hatten sie genug, wenn auch das Anstehen in der noch warmen Herbstsonne ermüdend war und Muhmi ungemütlich wurde.

»Was ist das für ein Kind, Lamia? Ich wußte nicht, daß du einen so jungen Bruder hast.«

Lamia drehte sich um. Ein Mädchen, das sie flüchtig kannte, hatte sich hinter ihr angestellt. Marcelle war eine Klasse über ihr, eine gut entwickelte, glutäugige Schönheit mit pechschwarzem Haar, das in Locken auf ihre Schultern fiel. Sie stellte etwas dar in der Schule – war Vorsitzende des Diskussionsklubs und bekannt für ihre politischen Überzeugungen.

»Er ist der Sohn meiner Kusine«, log Lamia. »Ihr Haus steht in einem gefährlichen Viertel, und so lebt er bei uns.« Trotz der Versuche ihres Vaters, Muhmis Verwandte ausfindig zu machen, zog sie es vor, seine Identität geheimzuhalten. Angenommen – was natürlich äußerst unwahrscheinlich war – aber nur angenommen, jemand würde ihn erkennen und mitnehmen! Dann wäre ihr alles genommen!

»Muhmi will laufen!« rief der Kleine plötzlich.

»Muhmi?« fragte Marcelle lachend. »Was für ein seltsamer Name! Wie heißt er denn richtig?«

Lamia zögerte und errötete. Wenn sie seinen vollen Namen preisgab, verriet sie seine muslimische Herkunft, denn kein Christ trug diesen Namen. Marcelle sah sie neugierig an, und nach einer winzigen Pause stotterte Lamia: »Es ist nur ein Spitzname.«

»Dann würde ich aber an eurer Stelle einen anderen wählen«, meinte Marcelle geradeheraus. »An den Straßensperren werden Menschen wegen weniger erschossen. Viele entfernen den Hinweis auf ihre Religionszugehörigkeit aus den Personalausweisen. Und wenn du einem Moslem Unterschlupf gewährst, solltest du ihn zurückbringen. Wir müssen heutzutage eine klare Front ziehen, weil unser Glaube auf dem Spiel steht. Dies ist ein heiliger Krieg. Was machst du überhaupt in deiner Freizeit, Lamia?«

»Ich lerne«, erklärte Lamia, »und kümmere mich um ... ähm, diesen kleinen Jungen. Außerdem trauern wir noch. Mein Bruder ist verschleppt und umgebracht worden.«

»Das tut mir leid. Davon habe ich noch gar nichts gehört. Doch wenn sie deinen Bruder entführt und getötet haben, mußt du dich doch nach Rache sehnen?«

»Ja, natürlich ... aber was kann ein Mädchen schon machen?«

Mittlerweile hatten sie den Handwagen des Geflügelhändlers erreicht und redeten leise mit zusammengesteckten Köpfen. »Komm mit mir«, flüsterte Marcelle. »Du bist genau die Richtige für uns. So jemand wie dich können wir gut gebrauchen. Komm mit mir nach Hause, und sieh dir an, was ich in meiner Freizeit mache!«

Sie erledigten ihre Einkäufe, während Muhmi, glückselig, daß er laufen durfte, am Straßenrand Akazienschoten aufsammelte. Mit vollen Körben gingen sie dann zusammen fort. Marcelles Elternhaus stand ungeschützt weiter westlich. Die Hauswand war von Granateinschlägen beschädigt, und die Vorderfenster waren zersplittert.

»Komm rein!« forderte Marcelle Lamia auf.

Sie trafen niemand an, als sie die geräumige Eingangshalle durchquerten und die Treppe zu Marcelles Schlafzimmer hinaufstiegen. Auf ihrem Bett lagen Kampfanzug, Käppi, Maske und ein Gewehr, das mit bunten Bildern verziert war: einem Kruzifix, der Jungfrau Maria und dem Guten Hirten, der ein Lamm auf den Schultern trug.

»Viele Mädchen beteiligen sich an unserer Sache«, sagte Marcelle ernst. »Wir müssen unser Erbe und unseren christlichen Glauben verteidigen. Wie ich schon sagte: Dies ist ein heiliger Krieg, und die Kirche unterstützt uns. Schau, mein Christus und meine Muttergottes beschützen mich.«

Muhmi streckte seine Hand nach den bunten Bildern aus, doch Lamia hob ihn auf den Arm und starrte auf den Guten Hirten. Er sorgte für seine Schafe . . . und die Hotelgäste wurden lebendig unter dem Schutt begraben! Der Erlöser hing an dem Kreuz, um zu retten . . . und die Heckenschützen schossen auf die Feuerwehr und die Ambulanzwagen, die versuchten, den Verbrannten und Verwundeten zu helfen. War die Muttergottes wohl mit dem einverstanden, was ihre Kinder taten? Und war es dem Guten Hirten gleichgültig? Welchen Glauben verteidigten sie da eigentlich? Lamia versuchte, ihren Gedankenwirrwarr zu ordnen . . . Selbstverständlich war es eine Ehrensache, für sein Land zu kämpfen. Wie konnte sie nur daran zweifeln!

»Strenggenommen bist du noch zu jung«, sagte Marcelle, »aber keiner wird merken, daß du erst sechzehn bist; du bist so groß. Sag einfach, du seist siebzehn! Keiner wird sich die Mühe machen, das nachzuprüfen. Komm heute abend um sechs Uhr zu mir! Ich werde dann mit dir dorthin gehen, wo sich die Mädchen auf die nächste Runde vorbereiten.«

»Danke«, sagte Lamia. »Ich werde es mir überlegen.«

Sie setzte Muhmi wieder in den Sportwagen und ging mit ihm nach Hause. Ihr Vater war seit zwei Tagen nicht mehr im Geschäft gewesen. Über den Rundfunk war eindringlich davor gewarnt worden, sich in dieses Stadtviertel zu wagen. So wartete er also ab. Er saß in sich zusammengesunken auf dem Sofa, halb eingenickt, als Lamia sich vor ihn hinstellte.

»Vater«, sagte sie leise, »ich will kämpfen. Man braucht auch Mädchen.«

Er sprang auf, und sie glaubte schon, er wolle sie schlagen. »Kämpfen!« schrie er. »Meine Tochter kämpfen! Da erschieße ich dich lieber selbst, bevor du von einem anderen Mann niedergemäht wirst! Und weißt du auch, was man mit Mädchen macht, die gefangengenommen werden? Kämpfen! Reicht es nicht, daß unser Sohn sein Leben für eine Geburtstagsparty weggeworfen hat? Denkst du denn gar nicht an deine Mutter?«

Lamia flüchtete sich erschrocken in die Küche und ließ Muhmi allein zurück, dem väterlichen Zorn ausgeliefert. Der Kleine stand mit gespreizten Beinen da und sah interessiert und furchtlos zu dem wütenden Mann hoch. In seinem jungen Leben hatte er schon viele Wutausbrüche mitbekommen, ohne bis jetzt selbst verletzt worden zu sein. »Ah, Ba!« sagte er energisch und begann, mit geballten Fäusten auf und ab zu marschieren und in lächerlicher Nachahmung mit den Armen zu schlenkern, bis der Vater, nachdem er sich vergewissert hatte, daß die Küchentür geschlossen war, sich lachend hinsetzte – sein Ärger war verraucht.

Lamia hatte die Küchentür zugeknallt, sich auf einen Stuhl am Tisch geworfen und ihr Gesicht in den Armen vergraben. Die seltenen Zornesausbrüche ihres Vaters mochten Muhmi belustigen, sie wurde dadurch gänzlich aus der Fassung gebracht. Ihre Mutter, die ihr gegenübersaß, begann, einen Kohlkopf zu zerschneiden, und eine Zeitlang schwiegen sie beide. Muhmi, dem »Ba« zu wenig Aufmerksamkeit schenkte, kam hereinspaziert und kletterte auf Lamias Schoß. Sie umarmte ihn fest, weil er so warm und weich und lebenssprühend war. Sie blickte flüchtig zu Rosa hoch. Wie alt und friedvoll erschien ihr die Mutter, während sie sich auf den Kohlkopf konzentrierte, als sei er das Allerwichtigste in diesem Augenblick; als gäbe es einen Grund, ausgerechnet jetzt friedlich zu sein.

»Es ist gut, für sein Land zu kämpfen, um es zu schützen«, platzte Lamia schließlich heraus. »Du und Vater – ihr habt schon das Beste vom Leben hinter euch. Aber wir müssen erwachsen werden und dann in diesem Land leben, und was ist mit unseren Kindern? Möchtest du, daß sie in einem Land aufwachsen, wo Fremde unser Erbe und unseren Glauben zertrampelt haben? Soll es denn falsch sein, dies alles zu verteidigen? Du und Vater, ihr seid alt, ihr versteht das nicht!«

Rosa, die vierunddreißig Jahre alt war, lächelte etwas säuerlich. »Warum muß sie so lange warten, bis sie antwortet«, dachte Lamia. »Und warum läßt sie nicht endlich diesen Kohlkopf liegen?«

»Ich glaube, daß wir unsere beste Zeit durch dich, Sami, Huda und Muhmi erleben werden«, sagte Rosa. Sie sprach langsam und stockend, als suche sie nach Worten. »Ich hoffe, daß eure Zukunft lange andauern wird ... Es ist gut, unseren Glauben zu wahren ... doch ich meine, daß der Glaube am besten in einem liebenden, vergebenden Herzen lebendig erhalten und bewahrt wird. Ich verstehe nicht so viel von Politik wie ihr jungen Leute, aber ich habe offene Augen und Ohren ... Einige Männer sterben in den Bergen, deshalb werden einige Frauen und Kinder in der Stadt ermordet ... Gestern erst hörte ich, daß ein Moslem im Norden erschossen wurde ... sein vierzehnjähriger Bruder nahm darauf sein Gewehr und erschoß an einer Straßensperre aus Rache zwölf Christen, die unterwegs waren. Und wie viele werden für diese zwölf sterben müssen? Schützt man so seinen Glauben, oder ist das nicht eher Haß und Rache zu nennen? Und wann wird es aufhören? Jeder Waffenstillstand wird gebrochen, keine Feuereinstellung hält an . . .

Aber der Krieg dauert nicht ewig. Eines Tages werdet vielleicht ihr, die ihr übriggeblieben seid, zurückkommen und wiederaufbauen. Im Dorf sah ich als Kind zu, wie die Bauern vor Einbruch des Winters das Feld umpflügten und den Samen säten. Im Frühling konnte man die grünen Felder sehen und die Ernte ermessen . . .

Du hast dieses Kind zu dir genommen, Lamia, ein Feindeskind. Wenn es erwachsen ist, wird vielleicht der Sturm vorübergegangen und die Zeit des Wiederaufbaus gekommen sein. Bereite Muhmi jetzt schon auf diesen Tag vor; lehre ihn unseren Glauben . . . lehre ihn lieben und vergeben! Schau auf die Ernte nach dem Winter. Vielleicht ist dies das Größte, was wir Frauen für unser Land tun können.«

Doch Lamia erschien es sinnlos, so weit nach vorne zu schauen. Sie konnte überhaupt nichts sehen jenseits des schwarzen Rauchmantels bei Tag und des grellroten Feuerleuchtens bei Nacht.

7 *Die Gegenwart bleibt*

Mehrere Tage und Nächte vergingen unter unablässigem Artilleriebeschuß. Der ausgedörrte Boden lechzte nach Regen, und das Land welkte unter der Oktobersonne dahin. Da wurde, völlig unerwartet, ein Waffenstillstand ausgerufen. Manche prophezeiten, daß die Waffenruhe diesmal von Dauer sein würde, denn die Führer der großen kriegführenden Parteien waren mit neuen Friedensbedingungen aus Syrien zurückgekehrt.

Ein unglaublicher Tumult brach an jenem Samstag los. Die Menschen weinten, die einen vor Freude und die anderen vor Verbitterung über das nutzlose Sterben, das sinnlose Töten. Die Straßenbarrikaden, Symbole des Hasses, wurden niedergerissen, und Männer, die vor wenigen Stunden noch aufeinander geschossen hatten, traten aus ihren Verstecken hervor und umarmten und küßten einander in dem Schutt und der Verwüstung. Sie wanden hell- und dunkelrote Bougainvillea um ihre Gewehre. »Endlich Frieden!« riefen die Leute, die sich zu Hause um ihre Radios versammelt hatten, und viele blickten zum Himmel und dankten Gott für die Angehörigen, die er am Leben erhalten hatte. Die Kinder rannten lachend in den Sonnenschein hinaus und spielten frei auf den Straßen.

»Frieden!« rief Huda und tanzte mit strahlenden Augen ums Haus herum. »Jetzt können wir im Orangenhain spielen, und ich darf jede Nacht in meinem eigenen Zimmer schlafen.«

»Frieden!« seufzte Sami wehmütig, »und Vater hat mich nicht einmal irgendwohin gelassen, wo richtig gekämpft wurde, oder mich mit dem Gewehr schießen lassen.« Er ergriff Huda bei der Hand, und sie stoben davon, um an dem Freudenfest auf den Straßen ihres Viertels teilzunehmen.

»Frieden«, dachte Rosa. »Jetzt wird Elias wieder wie früher zu geregelten Zeiten nach Hause kommen, und ich brauche mir nicht den ganzen Tag lang Sorgen um ihn zu machen! Wir wollen auch ein wenig feiern, wenn er heimkommt.«

Ihr Vorrat an Lebensmitteln war merklich geschrumpft, doch Rosa verstand sich auf die Kunst, mit wenig lange auszukommen. Sie steuerte direkt auf die Küche zu. Muhmi, der vermutete, daß sie Kuchen bakken wolle, folgte ihr auf den Fersen.

»Frieden«, dachte Lamia, »und um welchen Preis? Es ist doch nichts erreicht! Sollte Amin dafür gestorben sein?« Plötzlich verspürte sie eine ungeheure Sehnsucht, in der Nähe ihres Bruders zu sein. Obwohl sie wußte, daß sie eigentlich der Mutter beim Backen helfen sollte, schlich sie aus dem Haus und stieg den Pfad hinauf, der zum Friedhof führte. Es gab keine Blüten mehr, nur die Farbe der Dürre: das Silber der Ölbaumblätter, das fahle Gold der Stoppelfelder und über ihr am Hang das Rotgold der abgeernteten Weinstöcke. Lamia machte einen Bogen um die Kirche, die wie ein grauer Felsblock aus dem Hang hervorzuspringen schien. Seit Amins Tod hatte sie das Gotteshaus nie mehr betreten, denn der blasse Christus am Kreuz und seine Mutter mit den traurigen, zum Himmel blickenden Augen unterschieden sich in nichts von irgendwelchen anderen Stücken Holz oder Gips. Sie hatten ihre Gebete nicht erhört. »Ich glaube, ich bin jetzt Atheist«, dachte sie unbestimmt, und sie fühlte sich danach noch einsamer, denn es war schrecklich zu glauben, daß niemand für einen da war. Im Schatten der Zypressen ging sie auf Amins Grab zu. Da begann ihr Herz plötzlich wild zu klopfen. Sie war nicht allein! Nicolas saß neben dem Grab. Seine ganze Haltung drückte tiefe Niedergeschlagenheit aus. Lamia vergaß, wie sie ihn verachtet hatte, denn hier war jemand, der auch unter die Oberfläche blickte und daran litt. Als sie ihm über den Rasen entgegenlief, sah er auf. Sein Gesicht war sehr schmal geworden, seine dunkel umrandeten Augen lagen tief in ihren Höhlen. Er sah aus, als hätte er wochenlang nicht geschlafen.

»Nico!«

Er lächelte sie flüchtig an. »Ich dachte, du würdest vielleicht hierher kommen«, sagte er. »Ich konnte mir nicht vorstellen, daß du mit den anderen auf den Straßen in Freudengeschrei ausbrechen und herumhopsen würdest, wo noch nicht einmal frisches Gras die Gräber bedeckt.«

Sie war eine Zeitlang still und dachte über das nach, was er gesagt hatte. Sie hatte ihn seit dem letzten Ausbruch der Kämpfe nicht mehr gesehen, aber sie wußte, daß er im Krankenhaus gearbeitet hatte. Doch an diesem Feiertag hatte er sich neben diesen harten, sonnengebackenen Erdhügel gesetzt und auf sie gewartet. Ihr schien, als wäre endlich etwas gesagt worden, was das Schweigen zwischen ihnen für immer überbrückte, und doch wußte sie kaum, wie sie sich auf dieser Brücke bewegen sollte.

»Warst du die ganze Zeit im Krankenhaus?« fragte sie. Sie setzte sich neben ihn auf den Boden und umschlang ihre Knie.

»Ja, ich konnte nicht fort.«

»Wie war es, Nico? Gab es viel zu tun?«

»Tag und Nacht; die Verwundeten lagen auf Tragbahren auf den Fluren und warteten auf die Operation. Bis sie endlich an die Reihe kamen, war es oft schon zu spät. Und manchmal brachten die Palästinenser ihre Verwundeten herein und zwangen die Ärzte mit vorgehaltener Waffe, ihre Kameraden zuerst zu behandeln, so daß andere, die viel schlimmer dran waren, starben.«

»Ihr habt alle Parteien behandelt?«

»Natürlich. Ist der Tod parteiisch? War es die Rakete, die in der Menschenschlange vor dem Lebensmittelgeschäft explodierte? Fünfzig Menschen starben dabei, die meisten davon waren Frauen und Kinder. Tanzen die Eltern dieser Kinder heute etwa auch, und umarmen sie ihre Feinde? Lamia, ich kann das nicht mehr lange ertragen – die Schreie, das Blut, den Ausdruck ihrer Augen! Was haben sie denn getan? Wozu sollen diese unzähligen Leiden gut sein?« Er zitterte und preßte seine Hand gegen die Stirn. Lamia betrachtete ihn erschrokken. Sie hätte ihn so gern getröstet, doch sie wußte nicht wie.

»Aber du brauchst es ja auch nicht mehr zu ertragen, Nico«, stammelte sie. »Es ist vorbei, dieser Waffenstillstand wird eingehalten werden, alle sagen es.«

»Vorbei, sagst du?« wiederholte er gepreßt. »Was soll vorbei sein? Haben die Mütter aufgehört zu weinen oder die Waisen aufgehört zu klagen? Ist dein Kummer vorbei? Wenn du mit zum Krankenhaus kämst, Lamia, würdest du blutjunge Menschen sehen, deren Leben gerade erst anfängt, die aber nie mehr laufen oder sehen oder verstehen werden . . . die nur noch dahinvegetieren können. Ja, ihnen wünschte ich wohl, ihr Leben wäre endgültig vorbei . . . Außerdem, wer behauptet, daß dieser Frieden von Dauer ist? Wie viele Waffenstillstände haben wir denn schon erlebt – sind sie eingehalten worden?«

»Man sagt aber, diesmal sei es anders«, murmelte sie unglücklich und verstummte. Der einzige Trost, den es überhaupt gab, war dieses zarte neue Einvernehmen zwischen ihnen, diese Stimmung, die sie beide teilten. Sie saßen still nebeneinander und genossen den Gleichklang, bis Wolken aufkamen und die Sonne verdeckten. Es wurde plötzlich kalt, und sie erhoben sich.

»Wenn nur bald die Regenzeit einsetzte!« meinte Nicolas freudlos. »Die Stadt stinkt nach Tod, und der Unrat verfault auf den Straßen.«

Sie machten sich auf den Heimweg. Huda entdeckte sie und kam ihnen mit strahlenden Augen und fliegenden Locken entgegengerannt. Muhmi stolperte hinter ihr her.

»Komm schnell, Lamia! Mutter hat ein Festessen gekocht, und Vater ist schon zu Hause. Wir warten alle auf dich. Nico, komm und trink mit uns Kaffee!«

Er zuckte die Achseln. »Ich werde erst mal abwarten und sehen, ob wir Grund zum Feiern haben«, sagte er mißvergnügt. Inzwischen war auch Muhmi herangekommen – fröhlich, mit roten Wangen und feuchter Stirn. Er streckte Lamia die Arme entgegen, und sie hob ihn auf ihre Hüfte, obgleich er schrecklich schwer geworden war. Nicolas starrte den Kleinen böse an. »Vielleicht ist er eifersüchtig«, dachte Lamia, »vielleicht sieht er aber auch die anderen Kinder vor sich, die verstümmelten, die toten. Ich wünschte, ich könnte ihn irgendwie trösten ...« Sie wandte sich Nicolas zu. Ihre Schüchternheit war verflogen, ihr Gesichtsausdruck sanft und verständnisvoll. Doch es war zu spät; er eilte schon davon, den Berg hinunter, und als sie ihm nachrief, reagierte er nicht.

Die Familie versammelte sich und staunte über das, was Rosa von den mageren Rationen der vergangenen Wochen auf den Tisch gezaubert hatte, verlängert mit Gemüse aus dem Garten. Lamia spürte, wie ihre Eltern ein stilles Zwiegespräch führten. Elias saß niedergeschlagen und passiv da. »Wie kannst du feiern, wo noch nicht einmal der Regen aufs Grab unseres Sohnes gefallen ist«, schien er Rosa vorzuwerfen, während er zu den Bergen hochstarrte. Doch Rosa blickte zuerst auf ihn und dann auf die Kinder. Muhmi betrachtete mit glänzenden Augen all die Köstlichkeiten, Huda hopste ungeduldig in ihrem Stuhl auf und nieder. Sami hatte sich die Backen schon mit Essen vollgestopft, obwohl die anderen noch gar nicht begonnen hatten. »Laß sie heute fröhlich sein!« schien sie zu flehen. »Unsere Herzen mögen tot sein, aber sie haben das Leben noch vor sich. Verdirb ihnen nicht die Freude!« Allmählich griff die Hochstimmung der Kinder auf alle über, und sie blieben nach dem Essen beisammen sitzen und unterhielten sich über die alten, friedlichen Zeiten, als Mord und Totschlag noch nicht an der Tagesordnung waren. Rosa erzählte von den Dorffesten, die sie in ihrer Kindheit miterlebt hatte, wenn das Getreide eingebracht und die Weintrauben und Oliven geerntet worden waren. Es war schwül, sie saßen am offenen Fenster, und Muhmi, schläfrig vom vielen Essen, ruhte in Elias' Schoß. Diesen Abend würden sie nie vergessen – er erschien ihnen später wie ein sonnenheller Riß in einer Wolkenwand. Die friedliche Stille gab ihnen neue Hoffnung. Wenn der Regen fiel und das Gras auf den Bergen grünte, würden vielleicht auch sie wieder aufblühen. Sie saßen noch lange nach Einbruch der Dunkelheit zusammen. Dann legte sich Huda schlafen; und viel später schlief auch die übrige Familie tief und dankbar und erwachte in Frieden.

Doch der Frieden hielt nur ein paar Stunden an. Sie hörten es alle auf einmal: Knatternde Schüsse, detonierende Granaten . . . Elias war mit einem Satz beim Radio und schaltete es ein. Huda stürzte sich weinend in Mutters Arme, und Sami sah recht nachdenklich drein. Obwohl er einen Bruder verloren hatte, ließ das Kriegsgetümmel sein Herz schneller schlagen. Er wünschte sich, schon älter zu sein.

Es war alles vorbei. Ein Regierungsbeamter der christlichen Partei wurde vermißt. Niemand wußte etwas Genaues, aber es reichte aus, um die Gewehre wieder hervorzuholen. Die Blumengirlanden, die Umarmungen und Freudentänze – alles war schlagartig vergessen, und die Stadt wurde in die wütendste Phase des Krieges gestürzt, die sie bis dahin erlebt hatte. Der Kampf tobte in den westlichen Stadtteilen und nördlich von Elias' Haus. Keiner konnte mehr seiner Beschäftigung nachgehen. Die großen Hotels waren zu belagerten Festungen geworden, und Hunderte von Menschen starben. Die Bewohner der umkämpften Stadtteile flohen mit den wenigen Habseligkeiten, die sie tragen konnten. Manche flüchteten über die Dächer, wo ihnen die Kugeln um die Ohren pfiffen. Viele Familien saßen tagelang in Kellern fest. Selbst in den Randbezirken wurden die Lebensmittel und die Wasserversorgung knapp. Die Plünderer waren so rücksichtslos, daß manche Familienväter bewaffnete Männer anstellten, die die Häuser bewachen sollten, und hohe Summen an die verschiedenen politischen Parteien zahlten, damit man sie in Ruhe ließ.

Elias verbot den Kindern, das Haus zu verlassen. Rosa versuchte, einen Tagesplan aufzustellen und übertrug jedem Kind gewisse Pflichten. Lamia unterrichtete morgens die beiden Kleinen und hockte nachmittags über ihren eigenen Büchern. Doch sie alle langweilten sich und waren gereizt. Trotz der drückenden Hitze war immer noch kein Regen gefallen. Nur Rosa war nie mißgelaunt und Muhmi nie gelangweilt. Er hatte immer etwas vor, auch wenn es gar nichts zu tun gab. Selbst in den brütendheißen Mittagsstunden war er eifrig beschäftigt und lachte, wo es wirklich nichts zu lachen gab. Lamia konnte sich nicht vorstellen, wie sie das Leben ohne ihn hätten durchstehen können.

Eines Nachts schliefen sie, inzwischen an das Donnern der Geschütze gewöhnt, als eine ungeheure Explosion das Haus erschütterte und die westlichen Fenster heraussprengte. Sie schliefen wie gewöhnlich in den Zimmern, die nach Osten hin lagen. Es war eine Gnade, denn Hudas Bettchen im Oberstock war, wie sie später feststellten, von Glasscherben übersät. Sie sprangen auf, die Kinder drängten sich an die Eltern, die sie, so gut sie konnten, zu beruhigen versuchten.

»Bleibt in der Nähe der Eingangstür!« befahl Elias. »Ich werde nachschauen, was passiert ist.«

Er ging zur Rückseite des Hauses, kam aber schnell wieder. »Es ist der Wohnblock direkt hinter uns«, erklärte er. »Eine verirrte Granate muß mitten in dem Gebäude explodiert sein. Die Flammen schlagen aus den Fenstern. Die Menschen strömen wie die Ameisen heraus. Ich nehme an, sie haben allesamt im Erdgeschoß geschlafen. Sie können aber nicht hierherkommen; unser Haus steht zu nahe, als daß es Schutz bieten könnte. Wir wollen vorsorglich das Nötigste zusammenpacken, falls unser Haus Feuer fängt.«

Sie arbeiteten emsig. Ihr Haus war durch den langen Garten und die Straße von dem Wohnblock getrennt, und glücklicherweise wehte der Wind von Osten. Als sie zusammengesucht hatten, was sie tragen konnten, stiegen sie für einen Augenblick aufs Dach und beobachteten die hohen Flammen, die in den Himmel stiegen und in Richtung Stadt geblasen wurden. Dann kehrten sie in das Ostzimmer auf der Vorderseite zurück und saßen dicht aneinandergedrängt, bereit zur Flucht. Huda schluchzte bitterlich, weil man es nicht für nötig hielt, auch ihre Puppen und Teddybären zu retten.

Rosa kochte Kaffee, und die älteren Familienmitglieder beobachteten, wie die Morgendämmerung den schmutzigen Rauchschleier durchbrach. Erschöpft und mit bleichen Gesichtern stiegen sie zum zweiten Mal aufs Dach. Das große Gebäude war nun zusammengefallen, und die Flammen loderten nicht mehr hoch empor. Sie brannten aber hartnäckig weiter und hoben sich blaß vom roten Morgenhimmel ab. Elias' Haus war nun nicht mehr so gut geschützt wie vorher, und die zerstörte Stadt schien ihnen zu Füßen zu liegen.

»Es scheint etwas ruhiger geworden zu sein«, sagte Elias schließlich. »Ich fahre jetzt zum Laden hinunter und hole, was ich kann. Vielleicht können wir hier nicht mehr lange bleiben. Ich werde essen, wenn ich zurückkomme.«

Er fuhr davon und mied die feindlichen Stadtteile und Straßensperren. Seine Gedanken waren völlig mit diesem neuen Problem beschäftigt, vor dem er stand: wohin sollten sie fliehen? Dennoch roch er den scharfen Brandgeruch schon von weitem. Er stellte seinen Wagen an seinem üblichen Parkplatz ab und ging zu Fuß in die schmale Seitenstraße. Er befürchtete das Schlimmste, denn die raucherfüllte Luft ließ ihn nach Atem ringen, und seine Augen tränten. Als er um die Ecke bog, sah er, was er schon wußte: die ganze Straße war ausgebrannt. Die kleinen Läden waren entweder zerstört oder geplündert, und verdorbene Waren lagen in der Asche. Er bahnte sich einen Weg durch den Schutt und stand wie angewurzelt vor der schwarzen Höhlung, die einmal sein

Geschäft gewesen war. Erst sein Sohn – und nun sein Laden. Er schämte sich, daß er beide in einem Gedankengang nannte, doch das Geschäft hatte er von seinem Vater übernommen, es war seine Vergangenheit, wie sein Sohn seine Zukunft war. Nun waren Vergangenheit und Zukunft zerstört, und er schwebte haltlos in diesem Alptraum der Gegenwart. Es war nichts mehr zu retten. Er stolperte zu seinem Wagen zurück und fand irgendwie den Weg nach Hause.

Da mußte er sich mit der Gegenwart beschäftigen. Die Kinder schliefen fest, doch Rosa hörte Elias hupen und kam zur Tür. Sie sah klein und blaß aus in ihrem schwarzen Kleid, doch sie war da. Sie war immer für ihn da, wenn er sie brauchte, ihm pflichtbewußt ergeben, doch gleichzeitig sein Fels im Sturm, sein Frieden ... Trotz aller Belastungen und Leiden hatte sie sich nicht unterkriegen lassen, nicht aufgegeben. Er spürte, wie ihn ein großer Strom dankbarer Liebe durchflutete. Aber er würde diese Liebe niemals ausdrücken können, weil er nicht fähig war, seine Gefühle offen zu zeigen. Er begrüßte sie wie immer auf seine stille Art.

»Der Laden ist zerstört«, sagte er. »Da war nichts zu retten. Die ganze Straße ist ausgebrannt.«

Sie schaute ihn an. Sie wußte, was ihm sein Geschäft bedeutete. Es mußte nicht ausgesprochen werden, und so ging sie in die Küche und kam mit einem vollbeladenen Tablett und einem Brief in der Hand wieder. Sie setzte sich neben ihren Mann und wartete still, bis er zu Ende gefrühstückt hatte.

»Ich habe einen Brief von meinem Onkel aus Damour erhalten«, sagte sie schließlich. »Sein Sohn kämpft hier und hat ihn selbst vorbeigebracht. Er konnte aber nicht bleiben. Seine Eltern sind in Zypern und warten dort ab, daß sich die Lage hier bessert. Sie haben uns ihr Haus angeboten, bis sie wiederkommen. Sie haben Angst, es leer stehenzulassen. Dort unten im Süden ist es ruhiger, und das Haus steht am Hang, abseits der Küstenstraße und gut geschützt.«

»Es gibt keinen Grund mehr, länger hierzubleiben«, antwortete Elias. »Unser Haus ist außerdem zur reinsten Zielscheibe geworden. Am besten gehen wir so schnell wie möglich. Ich werde einen bewaffneten Wächter zurücklassen, und wir nehmen mit, soviel wir können.«

»Wir könnten natürlich auch zu meinen Eltern aufs Land ziehen«, sagte sie sehnsüchtig.

Er lächelte; ihre Liebe zu ihrem Dorf belustigte ihn immer wieder.

»Wovon sollten wir dort leben?« fragte er sie. »Und Lamia könnte keine höhere Schule besuchen. Nein, das Haus deines Onkels in Damour ist eine bessere Idee; ich habe noch einige Stoffballen hier im Haus gelagert; vielleicht kann ich dort unten ein neues Geschäft aufbauen.«

Ihr Blick hing an den Pappeln, deren goldene Blätter über Amins Grab leuchteten. Ihr Mann wußte nicht, wie oft sie an diesem Fenster saß und zum Grab hinaufblickte.

»Ja«, sagte Rosa, »dann gehen wir wohl besser.«

8 *Das Christuskind*

Ein paar Wochen später zogen sie während einer Gefechtspause nach Süden. Während sie noch beim Pakken waren, platzten die Wolken, und der Herbstregen fiel in Strömen.

Lamia liebte diese Jahreszeit besonders. Leben und Tod trafen sich da, und beide waren gleichermaßen schön. Die Bäume und Sträucher glühten in den Herbstfarben, und auf einmal schien sich das frische Gras wie ein grüner Schleier auf das ausgedörrte Land zu legen. Als Rosa zum letzten Mal auf den Friedhof ging, blühten rings um das Grab wilde Krokusse.

Wie die Erde nach Wasser schrie, so schrie das ausgeblutete Land nach Frieden. Eines Tages wurde im Radio zu einem Friedensmarsch aufgerufen. Tausende nahmen daran teil. Moslems, Drusen* und Christen strömten auf die Straßen, weinten und schrien verzweifelt und verurteilten lautstark alle Gewalt. Priester, Scheiche und Imams** vergaßen ihre Feindschaft und führten diesen Herzensschrei nach Frieden an.

Kirchenglocken läuteten, und von den Moscheen und Minaretten sangen Muezzins Verse aus dem Koran und riefen zu Toleranz, Vergebung und Verständigung auf. Sami war auf und davon und mitten im Gewühl, bevor die Eltern überhaupt entscheiden konnten, ob er gehen dürfe oder nicht. Es war das Aufregendste, was er in seinem jungen Leben je erlebt hatte. Nicht einmal die Scharfschützen an den Übergangspunkten konnten die Demonstranten aufhalten. Die große Menge gequälter Menschen, unter denen viele Tote zu beklagen und viele all ihren Besitz verloren hatten, drängte die Soldaten

* Mitglieder einer politisch-religiösen Sekte muslimischen Ursprungs, im 11. Jahrh. entstanden.

** Titel für Gelehrte des Islams; religiöses Oberhaupt der Schiiten.

einfach zur Seite. Ein paar Tage lang schien es, als sei die fünfte Runde vorüber, und Elias mietete einen Transportwagen und zog mit seiner Familie und seinem Hab und Gut nach Damour, solange die Straßen relativ sicher waren.

Die Kinder lebten sich schnell in ihrem neuen Zuhause ein, und wenn Rosa und Lamia sich in dem viel kleineren Haus auch etwas eingeengt fühlten, machten sie doch das Beste daraus, denn es bot auch manche Vorteile.

Die Nächte waren ruhiger, und Sami und Huda konnten wieder die Schule besuchen. An den warmen Samstagnachmittagen im November konnten die beiden sogar durch die Orangenhaine rennen und am Strand spielen. Rosa ging ihnen stets nach einiger Zeit nach, denn sie war beunruhigt, wenn sie sie nicht im Auge behalten konnte. So viele Kinder waren in jenen Tagen ins Freie gelaufen, um zu spielen, und nie mehr zurückgekommen ...

Es war die Jahreszeit der Regengüsse und des Sonnenscheins, stürmischer Sonnenuntergänge und großer Regenbogen, die das Meer von Sidon bis Beirut überspannten. Elias hatte ein kleines Geschäft im Norden Damours aufgebaut. Die leidgeprüfte Familie schien endlich eine Atempause zu bekommen und neu beginnen zu können. Weihnachten stand vor der Tür, und vielleicht würden wieder die Kerzen brennen, die Glocken läuten und den Menschen seines Wohlgefallens würde Friede auf Erden sein.

Doch dann tauchten erneut schreckliche Gerüchte auf, und die Menschen hockten wieder kalt vor Angst an ihren Radios. Ein mit Koranausgaben beladener Lastwagen war umgestürzt worden, und man hatte die Bücher verbrannt. Aus Rache waren Kirchen geschändet worden, und in den Bergen war der Krieg erneut ausgebrochen. In der Nähe eines Dorfes hatte man vier Leichen christlicher Parteiangehöriger gefunden, und die Vergeltungsschläge in Beirut waren so brutal, und so viele unschuldige Moslems wurden niedergemetzelt, daß der Tag als der Schwarze Samstag in die Geschichte einging.

Am Montag befand sich die gesamte Innenstadt Beiruts wieder im erbittertsten Kampf, und acht Tage lang wütete das Feuer, explodierten die Granaten und verschwanden Menschen spurlos. Dann drängte Syrien auf einen neuen Waffenstillstand, und das Schießen wurde eingestellt. Wieder einmal machten sich die Menschen daran, die Toten zu bestatten. Doch noch am selben Tag wurden neue Anschläge aus den Bergen im Norden und Südosten gemeldet, und unzählige Familien verließen ihre Häuser in überstürzter Flucht, Babys und die nötigste Habe auf den Schultern. Sie zogen durch das gefahrvolle, von Hinterhalten wimmelnde Bergland in ruhigere Gegenden.

Das Land wurde mehr und mehr in verschiedene politisch-religiöse Territorien aufgespalten, in denen sich die Angehörigen der jeweiligen politischen Partei oder Religion sammelten.

Huda mußte die schlimmste Nachricht hören, die sie sich vorstellen konnte: Weihnachten würde nicht gefeiert werden! Weihnachten war für sie der schönste Tag im Jahr. Die acht Jahre ihres Lebens glichen einer Kette, in der die Weihnachtsfeste wie Edelsteine funkelten. Letztes Jahr hatte der Vater die ganze Familie in das Hauptgeschäftsviertel der Innenstadt mitgenommen; die Straßen waren hell erleuchtet und geschmückt gewesen, und ein Lautsprecher hatte ihnen Weihnachtslieder entgegengeschmettert. Sie hatten goldene Pralinenschachteln voll Schokolade und gezuckerten Mandeln gekauft. Dann waren sie nach Hause gefahren und hatten um die brennenden Kerzen am Christbaum und um eine kleine, selbstgebastelte Krippe ein wunderschönes Fest gefeiert.

Doch dieses Jahr stapelte sich der Schutt im Einkaufszentrum, die Geschäfte waren geschlossen, und nachts waren die Straßen – von den Heckenschützen abgesehen – menschenleer. Also würde es kein Weihnachten geben, keinen Baum, keine Geschenke, keine Krippe, nichts, was an Weihnachten erinnerte, außer Gebete um Frieden. Die Kirche hatte es angeordnet, und daran gab es nichts zu rütteln.

Huda war ein lustig aussehendes kleines Mädchen. Ihr Haar glich einem dichten, schwarzen Mop, und ihr schmales Gesicht schien nur aus zwei großen, schwarzen Augen zu bestehen. Sie war mager, mit spindeldürren Beinen, und man hatte den Eindruck, sie müßte jeden Augenblick das Gleichgewicht verlieren. Mit geballten Fäusten und tragisch geweiteten Augen stand sie jetzt vor ihrer Mutter in der Küche.

»Ich will aber Weihnachten feiern!« flüsterte sie leidenschaftlich. »Ich will den Weihnachtsbaum und die Kerzen und das Christuskind!«

Rosa strich Hudas unbändiges Haar zurück und lächelte auf sie hinab. Es war zwar wichtig, Aufrufe der Kirche zu befolgen, doch gab es andere Dinge, die noch wichtiger waren.

»Du kannst am Heiligabend einen Tannenzweig holen«, versprach sie, »und wir werden auch Kerzen anzünden. Ich glaube, wir haben das Christuskind in Beirut zurückgelassen, dafür kannst du aber deine Puppe nehmen. Doch erzähl niemand davon. Es wird ein geheimes kleines Weihnachtsfest für dich, Sami und Muhmi werden.«

Kurz nach drei Uhr eilten Huda und Muhmi deshalb am Heiligabend zum Wäldchen hinauf. Es war ein stiller, kalter Tag, und die Gebirgszüge des Libanon waren schneebedeckt. Sie mußten nicht weit gehen, und Rosa konnte sie den ganzen Weg über vom Küchenfenster aus beobachten, wenn sie hinaussah. Doch sie war vollauf damit beschäftigt, kleine Lebkuchensterne zu backen. Deshalb sah sie die junge Frau nicht, die am Wegrand saß und das Gesicht in den Händen vergraben hatte. Huda, neugierig wie immer, blieb stehen und starrte sie an.

»Was ist denn los?« fragte sie die Fremde. »Bist du krank?«

Die Frau sah auf. Sie war jung, noch unter zwanzig, und in ihren Augen stand Furcht geschrieben.

»Wer bist du, Kind?« fragte sie. »Bist du Moslem oder Christ?«

»Ich bin Christ«, sagte Huda stolz, »aber Muhmi ist kein Christ. Er ist aus dem Palästinenserlager.«

Die junge Frau warf einen Blick auf Muhmi. Der hatte eine kleine Pfütze entdeckt und schon einen Kuchen aus Erde gebacken. Seine Hände und sein Gesicht waren schmutzverschmiert. Er sah tatsächlich nicht christlich aus.

»Wieso ist er dann bei dir?« fragte die Frau.

»Meine Schwester hat ihn gefunden ...« Huda biß sich plötzlich auf die Zunge. Lamia hatte ihr doch eingeschärft, nichts auszuplaudern.

In diesem Augenblick stieß die Frau plötzlich einen kleinen Schrei aus und krümmte sich. Schweiß perlte auf ihrer Stirn.

»Was ist denn nur los?« fragte Huda erschrocken. »Wenn du krank bist, dann kommst du am besten mit mir nach Hause. Meine Mutter wird sich um dich kümmern.«

Die junge Frau entspannte sich langsam und holte tief Luft.

»Ja, und dein Vater wird mich erschießen. Eure Leute haben die meisten Häuser unseres Dorfes verbrannt und zerstört, und mein Mann ist verschwunden. Ich dachte, ich könnte zu meinen Eltern nach Sidon gelangen, doch meine Stunde ist früher gekommen, als ich erwartet hatte. Ich wollte mein Baby lieber allein hier draußen auf dem Hügel bekommen, als von den Christen umgebracht zu werden. Doch ich bin aus einem brennenden Haus geflohen und habe nichts, worin ich das Kind wikkeln könnte ... und nichts zu essen. Kleines Mädchen, willst du mir um der Liebe Gottes willen helfen?«

»Bekommst du ein Baby?« fragte Huda hochinteressiert. »Natürlich werde ich dir helfen und meine Mutter auch. Aber erst muß ich in das Wäldchen laufen und einen Christbaum holen. Heute ist nämlich Heiligabend. Ich bin gleich zurück!«

Die junge Frau hielt sie am Mäntelchen fest. Ihre Augen waren schreckgeweitet.

»Kleines Mädchen, kannst du den Christbaum nicht lassen? Wenn deine Mutter einer Drusenfrau helfen will, dann sag ihr, sie soll gleich kommen. Sonst wird mein neugeborenes Baby hier draußen in der Kälte erfrieren, und ich möchte doch, daß es lebt! Es ist alles, was ich habe. Lauf, Kind, in Gottes Namen, lauf schnell!«

Huda zögerte. Der Christbaum war das Allerwichtigste am Weihnachtsfest, und wenn sie ihn jetzt nicht holte, würde sie ihn überhaupt nicht bekommen. Die Wintersonne stand schon tief über dem stillen Meer. Die Dämmerung kam mit Riesenschritten, und die Mutter würde sie nicht nochmals hinauslassen. Aber dieser Frau schien es sehr schlecht zu gehen, und sie wollte nicht, daß das Baby starb.

»Komm, Muhmi«, sagte sie, ergriff seine Hand und schluckte die aufsteigenden Tränen hinunter. Sie zog Muhmi zum Haus zurück und kam atemlos an. Selbst in ihrer Aufregung merkte sie, wie herrlich es von der Küche her duftete. Das Gebäck war zwar einfach, doch in jenen Tagen waren selbst die gewöhnlichsten Dinge seltene Köstlichkeiten.

»Mutter!« Huda rang nach Atem. »Da ist eine junge Drusenfrau. Sie sagt, ihr werdet sie erschießen. Sie bekommt aber ein Baby und hat nichts, worin sie es wikkeln könnte und auch nichts zu essen. Mutter, Vater wird sie doch nicht erschießen?«

»Wo ist die Frau, Huda?« Rosa zog sich schon den Mantel an. »Bring mich sofort zu ihr! Lamia, paß auf den Ofen auf!«

Muhmi blieb zurück und paßte mit auf den Ofen auf, und Rosa und Huda eilten den Hang hinauf. Eine goldene Bahn zog sich über das Meer zur Sonne hin, die gerade am Horizont verschwand. »Wenn ich schwimmen kann«, dachte Huda, »werde ich in dieser Bahn hinausschwimmen, und das Wasser um mich herum wird glänzen!«

Die junge Frau lag mit wächsernem Gesicht im Gras. In ihren Augen waren Schmerz und die Angst vor den Feinden zu lesen, doch als sie Rosa sah, erlosch die Angst. Sie wußte, daß sie sich, zumindest im Augenblick, weder als Drusen noch als Moslems noch als Christen begegneten, sondern einfach als zwei Mütter, die um ein wertvolles Leben kämpften.

»Wie oft kommen die Wehen?« fragte Rosa. »Kannst du gehen, wenn ich dich stütze? Wir wollen es versuchen. Huda, trag ihr Bündel!«

Es war ein schweres Bündel, und Hudas letzter Hoffnungsschimmer erlosch. Sie hatte sich ausgerechnet, daß sie es vielleicht noch schaffen könnte, schnell durch die Dämmerung zu rennen und einen Zweig abzubrechen, während die Mutter sich mit der Frau unterhielt. Doch es half nichts; sie mußte gehorchen. Sie hob das Bündel auf und folgte den Frauen, die ganz langsam nach Hause gingen. Zweimal blieben sie stehen, als die Wehen wieder einsetzten. Doch schließlich gelangten sie daheim an, und Rosa verschwand mit der Frau im Schlafzimmer und schloß die Tür hinter sich. Lamia spülte Geschirr, und Elias und Sami spielten Dame. Es gab keinen Christbaum, keine Kerzen, keine Krippe, kein Weihnachtsfest und keine Mutter. Huda warf sich auf ihr Bett und weinte, wie viele andere Kinder ihres Landes in diesem Jahr, bitterlich um ihr verdorbenes Weihnachtsfest. Sie mußte in ihren Kleidern eingeschlafen sein, denn sie wurde, wie ihr schien, mitten in der Nacht geweckt. Lamia schüttelte sie. »Komm, Huda!« flüsterte die große Schwester. »Wach auf, und komm runter! Wir wollen Weihnachten feiern, aber du darfst niemand etwas davon sagen!«

Schlaftrunken und zerzaust stolperte Huda die

Treppe hinunter, gestützt von ihrer Schwester. In der Wohnzimmertür blieb sie stehen und rieb sich die Augen – tatsächlich, da flackerten sechs brennende Kerzen auf den unteren Zweigen eines kleinen Bäumchens. Auf einem niedrigen Tisch mit roter Tischdecke standen Teller voll Gebäck in Sternenform, funkelnde Gläser und ein Krug Maulbeersaft. Die ganze Familie schien nur noch auf Huda zu warten. Mitten in ihrem Kreis stand ein Korb, und in dem Korb lag ein neugeborenes Baby, gewaschen und duftend, das dunkle Haar noch feucht.

Huda rannte in Rosas Arme, halb träumend, halb wach.

»Aber wir hatten doch gar keinen Christbaum«, stotterte sie, »ich konnte doch keinen holen . . . und wir haben das Christuskind in Beirut zurückgelassen . . . es war in der obersten Schublade der großen Kommode . . . Mutter, ist das das Christuskind? Ist es von ganz allein gekommen? O Mutter, das ist das schönste Weihnachtsfest, das wir je gehabt haben!«

Da lachten sie alle – ganz leise, damit sie das Baby nicht weckten. »Ja, ich glaube, das Christuskind ist gekommen«, sagte Rosa etwas unsicher. Sie hatte nie eine Bibel besessen und wußte nicht, daß Jesus gesagt hatte: »Wer ein Kind in meinem Namen aufnimmt, der nimmt mich auf.«* Doch hier spielte sich etwas ab, was sie nicht genau erklären konnte.

»Dürfen wir endlich das Gebäck essen?« flüsterte Sami. »Und soll ich den Maulbeersaft einschenken?«

Rosa schaute in tiefer Verwunderung von einem zum andern: Da saß Elias, der der Dunkelheit und der Sperrstunde getrotzt hatte, um Huda ein kleines Bäumchen zu holen. Lamia hielt einen schläfrigen Muhmi im Arm; das Kerzenlicht spiegelte sich in den glänzenden Augen von Sami und Huda; und da lag das runzelige Baby. Sie dachte an die junge Mutter, die nun geschützt und ohne

* Matthäus 18, 5.

Angst im Nebenzimmer schlief. Jeder war hier vertreten: Druse, Palästinenser, Christ. Draußen tobte, was man bald den grausamsten Bürgerkrieg dieses Jahrhunderts nennen würde, aber für diesen kleinen Kreis im Kerzenlicht, mit dem Kind in der Mitte, herrschte Friede auf Erden bei den Menschen seines Wohlgefallens.

9 *Liebe ist eine seltsame Pflanze*

Ein paar Tage nach Weihnachten fuhr Elias die junge Mutter mit ihrem Kind an die Grenze zum Gebiet der Drusen, von wo aus sie ungefährdet zu ihrem Elternhaus laufen konnte. Für Huda jedoch ging das Baby nie wirklich fort. Ihr Leben hatte einen Tiefstand erreicht nach Amins Tod und bei der Aussicht, kein Weihnachten feiern zu dürfen. Doch Weihnachten läßt sich nicht verbieten und verhindern, und das Baby war gerade zur rechten Zeit gekommen. Und wie in den Bildern der alten Meister, die Christi Geburt malten, alles Licht vom Gesicht des Neugeborenen auszuströmen scheint, so war für Huda das Baby in dem Korb die Quelle all ihrer Weihnachtsfreude und Gemeinschaft gewesen. Sie war erst acht Jahre alt, und die Grenzlinie zwischen Realität und Phantasie war noch nicht klar gezogen. So war für sie das Baby kein feindliches Flüchtlingskind, sondern das Christuskind selbst war zu ihnen gekommen. Sie hatte in den vergangenen Monaten viele schreckliche, traurige Stunden erleben müssen, und wenn die Erwachsenen recht hatten, würde ihnen noch Schlimmeres bevorstehen. Doch von nun an würde das Christuskind immer bei ihnen sein, würde die Kerzen in der Dunkelheit anzünden und sie einander nahebringen. Im Bewußtsein seiner Gegenwart schien Huda auf einmal so fröhlich und unbeschwert wie Muhmi zu sein, und Rosa lächelte und fragte sich verwundert, was mit ihrer kleinen Tochter geschehen war.

Das neue Jahr schlich sich herein. Es wurde weder fröhlich begrüßt noch gefeiert, obwohl Elias sich selbst gratulierte – und Rosa Gott dankte –, daß sie Beirut verlassen hatten. Die Palästinenser hielten die Straßen, die nach Osten führten, besetzt, und die Vororte um das große Palästinenserlager herum wie auch ihr eigener

Stadtteil waren in ein einziges vernarbtes, brennendes Schlachtfeld verwandelt worden. Die sechste Runde des Krieges hatte mit fanatischer Brutalität begonnen. Es wurde im Norden des Landes, auf der Straße nach Damaskus, an der Küste und im Gebirge gekämpft. An einem grauen Januarmorgen setzten sich Moslems aus Sidon und Umgebung in Marsch, um ihre Brüder in Beirut zu unterstützen. Dabei griffen sie die christlichen Städte an, die auf ihrem Weg lagen. Rosa und Lamia hörten es zuerst von Sami, der mit leuchtenden Augen ins Haus stürmte und verkündete, daß linksgerichtete Truppen die Küstenstraße entlangmarschierten und die Kämpfe schon ausgebrochen seien. Er habe auf dem Dach bei seinem Freund zugeschaut und die ersten Explosionen gesehen. Er sei nur gekommen, um es ihnen zu sagen, er müsse sofort zurück . . .

Aber Rosa und Lamia packten ihn gleichzeitig, und Lamia schüttelte ihn, bis er schrie. »Wenn du dich nochmals aus dem Haus schleichst«, drohte sie, »wird Vater dir die Prügel deines Lebens verabreichen!« Sami glaubte ihr aufs Wort und stieg schmollend auf ihr eigenes Dach, wo er sehnsüchtig dem fernen Dröhnen lauschte und die Rauchschwaden der Granateinschläge beobachtete. Da sah er, wie sein Vater blaß und besorgt vom Laden nach Hause geeilt kam. Kurz darauf wurde er reichlich scharf aufgefordert, auf der Stelle herunterzukommen. Erst in der Nacht, als die kleinen Kinder schliefen, stiegen Elias, Rosa und Lamia aufs Dach und beobachteten das aufflackernde Feuer entlang der dunklen Küstenstraße, wo der Kampf wütete. Sie zogen die Möglichkeit in Betracht, ins Gebirge zu Rosas Eltern zu fliehen, doch sie entschieden sich dagegen. Die Straßen waren zu gefährlich, die Dörfer wurden angegriffen, und die Kämpfe waren noch weit weg.

»Unser Haus hier am Hang steht abseits von der Küstenstraße, gut geschützt vor Raketen und Granaten«, sagte Elias. »Sollten sie die Stadt angreifen, könnten wir von hinten ins Gebirge fliehen. Dabei würden wir aber alles verlieren, und wovon sollten wir dann leben? Außerdem haben wir versprochen, das Haus des Onkels zu hüten.«

»Wie du willst, mein Mann«, sagte Rosa traurig. Sie sah ein, daß er recht hatte, aber in diesen Tagen sehnte sie sich sehr nach ihren alten Eltern, von denen sie seit vielen Wochen keinerlei Nachricht erhalten hatte.

Sie schliefen so gut es ging und verbrachten den nächsten Tag fast ständig am Radio. Der Innenminister und Parteivorsitzende der christlichen Rechten leitete die Verteidigung gegen die heranmarschierenden Truppen von seinem Palast aus, der am Meer bei Damour stand. Er konnte aber nicht verhindern, daß der Kriegslärm immer näher rückte. Viele Christen waren gleich zu Beginn der Kämpfe aus Damour geflohen, doch nur wenige wagten es jetzt, ihr Haus zu verlassen, denn die Stadt schien belagert zu werden. Die Lebensmittelversorgung wurde immer schlechter, und Rosa verlängerte ihre mageren Rationen und versuchte, die gelangweilten, ruhelosen Kinder aufzumuntern. Lamia war ein einziges Nervenbündel, Huda lief verstört und weinerlich umher, und der aufsässige Sami versuchte, sich aus dem Haus zu stehlen.

Nur Muhmi schien glücklich und zufrieden zu sein, und Lamia hängte sich an ihn wie an einen Rettungsring. Sie hungerte, damit er genug zu essen hatte, und hielt ihn nächtelang in den Armen, wenn sie nicht schlafen konnten.

Doch die Tage voller Gefechtslärm gingen vorüber. Elias begab sich mit seinem Gewehr auf das Dach eines Hauses am Straßenende, von wo aus er mit vielen anderen Männern seine Straße bewachte. Er kam nur nach Hause, um zu essen und ein paar Stunden zu schlafen. Er war nicht zu Hause, als am vierten Tag plötzlich ohrenbetäubendes Dröhnen tieffliegender Flugzeuge die Kinder in die Zimmerecke trieb, in der Rosa saß und strickte. Sie drängten sich erschrocken an die Mutter, während das Donnern der Flugzeugtriebwerke sich mit dem Pfeifen und den Einschlägen von Bomben vermischte. Elias stürzte bleich und zitternd ins Haus.

»Sie bombardieren im Tiefflug die feindlichen Nachschubkolonnen«, Elias rang nach Atem, »vielleicht werden sie jetzt endlich den Rückzug antreten.«

»Sollten wir dann nicht besser fliehen?« schrie Rosa.

Elias zögerte, denn er wußte, daß es zu spät war. Er hatte zu lange das Beste gehofft. Vom Dach aus, wo er mit seinem Gewehr in einer geschützten Ecke gekauert hatte, hatte er beobachtet, wie die Truppen die Stadt umzingelten. Jetzt konnte keiner mehr fliehen. Nur noch das Eingreifen der libanesischen Luftwaffe würde sie retten können, sonst nichts.

»Bei diesem Bombenhagel können wir nicht hinausgehen!« schrie er. »Vielleicht später. Hast du unsere Bündel vorbereitet? Der Wagen ist noch immer zwischen den Bäumen versteckt, aber es ist bitter kalt draußen. Jeder sollte eine Wolldecke und soviel Lebensmittel, wie er tragen kann, mitnehmen. Solange dieser Bombenangriff dauert, gehen wir am besten in den Keller.«

Im Augenblick konnten sie nichts anderes unternehmen. Die Bündel waren bereit zur Flucht, doch an eine Flucht war jetzt nicht mehr zu denken. Die Flugzeuge entfernten sich, doch das Dröhnen der Geschosse rückte immer näher, und immer häufiger hörten sie, wie Glas zersplitterte und Mauern einstürzten. Sie packten zusammen, was sie für die Nacht brauchten, und stiegen in den Keller hinunter. Das Haus stand am Hang, und von dem engen Kellerraum führte eine Tür auf eine Hintergasse. Im Keller wurden Kartoffeln, Getreide und Werkzeug aufbewahrt. Von dem kleinen Fenster aus konnten sie die Flammen und Rauchschwaden sehen. Aber innen war es dunkel und kalt, und es roch nach Erde und Paraffin.

»Was wird aus uns, wenn das Haus Feuer fängt?« Sami fröstelte.

»Dann werden wir mitsamt unseren Bündeln durch die Hintertür entkommen«, antwortete Rosa. Ihre innere Ruhe schien auf die restliche Familie auszustrahlen. Sie konnte es sich selbst nicht erklären, wieso sie einen solchen Frieden verspürte. Sie wußte wohl, daß sie in einer Falle saßen. Vielleicht hatte sie mit Amins Tod das Grauen des Todes schon überwunden und den sicheren Hafen jenseits des Sturmes erreicht? Lamia, der vor Furcht abwechselnd heiß und kalt wurde, saß dicht neben der Mutter. Muhmi kuschelte sich vertrauensvoll an Lamia. Ihn konnte das alles nicht erschüttern, denn er kannte keine Welt, in der es nicht ständig irgendwo krachte und dröhnte. Ihm kam das alles höchst normal vor. Huda saß auf Mutters Schoß, und der Vater hatte einen Arm um Sami gelegt. Dieser saß mit weit aufgerissenen Augen da. Seine Kriegsbegeisterung hatte merklich nachgelassen.

Lange Zeit blieben sie reglos hocken und konnten ihr eigenes Wort nicht verstehen. Dann ging Rosa kurz nach oben und bereitete etwas zu essen. Sie kochte den Kaffee mit Hilfe eines kleinen Gaskochers, weil das Stromnetz zerstört war.

Nach dem Essen zündeten sie Kerzen an, die Huda an Weihnachten erinnerten und sie etwas fröhlicher stimmten.

Der Geschützdonner dauerte die ganze Nacht an. Elias blieb bei seiner Familie, denn gegen die großen explodierenden Raketen konnte er mit seinem Gewehr ohnehin nichts ausrichten. Während die Kinder in den frühen Morgenstunden endlich schliefen, lag er wach und verwünschte seinen fatalen Optimismus und seine mangelnde Voraussicht. »Wovon sollen wir leben?« hatte er gefragt. Nun fragte er sich: »Wie werden wir sterben?« Als ob sie seine Gedanken erraten hätte, rutschte Rosa zu ihm hinüber, streckte den Arm über Sami und stieß Elias sanft an.

»Bist du wach, mein Mann?«

»Natürlich! Wer könnte in dieser Hölle schlafen? Rosa – es tut mir so leid. Wir hätten vor drei Tagen fliehen sollen!«

»Es war nicht deine Schuld, Elias. Woher solltest du wissen, daß es so schnell gehen würde?«

»In einer Gefechtspause könnten wir vielleicht noch fortkommen, es sei denn, das Auto ist gestohlen oder zerstört worden. Es war gut versteckt.«

»Ja, ich meine auch, wir sollten versuchen, in der Dunkelheit zu fliehen, wenn eine Gefechtspause eintritt. Die größten Sorgen mache ich mir um Lamia. Sie ist so schön, und sie tun Mädchen Schreckliches an.«

»Nicht nur den Mädchen. Du bist auch schön, Rosa. Aber sei ganz ruhig: Wenn sie dich oder Lamia vergewaltigen wollen, werde ich euch beide vorher eigenhändig erschießen, bevor sie mich erschießen.«

»Und unsere kleinen Kinder?«

»Sie werden uns nicht wegen der Kinder verschonen. Doch nehme ich nicht an, daß sie kleine Kinder erschießen. Ich glaube, sie werden sie zu den Nonnen bringen, wie sie es mit so vielen anderen schon getan haben. Dort wird man gut für sie sorgen, falls sie überleben.«

Er hob Sami auf seine andere Seite und nahm Rosa in die Arme. Unter seiner Berührung durchlief Rosa ein Schauer, wie es einer Braut geschehen mochte, denn nie zuvor hatte er ihr gesagt, daß sie schön sei. Lamia, die durch die ungewohnte Stille einer kurzen Gefechtspause erwacht war, hatte gehört, was ihr Vater sagte. Still lag sie da und staunte. Er selbst würde sie erschießen, bevor er zusehen müßte, wie man sie vergewaltigte oder verstümmelte, und dann beruhigt mit ihr sterben. Ihr schweigsamer Vater hatte sich immer um sie gekümmert und für sie gesorgt, doch jetzt spürte sie zum ersten Mal, wie tief er sie liebte. Denn die Liebe ist eine seltsame Pflanze. Sie mag unbemerkt und unerkannt an den sonnigen Hängen wachsen, doch ihre Blütenpracht entfaltet sich erst richtig im Tal des Todesschattens.

Durch das kleine Fenster fiel ein Viereck aus trübem Licht. Ein neuer Tag war angebrochen. Mit steifen Gliedern erhoben sie sich. Keiner riß sich darum, der erste zu sein, der auf das Schlachtfeld, das die Nacht hinterlassen hatte, hinausblickte. Der große Artillerieangriff schien ein Ende zu haben. Rosa ging nach oben, um etwas fürs Frühstück zu holen. Sami fragte, wann er hinausgehen dürfe, um ausgebrannte Granaten für sein Kriegsmuseum zu sammeln. Elias ging vorsichtig nach draußen. Er kam bald wieder, mit grauem, entsetztem Gesicht, und griff nach seinem Gewehr.

»Sie sind in die Stadt eingebrochen«, sagte er zu Rosa. »Man hört ihre Kommandos, das Knattern der Gewehre und die Schreie der armen Menschen, die sie niedermetzeln. Einige fliehen durch die Straßen, doch sie schießen sie nieder. Ich werde wieder aufs Dach gehen und von dort aus weiter beobachten. Doch ihr alle, hört ihr, geht sofort runter in den Keller und legt euch ganz still unter die Decken. Falls sie kommen sollten, entdecken sie euch vielleicht nicht. Bleibt nur ganz still liegen!«

Er küßte Rosa und ging hinaus. Sie füllte ein paar Flaschen mit Wasser, holte die restlichen Lebensmittel, ihren Rosenkranz und das Kruzifix. Sie fand auch ein Röhrchen Schlaftabletten, die von einer früheren Krankheit übriggeblieben waren. Sie löste zwei Tabletten in etwas warmer Milch auf und redete Muhmi gut zu, sie zu trinken. Innerhalb von zehn Minuten war er tief eingeschlafen und schwitzte stark. Dann wies Rosa die Kinder an, sich hinzulegen, und Rosa breitete alle Decken, Säcke und Lumpen über ihnen aus, die sie finden konnte. Schließlich kroch sie selbst darunter und ließ nur eine kleine Öffnung für die Luftzufuhr.

Elias kam bald darauf zurück. »Es ist zwecklos, Widerstand zu leisten«, flüsterte er. »Sie strömen in alle Straßen herein. Es würde nur die Aufmerksamkeit auf unser Haus lenken. Da! Ihr könnt sie schon hören!«

Sie lagen da wie Statuen. Nun konnten sie den immer näherkommenden muslimischen Kriegsschrei verstehen: »Gott ist groß, Gott ist groß!« Die Soldaten schrien das, wenn sie schossen, sie brüllten es über Männer, Frauen und Kinder, die tot auf einem Haufen lagen oder in ihren kleinen Häusern fest umschlungen zusammen starben. Manchmal hörten sie, wie jemand draußen vorbeirannte. Zeitweilig ebbte der Kriegsschrei ab, und dann ertönte er wieder ganz in ihrer Nähe. Stunde um Stunde lag die Familie schwitzend und zitternd da. Die Zeit schien unwirklich zu sein, denn dort unten in der Dunkelheit waren nur Leben und Tod Wirklichkeit und die Nähe der anderen. All die Jahre hatte jeder die Anwesenheit des anderen als selbstverständlich angenommen. Doch jetzt waren ihnen die Augen geöffnet worden, und jeder Moment, den sie miteinander verbringen durften, war kostbar.

»Ba«, flüsterte Sami plötzlich, »werden sie uns nur abknallen, oder wird es schlimmer sein?«

Keiner antwortete. Rosa beruhigte ihn und gab ihm einen Schluck Wasser. Es schien, als lägen sie schon eine Ewigkeit da unten, und die steifen Glieder und der Sauerstoffmangel wurden immer unerträglicher. Da ertönten auf einmal ganz in der Nähe die Geräusche, die sie so sehr fürchteten: die Schreie, die Schüsse und die plötzliche Stille. Zu allem Überfluß fing Muhmi an, unruhig zu werden und zu wimmern. Offenbar erwachte er.

Und dann kam plötzlich das Ende. Sie hatten den Angriff an der Eingangstür erwartet, da hallte in der Hintergasse schnelles Stiefelgetrampel, eine Kugel sprengte den Riegel, und die Kellertür flog auf. Männer platzten herein, doch sie waren zu erschöpft und zu heiser, um noch weiter »Gott ist groß!« zu verkündigen. Einer gab knappe Befehle, und jemand stieß wild mit seiner Gewehrmündung auf die Säcke. Er traf dabei direkt Muhmis Ohr, und das Kind schrie erstickt auf. Mit Triumphgeschrei rissen die Soldaten die Decken fort und befahlen ihren Opfern, sich mit erhobenen Händen an die Wand zu stellen. Elias zögerte und schob seine Hand verstohlen zum Gewehr.

Doch Rosa kam ihm zuvor. Sie ergriff Muhmi, hielt ihn vor sich und ging geradewegs auf das Gewehr los, das drohend auf sie gerichtet war. »Erschießen Sie uns, wenn es schon unbedingt sein muß«, sagte sie. »Aber verschonen Sie Ihr eigen Fleisch und Blut. Das hier ist ein Palästinenserkind. Meine Tochter hat es vor mehr als einem halben Jahr unter dem Leichnam seiner Mutter im Orangenhain über dem Lager Tell Zaatar gefunden. Sie hat seitdem für das Kind gesorgt. Sicherlich wollen Sie nicht jemand von Ihrer Seite töten.«

Plötzlich war es totenstill im Raum. Der Mann, der die Kommandos gab, schien einen höheren Rang innezuhaben, denn er bedeutete den anderen zurückzutreten und starrte dabei Muhmi unverwandt an. Das rauchgelbe Licht des Winterabends fiel auf das Gesicht des halbbetäubten Kindes, und Muhmi starrte durch seine Tränen zurück. Alte, vergessene Erinnerungen regten sich in ihm. Abgesehen von den vergangenen acht Monaten kannte er seit Geburt nur wilde, zornige Männer, die mit Gewehren fuchtelten, herumschrien und nach Pulver stanken. Deshalb fühlte er sich zu dem schwarzbärtigen Desperado in seiner blutdurchtränkten, rauchgeschwärzten Uniform hingezogen. Er streckte seine Ärmchen aus und murmelte verträumt: »Ah, Ba!«

»Wie heißt er?« kam es von den spröden Lippen des Soldaten.

»Muhmi!« sagte das Kind und gähnte. »Ah, Ba!«

»Muhmi!«

Der Offizier gab sein Gewehr einem Soldaten, der in der Tür stand, und nahm das Kind auf den Arm, das den Kopf auf die Schulter des fremden Mannes legte und sofort einschlief. Dieser zog das feuchte Hemdchen hoch und starrte wie hypnotisiert auf das dunkelrote Muttermal auf Muhmis Rücken.

»Das Kind, das vom bösen Blick getroffen wurde!« murmelte er. »Abdel Muhmin! Das Kind meiner Schwester! Er ist es! Unsere Mutter weint täglich um ihn.« Er wandte sich an Rosa: »Sag nochmal: wo und wann hast du ihn gefunden?«

»Meine Tochter wird es Ihnen sagen«, antwortete Rosa und wandte sich zu Lamia um. Doch das Mädchen lag mit bleichem Gesicht ohnmächtig am Boden. Elias kniete neben ihr. Sami und Huda standen gehorsam mit erhobenen Händen und schreckgeweiteten Augen an der Wand.

»Nehmt die Arme runter«, sagte Rosa ruhig. »Keiner wird euch etwas antun!« Sie ließen sich erschöpft auf die Decken fallen, und Rosa drehte sich wieder dem Soldaten zu.

»Wir haben eine Anzeige in die Zeitungen gesetzt, um Muhmis Familie zu benachrichtigen«, erklärte sie, »doch keine Reaktion. Wir fanden ihn drei Tage, nachdem Ihre Leute meinen Sohn Amin getötet hatten. Aber wir haben den Sohn Ihrer Schwester nicht getötet, und wenn Ihre Schwester nur verletzt gewesen wäre, hätte ich mich auch um sie gekümmert. Lassen Sie ihn uns zu meinen Eltern nach Jdita ins Gebirge bringen. Seine Verwandten können ihn dann dort abholen. Lebt sein Vater?«

Der Mann blickte finster drein. »Mein Schwager wurde am Schwarzen Samstag Anfang Dezember schwer verwundet«, murmelte er. »Ich werde seine Wunden rächen. Doch um des Kindes willen will ich euch verschonen. Sein Leben für euer Leben! Ich werde das Haus bewachen lassen. Bleibt hier, bis ich zurückkomme!«

Er gab ihr den tief schlafenden Muhmi zurück, ging mit den anderen hinaus und zog die Tür hinter sich zu. Keiner sprach. Rosa versuchte, Lamia mit einem feuchten Taschentuch aus ihrer Ohnmacht zu wecken. Das Mädchen öffnete die Augen und schaute sich um, als gerade die Flammen eines brennenden Gebäudes hell aufloderten. Die ganze Familie war um sie versammelt, und ihr Kopf lag in Mutters Schoß. Sie mußte nicht länger schwitzend nach Luft ringen, sondern atmete verhältnismäßig frische Luft. Waren sie alle zusammen erschossen worden und nun im Paradies? Aber wieso war das Licht so fahl? Warum waren die andern so ernst und still? Und weshalb schnarchte Muhmi im Paradies so laut?

Sie gab es auf, darüber nachzudenken, und schloß die Augen. Rosa gab ihr zu trinken und strich ihr übers Haar.

Sie blieben noch stundenlang im Keller, aßen sogar etwas und versuchten, sich zu entspannen. In den Stunden nach Mitternacht entstand aus purer Erschöpfung eine Gefechtspause, und die Kinder schliefen. Da wurde die Stille durch schnelle Schritte unterbrochen und die Tür aufgestoßen. Muhmis Onkel strahlte sie mit einer Taschenlampe an.

»Folgt mir!« befahl er. »Los, beeilt euch!«

»Wir haben unseren Wagen zwischen den Bäumen am Hang versteckt«, sagte Rosa mutig, »und wir möchten zum Dorf meiner Eltern fahren. Werden Sie uns freies Geleit geben, bis wir in Sicherheit sind?«

»Das ist unmöglich«, sagte der Mann barsch. »Jeder Autoscheinwerfer ist eine Zielscheibe. Es regnet, und man kann die Gebirgsstraßen bei diesem Wetter nicht ohne Licht befahren. Ihr müßt zum Ministerpalast an den Strand flüchten. Beeilt euch, denn er wird bald beschossen werden. Ihr müßt durch die Orangenhaine gehen. Tausende fliehen dorthin, und Fischkutter bringen sie zum christlichen Hafen nach Norden. Von Jounie aus müßt ihr euch nach Jdita durchschlagen. Meine Mutter wird das Kind dann abholen, wenn Waffenstillstand ist. Für einen Mann ist es nicht ratsam, sich ins christliche Hinterland zu wagen. Nun kommt schon!«

Elias hob Huda auf, Rosa trug Muhmi, Lamia und Sami nahmen die Bündel auf den Rücken, und sie traten hinaus in die Geisterstadt. Aufgrund der Geräusche, die zu ihnen in den Keller gedrungen waren, waren sie auf einiges vorbereitet – aber nicht auf diesen Anblick. Vereinzelte Feuer spuckten immer noch im Regen, als sie hinter dem Mann hereilten. Der Gestank verbrannter Leichen hing in der Luft, als sie über Berge von Schutt kletterten und über Tote stolperten oder Halbtote, die noch schwach stöhnten. Die Nacht, der Regen und die momentane Stille ließen alles um so unheimlicher wirken. Am Ende einer Gasse blieb der Soldat stehen. Er richtete seine Taschenlampe auf sie und betrachtete sie eingehend. Sie blickten in sein schmutzverschmiertes Gesicht mit den blutunterlaufenen Augen.

»Schwört bei Gott, daß ihr ihn zurückgeben werdet«, krächzte er.

»Wenn Ihre Mutter beweisen kann, daß Muhmi ihr Enkel ist, dann schwöre ich bei Gott«, antwortete Rosa.

»Wie könnte sie es beweisen?« Seine unruhige Hand legte sich auf den Gewehrabzug.

»Sie muß das Datum wissen, an dem ihre Tochter verschwand. Und gibt es kein Foto von Muhmi?«

»Vielleicht«, murmelte der Soldat, »und wir kennen den Todestag meiner Schwester. Aber falls ihr euch weigern solltet ...«, er stieß einen fürchterlichen Fluch aus und verschwand zwischen den schwarzen Trümmern.

Als sie die Straße erreichten, die zum Meer hinunterführte, stellten sie fest, daß sie nicht allein waren. Hunderte schoben sich mit Kindern auf den Armen im Regen durch den Matsch. Manche trugen Verwundete oder Alte auf improvisierten Tragbahren. Keiner sprach oder blickte die anderen an. Sie durften keine Zeit verlieren, denn sie mußten die Küstenstraße passiert haben, bevor der Kampf wieder aufgenommen würde.

Es war immer noch still, als sie die große Straße hinter sich gelassen hatten und sich durch die Orangenhaine vorwärtskämpften. Der salzige Wind, der vom Meer kam, trieb ihnen den Regen in die Augen. Sie hatten gehofft, hier geschützter zu sein, doch von den Bäumen waren die Früchte samt den Blättern abgerissen, und die kahlen Zweige zitterten der kalten, grauen Januarmorgendämmerung entgegen. Als sie schließlich beim Palast am Strand eintrafen, völlig durchnäßt und erschöpft, gab es keinen Platz mehr im Haus, und sie kauerten sich im Schutz der Veranda hin. Fünftausend Menschen sollten hier Unterschlupf finden. Viele wurden auf kleinen

Schiffen nach Norden evakuiert, manche mit Helikoptern.

Eine Gruppe Männer hockte an die Hauswand gelehnt. Mit Augen, in denen die Hoffnungslosigkeit geschrieben stand, sahen sie Elias teilnahmslos an.

»Sie sollten Ihre Frau und die Kinder lieber nach vorne schieben«, sagte einer. »Ich denke, sie werden bald den Palast beschießen. Meine Familie ist gerade losgefahren.«

Rosa starrte den Mann an. Irgend etwas stimmte doch nicht!

»Wieso sind Sie nicht mit Ihrer Familie gegangen?« fragte sie.

»Weil die Männer nicht mitgenommen werden. Wir müssen uns selbst einen Fluchtweg suchen, und voraussichtlich werden wir keinen finden. Nur Frauen und Kinder werden auf die Boote gelassen.«

»Dann geht jetzt schnell«, befahl Elias seiner Familie beinahe grob, »und wartet im Hafen Jounie auf mich! Dort gibt es sicher Unterkünfte für die Flüchtlinge. Ich werde versuchen, in die Berge zu gelangen, und, so Gott will, mich zu euch in den Norden durchschlagen. Wenn ich innerhalb von drei Tagen nicht bei euch eintreffe, braucht ihr nicht länger zu warten. Dann geht nach Jdita zu den Eltern.«

»Weil ich dann von einer Kugel getroffen im Dreck liegen werde«, dachte er im stillen. Er war sich in seinem ganzen Leben noch nie so einsam vorgekommen. »Oh, Rosa!« schrie er innerlich auf.

Rosa ließ die Kinder stehen und ging auf Elias zu. Als sie in dem muffigen Keller gelegen hatten, war etwas mit ihrer Ehe geschehen. Sie hatte vor ihren Augen all die gemeinsamen Jahre wie einen Film ablaufen lassen. Als verschüchtertes kleines Mädchen vom Lande hatte man sie vor achtzehn Jahren als Braut zu ihm gebracht. Obwohl Elias nicht gewußt hatte, was man einer jungen Braut sagt (er hatte nie gewußt, was er ihr sagen sollte), war er doch immer liebevoll und freundlich zu ihr gewesen. Sie hatte ihrerseits stets willig für ihn gesorgt, war für ihn dagewesen, und er war ihr, soviel sie wußte, immer treu geblieben. Selten hatte er ihr für etwas gedankt, aber er hatte alles, was sie ihm zu geben hatte, empfangen und daraus Kraft und Mut geschöpft. Das war ihr Dank genug gewesen. Vertrauen war ein stärkeres Band als Leidenschaft, und vertraut hatten sie einander schon eine lange Zeit. Doch in der Nacht hatte er sie, verschwitzt, zerzaust und staubig, wie sie war, in die Arme genommen. Er hatte es tatsächlich über die Lippen gebracht, ihr zu sagen, daß sie schön sei, und daß er sie lieber selbst töten wolle, als mit ansehen zu müssen, wie ein anderer Mann ihr Gewalt antäte. Sie wußte jetzt, daß er sie liebte, und ohne diese Liebe schien ihr die Zukunft trostlos und leer zu sein. Sie konnte ihn nicht hier zurücklassen.

»Nein, Elias«, rief sie. »Wir müssen bei dir bleiben. Laß uns entweder zusammen sterben oder zusammen leben. Wir werden jetzt ins Gebirge aufbrechen.«

Sein Herz jubelte. Trotzdem versuchte Elias nach besten Kräften, sie zu überreden, sich ohne ihn in Sicherheit zu bringen. Doch als er sah, daß Rosa fest entschlossen war, mit ihm zu gehen, zuckte er die Achseln, hob Huda auf die Schultern und führte sie alle durch den Matsch in Richtung der grauen Berge.

10 *Alles andere ist unwichtig*

Mühsam stapften sie zurück zur Küstenstraße. Sie mußten dabei den Menschenströmen ausweichen, die aus Damour und den umliegenden Orten herausquollen und sich beim Palast vereinigten. Südlich von Damour überquerten sie dann die Hauptstraße. Inzwischen gingen sie barfuß, weil ihre Schuhe im Schlamm steckenblieben. Sie nahmen die Schuhe jedoch für alle Fälle mit. Die Landstraße war übersät mit Granatsplittern, und Sami hatte sich den Fuß aufgeschnitten. Doch er humpelte tapfer weiter, denn im Herzen war er ein Soldat, und für ihn hatte dieses Kriegsdrama immer noch etwas unbestimmt Glorreiches an sich.

Erschöpft und schweigsam schleppten sie sich vorwärts, zu müde, um sich zu ängstigen. Sie konzentrierten sich nur auf den nächsten Schritt. Jetzt, wo es hell war, hatte auch der Granatenhagel wieder eingesetzt. Im Norden und Süden donnerten die Geschütze. Die Zerstörung der Stadt wurde fortgesetzt. Sie fanden einen Pfad durch bestellte Felder und stapften bis zur Straße, die ins Gebirge führte.

»Habt ihr noch Kraft, ein wenig zu klettern?« fragte Elias plötzlich. »Dann könntet ihr euch weiter oben im Gebüsch verstecken, während ich zwischen den Bäumen hinunterschleiche und schaue, ob der Wagen noch läuft. Haben wir noch etwas zu essen?«

Sie hatten noch ein paar aufgeweichte Kekse und Oliven und ausreichend Wasser. Einige Orangen hatten sie in den Pflanzungen aufgelesen und ein paar weiße Rüben im Vorbeigehen aus einem Acker gezogen. Die Aussicht auf ein Frühstück munterte sie ein wenig auf. Sie kauerten sich unter einen Granatapfelbaum, und jeder saugte eine Orange aus. Niemand hatte sie bis jetzt entdeckt, denn es war ein grauer, nebliger Tag mit schlechten Sichtverhältnissen. Die Wolken hingen tief über dem Gebirge, und es sah aus, als würde es bald wieder regnen. Sie kamen nur noch langsam voran, und es war schon Nachmittag, als sie nach Norden abbogen und sich in dem Wäldchen, das nicht weit über ihrem Haus lag, versteckten. Die Stadt war unter einer Rauchdecke verborgen und der Lärm der Zerstörung ohrenbetäubend.

»Sei vorsichtig, Elias!« flehte Rosa. Sie war den ganzen Tag nicht von seiner Seite gewichen und konnte es kaum ertragen, von ihm getrennt zu sein.

»Ich werde achtgeben«, versicherte Elias. »Der Wagen steht nur ein paar hundert Meter weiter unten. Wenn er noch dort ist und läuft, müßt ihr herauskommen und in ungefähr zehn Minuten am Straßenrand auf mich warten.«

Rosa und die Kinder aßen ihre Rüben zu Ende und schlichen zur Straße. Ein schmaler Streifen eines stürmischen Sonnenuntergangs hing wütend über dem Meer. Unzählige Menschen eilten immer noch wie Ameisen zum Strand, und ganze Flotten kleiner Schiffe brachten die Flüchtlinge nach Norden. Gespannt warteten sie und lauschten. Da . . . tatsächlich! Sie hörten ein Motorgeräusch, und gleich darauf bog der Wagen etwas ungewiß knatternd um die Kurve. Ihre Erleichterung war so groß, daß sie zugleich lachten und weinten. Doch Elias hinter dem Lenkrad lachte nicht. Er forderte sie auf, schnell einzusteigen und auf Glassplitter achtzugeben. Sie sahen, daß die Windschutzscheibe und die Scheinwerfer zerstört waren.

»Wir müssen uns beeilen«, sagte Elias. »Es fängt wieder zu regnen an, und die Straßen sind gefährlich. Wenn der Regen stärker wird, können wir unmöglich weiterfahren, dazu noch ohne Scheinwerferlicht in der Dunkelheit. Aber ein kleines Stück können wir schaffen, wenigstens bis zu den Felsen. Dort werden wir einen Unterschlupf finden.«

Es war eine schlimme Fahrt, in gewisser Hinsicht so

beängstigend wie die Belagerung der Stadt. Die Straße zog sich in Haarnadelkurven den Berg hinauf, und als sie die Dörfer hinter sich gelassen hatten, regnete es in Strömen, und die Dunkelheit brach ein. Der Wind peitschte ihnen den Regen in die Augen. Als sie fast nichts mehr sahen, fuhr Elias an den Straßenrand und hielt an.

»Wir können unmöglich weiterfahren«, meinte er nur. »Aber die Felsen sind in der Nähe. Kommt, Kinder, bringt die Wolldecken mit und folgt mir!«

Die Kinder auf den durchnäßten Sitzen waren zu steif und zu erschöpft, um sich zu bewegen. Rosa mußte sie mit all ihrer Überredungskunst ermuntern.

»Kommt!« sagte sie. »Wir müssen nur noch ein wenig hinaufsteigen, dann haben wir ein gemütliches Plätzchen. Sami, du suchst uns jetzt eine Höhle,und dann gibt es Oliven und weiße Rüben zu essen. Schaut, Vater sucht auch schon mit seiner Taschenlampe nach einem geeigneten Unterschlupf.«

Es hörte sich nach einem Spiel an, und wieder einmal rafften die Kinder ihre letzten Kräfte zusammen und stolperten bergan. Zwischen den Felsen war es durch die Windstille und den weicher fallenden Regen viel wärmer. Sie fanden eine kleine, steinige Höhle unter einer überhängenden Felsenklippe.

»Hier werden wir trocken schlafen können«, sagte Rosa. Sie wickelte die Kinder in die Wolldecken ein, und kurz darauf waren sie schon eingeschlafen, viel zu müde, um Hunger zu verspüren. Die Eltern beobachteten sie eine Weile, während sie ihre Rüben aßen. Sie froren, waren durchnäßt und erschöpft, doch es war wunderbar, außerhalb der Kampfzone in Sicherheit zu sein. Sie bemerkten plötzlich, wie still es war.

»Der Regen hat aufgehört!« stellte Elias fest.

»Ja«, bestätigte Rosa. »Und sieh doch! Lehn dich mal zu mir rüber und schau zur Höhle hinaus!«

Er spähte hinaus. Die Wolkendecke war aufgerissen, und ein blasser Mond tauchte das Tal unter ihnen in Silber. Weit unten an der Küste beschien derselbe Mond das Gemetzel und die Sterbenden, doch hier oben, zwischen den Felsen, schien er Heilung und Segen zu verströmen. Rosa lehnte sich an ihren Mann, und sie redeten schläfrig miteinander.

»Ich bin froh, daß wir zusammengeblieben sind«, bemerkte Rosa. »Es hat sich alles zum Besten gewandt.«

»Ja, mir tun die armen Menschen leid, die heute nacht auf dem Meer hin und her geworfen werden.«

»Und sie werden ihre Männer vielleicht nie wiedersehen ... wir haben Glück gehabt, daß wir unversehrt die Küstenstraße überqueren konnten!«

»Die Kinder haben sich auch großartig gehalten. Keines hat gejammert oder Schwierigkeiten gemacht.«

»Ja, ich bin stolz auf unsere Kinder; so Gott will, werden wir sie morgen in Sicherheit bringen ... O Elias, ich bin so froh, daß wir zusammengeblieben sind!«

Er stand auf, breitete die letzten beiden Decken aus und nahm Rosa in die Arme.

Sie murmelte ihr Abendgebet an seiner Schulter, und dann schliefen auch sie.

Rosa erwachte bei Tagesanbruch und war erleichtert, nicht das Trommeln des Regens zu hören. Sie hatten noch etwas Essen im Wagen verstaut: getrocknete Feigen, Oliven und ein wenig Käse. Das Frühstück war jedenfalls gesichert. Es war ein stiller, kalter Morgen mit verhangenem Himmel. Die Kinder schliefen noch.

Elias und Rosa trugen Huda und Muhmi zum Wagen hinunter und legten sie, ohne sie zu wecken, auf die Rücksitze. Elias eilte zurück, um die letzten Wolldecken zu holen, und Rosa, Lamia und Sami standen am Wagen und teilten auf der Motorhaube die Frühstücksrationen auf. Sie hatten schon aus kleinen Regenpfützen in Felsmulden getrunken und konnten es nicht erwarten weiterzufahren. In der Stille der Berge hörten sie den anderen Wagen schon von fern, aber er beunruhigte sie nicht weiter, denn viele Flüchtlinge würden heute, wie sie selbst auf der Straße sein. Einige hatten bestimmt in den Dörfern weiter unten Obdach gefunden und würden nun bei Tageslicht weiterziehen.

Der Jeep kam mit hoher Geschwindigkeit die Straße herunter. Schwerbewaffnete Männer hielten ihre Gewehrläufe zum offenen Dach hinaus. Ali, der Fahrer, hatte in den Bergen mitgekämpft und wollte nun zu seiner Milizeinheit stoßen, um dabeizusein, wenn dieses christliche Gesindel an der Küste endlich ausgerottet würde. Im Ostteil Beiruts hatten die Christen vor einer Woche ein muslimisches Elendsviertel angegriffen und mit unbeschreiblicher Brutalität zerstört. Danach hatte die christliche Miliz ihren Sieg mit Champagner begossen! Ali knirschte mit den Zähnen bei diesem Gedanken und gab Gas, um schneller zu seinem Racheakt zu kommen. Er hatte so viele Männer zusammengetrommelt, wie er in den Jeep quetschen konnte, unter anderem seinen fünfzehnjährigen Sohn Raschid, der auf seiner ersten Fahrt in einen »richtigen Krieg« war.

Der Junge spielte liebevoll am Auslöser seines Gewehres herum, während ihn Schauer der Furcht und der Vorfreude überliefen. Er hatte Schießen gelernt, aber bis jetzt noch nie Gelegenheit gehabt, auf ein lebendiges Ziel zu feuern, und er konnte es kaum erwarten. Als der Jeep um eine Kurve raste, kam plötzlich ein Mercedes mit zersplitterter Windschutzscheibe am Straßenrand in Sicht. Zwei kleine Kinder schliefen auf den Rücksitzen, und eine Frau, ein Mädchen und ein Junge standen verdreckt und zitternd bei der Motorhaube und frühstückten. Christliches Geschmeiß, das vor seinen Eroberern flüchtete! Die Versuchung war unwiderstehlich: Raschid zielte und zog mit einem Triumphschrei den Abzug durch.

Die Frau hatte ihn zuerst gesehen, kurz bevor er abdrückte, und war vor ihre beiden älteren Kinder gesprungen, mit weit ausgebreiteten Armen wie eine Gestalt an einem Kruzifix. Er durchlöcherte im Vorbeifahren ihren Körper und die Wagenfront und wandte sich dann um, um zu sehen, wie sie zu Boden sackte.

»Vergeude deine Munition nicht an Frauen und Kindern!« fuhr ihn sein Vater an. »Du wirst sie noch innerhalb einer Stunde für Männer gebrauchen.« Er warf einen Blick in den Rückspiegel. »Immerhin – nicht schlecht getroffen«, mußte er zugeben.

Rosa war nicht tot, als Elias den Abhang heruntergestürzt kam. Der schießwütige junge Moslem hatte ihr Herz verfehlt, doch die Kugeln hatten Lungen und Unterleib durchlöchert, und sie verblutete innerlich. Elias hatte schon viele Menschen sterben sehen, und er wußte, daß es nicht mehr lange dauern würde. Rosa atmete schnell und flach, doch sie sah ihn offensichtlich an und war noch bei Bewußtsein. Er beachtete die Schreie seiner Kinder nicht und kniete im Dreck neben ihr nieder, rief sie beim Namen, sagte ihr, daß er sie liebe, und verfluchte sich selbst, weil er es ihr nie zuvor gesagt hatte.

Dabei wußte sie es doch längst! Sie versuchte, es ihm zu sagen, doch es wurde sehr dunkel, und alles schien so verschwommen und weit weg zu sein ... Elias ... Lamia ... Amin ... Wo war Amin? ... Die Gestalt an dem Kruzifix und ein paar kleine Kinder ... Jemand rief sie, sagte ihr, daß er sie liebe, doch sie war nicht sicher, wer es war. Vielleicht waren es alle. Zuerst schienen die Stimmen sie zurückzuhalten, doch dann war es nur noch eine einzige, klare, wohlbekannte Stimme, die sie zu sich rief. »Ich weiß, ich weiß«, flüsterte sie, »alles andere ist unwichtig.« Dann schloß sie die Augen, weil es Zeit war zu schlafen, und sie sprach nicht mehr. Nur Elias kniete neben ihr und heulte vor Schmerz auf wie ein wildes Tier.

Lamia konnte sich später nie richtig an die Ereignisse der nächsten Stunde erinnern. Man sagte ihr, daß sie ohnmächtig geworden sei, doch auch daran erinnerte sie sich nicht. Sie hatte nur zusammenhanglose Bilder in lebhaften Farben und mit hervorstechenden Einzelheiten vor Augen: Da kamen andere Menschen, die vor dem Massaker ins Gebirge flohen und in dem Dorf weiter unten übernachtet hatten. Ein Mann half Elias,

Werkzeug aus dem Wagen zu holen und ein flaches Grab zu scharren. Sie bemerkte, daß der Mann weinte, und hörte ihn sagen, daß auch er soeben seine kleine Tochter begraben habe, die zwei Kilometer weiter unten an ihren Verletzungen gestorben sei.

Sie würde nie das weiße Gesicht der Mutter vergessen, bevor sie mit einer Decke verhüllt ins Grab gelegt wurde und jemand die erste Handvoll Erde auf sie warf. Noch würde Lamia die eisige Kälte der Steine vergessen, die sie zu einem Grabhügel aufstapelten. Sie konnte sich auch an anderes erinnern, was sie eigenartigerweise gerade in dieser Situation bemerkte, etwa an die Büschel wilder Alpenveilchen im nassen Gras um das Grab her, und an den kernigen Geruch regendurchtränkter Erde. Sie hörte auch ein unablässiges, hoffnungsloses Weinen – das Weinen eines Kindes, das sich nicht mehr zu helfen weiß. Nach einer Weile erkannte sie, daß es Huda war, die mit dem Gesicht in den Alpenveilchen lag. Muhmi tätschelte sie und versuchte, sie zu trösten.

Hier konnten sie jedoch nicht länger bleiben, und so stieg Elias in den Wagen und versuchte zu starten. Der Motor sprang zwar kurz an, ging dann aber aus, und weitere Startversuche scheiterten. Da erst merkten sie, daß der Kühler völlig von Kugeln durchsiebt war. Sie mußten wie alle anderen zu Fuß weitergehen. Huda lag so schlaff wie eine Stoffpuppe da. Elias hob sie auf und packte sie auf seine Schulter. Lamia band Muhmi mit einer der restlichen Decken auf ihren Rücken, und Sami trug die Bündel mit ihren wenigen Habseligkeiten. So zogen sie in den Dunst hinein.

Das nächste Dorf war noch einige Kilometer entfernt. Lamia wußte nicht, wie weit sie gekommen waren, als sie plötzlich spürte, daß sie keinen Schritt weitergehen konnte. Das Gewicht des schlafenden Muhmi drückte sie zu Boden. Doch noch während sie fiel, sah jemand ihre Not, nahm ihr Muhmi vom Rücken und stützte sie selbst. Es war der Mann, der seine kleine Tochter begraben hatte. Er hob Muhmi auf seine Schultern anstelle des Kindes, das gestorben war.

Die Erleichterung war so groß, daß Lamia endlich weinen konnte. Dann straffte sie ihren Rücken und hob den Kopf. Die Nebelschwaden hatten sich verflüchtigt, die Wolke, die die Sonne verdeckte, hatte sich geteilt, und in den Prismen ihrer Tränen brach sich ein Sonnenstrahl, der das Dorf, das unweit vor ihnen lag, beleuchtete. Es sah wie eine himmlische Stadt aus, getaucht in die Farben des Regenbogens.

11 *Abadan!*

Sie brauchten zwei weitere Tage, um ihr Ziel zu erreichen. Für ein paar Stunden machten sie in dem ersten Dorf Rast. Doch dort waren Hunderte von Flüchtlingen eingetroffen, und die Lebensmittel waren knapp. Deshalb schleppten sie sich weiter. Sie stiegen immer höher hinauf, dorthin, wo die schneebedeckten Zedern standen, und es wurde immer kälter. Wenn nicht ein Lastwagen sie ein Stück weit mitgenommen hätte und sie nicht eine Scheune zum Übernachten gefunden hätten, wären sie bestimmt vor Erschöpfung, Kälte und Hunger gestorben, dachte Lamia; und halb wünschte sie sogar, es wäre so gekommen.

Doch als sie am Abend des zweiten Tages die Dorfstraße von Jdita hinunterstolperten, vergaßen die Kleinen beinahe ihr Herzeleid bei der Aussicht auf ein warmes Bett und richtiges Essen. Es war ein stürmischer Abend, und der Sonnenuntergang färbte die Schneehänge, als sie die Stufen des Hauses hinaufstiegen, in dem sie so viele glückliche Sommerferien verbracht hatten, und Sami und Huda in die Arme ihrer Großmutter rannten.

»Wo ist Rosa?« schienen die Augen der alten Frau über die Köpfe der Kinder hinweg zu fragen. Die Antwort stand in Elias' Gesicht geschrieben. Doch Asea hatte keine Zeit, sich sofort hinzusetzen und zu trauern – die Kinder mußten zu essen bekommen, mußten gewaschen und, bevor sie einschliefen, getröstet werden.

Sie schliefen und schliefen, Stunde um Stunde, wie kleine Tiere, die Winterschlaf halten und nur erwachen, um zu essen und zu trinken und dann wieder einschlafen. Während sie schliefen, zogen die Wolken fort, und die Sonne brach durch. Und als sie schließlich richtig erwachten, da verbreitete sich gerade die Nachricht, daß syrische Truppen ins Land einmarschiert seien, um Gesetz und Ordnung wiederherzustellen; daß ein weiteres Friedensabkommen unterzeichnet worden und der Krieg zu Ende sei. Ruhelos und verhärmt schlenderte Elias den Weg hinauf, der zu den Zedern führte, und Lamia klammerte sich an ihn. Im Haus gab es nur wenig Platz für ihn, denn ständig kamen Trauergäste, um mit Asea den Tod ihrer Tochter zu beweinen, und das kleine Haus war von morgens bis abends voller Menschen.

»Wenn der Krieg wirklich vorbei sein sollte, muß ich nach Beirut zurückgehen«, sagte Elias, »und sehen, was von meinen Waren und dem Haus übriggeblieben ist. Ich habe noch Geld auf der Bank und muß so bald wie möglich wieder mit dem Geschäft beginnen. Ihr könnt hier nicht alle umsonst leben.«

»Laß mich mit dir gehen, Vater!«

»Nein, das ist unmöglich. Wir wissen nicht, in welchem Zustand sich unser Haus befindet und ob wir überhaupt darin wohnen können. Außerdem: wer kann uns sagen, wie lange dieser Frieden anhält? Sami und Huda müssen zu den Nonnen in die Klosterschule, und du mußt für dich selbst weiterlernen und deiner Großmutter helfen. Es wäre zuviel für sie, wenn sie alle Arbeit allein tun müßte.«

»Ich habe keine Schulbücher, Vater.«

»Wenn der Frieden anhält, werde ich in einem Taxi zurückkommen und dir deine Bücher bringen.«

»Vater, bitte! Laß mich und Muhmi mit dir gehen!«

Er sah auf sie herab. Sie sah aus wie die junge Rosa, die damals vom Dorf zu ihm gekommen war, und er hatte nie tiefere Liebe zu seiner Tochter verspürt als in diesem Augenblick. Es war eine trübe Aussicht, allein zu seinem zerstörten Haus zurückkehren zu müssen.

»Nein«, sagte er schließlich dennoch. »Du mußt wirklich hierbleiben. Die Kleinen brauchen dich. Du bist jetzt ihre Mutter.«

Er fuhr zwei Tage später im Taxi fort, denn die Straßen galten wieder als relativ sicher. Lamia kamen die

Tage ohne ihren Vater unerträglich lang und sinnlos vor. Doch mußte sie zugeben, daß die Kinder sie brauchten. Ihr Großvater war fast den ganzen Tag draußen auf den Feldern und ihre Großmutter vor Schmerz und Trauer wie gelähmt. Außerdem war Muhmi, in dessen Adern ungestümes Guerillablut floß, ein Kind, wie Asea es nicht gewöhnt war. Sie begegnete ihm mit Mißtrauen, das schon an Abneigung grenzte. Jedenfalls war er nicht Rosas Kind, und obwohl sie sich hütete, Fragen zu stellen, konnte sie Lamias Bericht über seine Herkunft nicht ganz glauben. Wenn die Geschichte stimmte, wieso war Lamia so wütend geworden, als Großvater den sehr vernünftigen Vorschlag gemacht hatte, ihn den Nonnen anzuvertrauen? Die Nonnen wären genau die Richtigen für solch einen fröhlichen, unbändigen und eigensinnigen kleinen Springinsfeld. Sie hätten ihn im Handumdrehen in seine Schranken gewiesen. Schon allein bei seinem Anblick fühlte Asea sich erschöpft, und sein helles Lachen, seine funkelnden schwarzen Augen und das erstaunliche Tempo, mit dem er durchs Leben wirbelte, paßten erst recht nicht in ein Haus, wo man trauerte.

Huda lebte sich gut ein. Sie war Großmutters Liebling, und wenn sie sich nachts auch oft in den Schlaf weinte, war sie tagsüber doch fröhlich, denn die Nonnen waren freundlich und mitfühlend, und Huda hatte sie gern. Sami hingegen fühlte sich nicht wohl. Er fand es unter seiner Würde, von Frauen unterrichtet zu werden, und sehnte sich doch gleichzeitig sehr nach seiner Mutter. Nur die Angst vor Großvaters Stock hielt ihn überhaupt in der Schulklasse, und Lamia konnte sich schon denken, was er nach Schulschluß trieb. Seine Großeltern nahmen an, er spiele mit den Dorfjungen, doch Lamia ahnte, daß er anderes im Sinn hatte. Nachdem er eines Tages stundenlang fortgeblieben war, zog sie los, um ihn zu suchen. Sie fand ihn am Rande des Dorfes und roch an seiner Kleidung.

»Du hast geschossen, Sami!« rief sie verzweifelt. »Ich kann es riechen! Du weißt, wie böse Vater werden würde, wenn er – und überhaupt, was soll der Unsinn, wo doch der Krieg vorbei ist? Haben wir nicht genug verloren?«

»Wer sagt, daß der Krieg vorbei ist?« gab Sami zurück. »Wissen die Leute nicht mehr, wie viele grausam sterben mußten, und haben wir Amin und Mutter vergessen?«

Sie starrte sprachlos auf ihn hinunter. Noch nie hatte er so zu ihr gesprochen! Sie hatte gar nicht bemerkt, um wieviel reifer er in den vergangenen Wochen geworden war. Das vor Eifer glühende, glatte junge Gesicht, das sich ihr entgegenhob, war kein Kindergesicht mehr, sondern das eines ernsten, verantwortungsbewußten Jungen, der älter als zwölf Jahre zu sein schien. Sie versuchte, jedoch recht halbherzig, ihm seine Schießübungen auszureden.

»Aber du wirst nicht den Kerl töten, der Mutter getötet hat! Du wirst jemand anders dafür töten ... dann werden sie sich wiederum an jemand anderem rächen, der nichts Böses getan hat, und so geht das ewig weiter. Außerdem, unser Vater ...«

»Wenn sie das Dorf angreifen, Lamia, werden sie euch alle töten, und sollte Vater nicht wollen, daß ich euch verteidige? Du mußt mir helfen, Lamia, es ist nur einmal in der Woche!«

»Warum eigentlich nicht?« dachte sie. Sollte sie jemals Kamal begegnen oder dem hübschen, lachenden Kerl, der ihre Mutter niedergeschossen hatte, dann wüßte sie, was sie mit ihnen machen würde. Sie fühlte sich mit diesem frühreifen Bruder enger verbunden als mit allen anderen. Außerdem wußte sie nur allzu gut, daß sie Sami nicht zurückhalten konnte, genausowenig, wie sie den Wind oder den Frühling aufhalten konnte, denn hier brach die urwüchsige Kraft seines jungen Lebens durch.

»Was soll ich tun, Sami?« fragte sie.

»Du brauchst mich nur aus dem Haus zu lassen, wenn alle anderen schlafen, und mich in der Morgendämmerung wieder reinzulassen, wenn ich Steinchen an dein Fenster werfe, und mich dann später wieder zu wecken. Morgen haben wir schulfrei, aber laß mich nicht zu lange schlafen, sonst wundern sich vielleicht die Großeltern.«

»Einverstanden, Sami«, versprach sie. Da grinste er sie verschmitzt an und zwinkerte mit dem Auge, und sie gingen lachend ins Haus. Der Abend verlief wie jeder andere. Großeltern und Kinder gingen im Winter früh zu Bett, und als es still im Haus war, ließ Lamia den Bruder hinaus und drückte ihm ein Päckchen mit Essen in die Hand.

»Ich habe es vom Abendbrot aufgehoben«, flüsterte sie. »Behüt dich Gott, Sami!« Sie schloß die Tür hinter ihm und ging zu Bett. Doch die Vorstellung, daß er – klein und müde – irgendwo draußen in der Kälte unter den funkelnden Sternen Wache stand, ließ sie lange nicht einschlafen. Doch schließlich mußte der Schlaf sie übermannt haben, denn sie träumte von einem Raketenangriff und erwachte schweißgebadet. Da hörte sie leises Prasseln von Kieselsteinen an ihrem Fenster. Sie eilte im Dunkeln hinunter, um die Tür zu öffnen, und Sami stolperte fröstelnd ins Haus.

»Ist alles in Ordnung, Sami?«

»Ja, aber ich friere schrecklich! Lamia, ich möchte schnell ins Bett.«

Lamia deckte ihn zusätzlich auch noch mit ihren Dekken zu, und in ein paar Minuten atmete er tief. Dann legte sie sich zu Huda ins Bett, doch konnte sie nicht wieder einschlafen. Zum ersten Mal war sie aus dem Gehäuse ihres eigenen Kummers herausgekommen, und nun lastete die Verantwortung für diese kleine Familie schwer auf ihr. »Sie werden alle gehen«, dachte sie. »Amin, Mutter ... Vater könnte bei einem Angriff umkommen, Sami könnte draußen vor dem Dorf erschossen werden. Huda wird hierbleiben; sie liebt die Oma mehr als mich. Dann werde ich nur noch Muhmi haben.«

Muhmi! Sie stand auf und trat ans Fenster, das nach Norden zeigte. Ein neuer Tag brach an. Wenn sie sich weit hinauslehnte, konnte sie sehen, wie sich der östliche Himmel über der syrischen Grenze erhellte, und wenn sie nach Westen blickte, konnte sie beobachten, wie die schneebedeckten Gipfel über den Zedern erglühten. Durch die kalte Stille schien Rosas klare Stimme zu klingen: »Wenn Ihre Mutter beweisen kann, daß Muhmi ihr Enkel ist, dann schwöre ich bei Gott, daß wir ihn zurückgeben werden.«

»Abadan!« flüsterte Lamia. »Niemals! Es war Mutters Schwur, nicht meiner!« Sie zitterte vor Furcht und Wut, als sie sich über die Situation klarwurde. Der Waffenstillstand wurde eingehalten, und die Menschen begannen, freier herumzureisen. Jeden Tag konnte jetzt jemand kommen, um Muhmi abzuholen. Sie würden von dort oben über die Äcker zum Dorf herunterkommen und sich zu ihr durchfragen. Plötzlich war sie sich der Gefahr bewußt, die ihr drohte, und ihr Herz war von dem einen großen Vorsatz durchdrungen: Wenn Sami das Dorf bewachen konnte, so konnte sie Muhmi bewachen! Sie würde niemals zulassen, daß er ihr fortgenommen würde. Abadan! Abadan!

Von diesem Tag an beobachtete sie täglich die Straße, die zur Küste führte, wie es ein diensthabender Wachtposten nicht aufmerksamer hätte tun können. Sie schlüpfte ein dutzendmal am Tag aus dem Haus und beobachtete alle Autos, die aus den Tälern und tiefer liegenden Dörfern eintrafen. Es war nur wenig Verkehr, doch immer mehr Leute wollten in die Küstenstädte zurück. Jedes Taxi, das zu ihnen heraufkam, fuhr vollbesetzt zur Küste hinunter. Zu Muhmis großem Verdruß verbot Lamia ihm, zum oberen Dorfrand zu gehen, von wo aus herrliche kleine Pfade zu den Schneehängen und Zedern führten. Sie hielt ihn wie einen Gefangenen und ließ ihn nur unter dem Feigenbaum im Garten der Großeltern spielen, wozu er nicht die geringste Lust hatte. Er wurde immer stärker und eigensinniger, und sie fragte sich des öfteren, wie lange es wohl so weitergehen mochte.

Die Spannung dauerte an, bis jener klare Frühlingstag heraufzog. Sami und Huda waren in der Schule, und Muhmi war in seinem Gartenkäfig eingesperrt. Lamia schlüpfte hinter Großmutters Rücken aus dem Haus und eilte zum Dorfrand, von wo aus sich die Abzweigung der Gebirgsstraße nach Jdita herunterschlängelte. Eben kam wieder ein Wagen angefahren. Er hielt kurz an, um einen Passagier aussteigen zu lassen, und raste dann in Richtung Dorfplatz. Lamia stand wie angewurzelt. Genauso hatte sie es kommen sehen. Sie wußte, wer diese Reisende war.

Eine Frau mittleren Alters, deren schwarzes Kopftuch sie als Palästinenserin verriet, stand unschlüssig und einsam am Straßenrand. Sie schien Angst zu haben, ein christliches Dorf zu betreten. Dann schritt sie langsam vorwärts – würdevoll, stolz erhobenen Hauptes und mit dem Mut, den die Liebe hervorbringt. Lamia ging ihr entgegen. Unter keinen Umständen durfte die Frau das Dorf betreten und die Bewohner ausfragen. Denn wer Muhmi einmal gesehen hatte, vergaß ihn nicht mehr, und er war schon überall beunruhigend bekannt und beliebt.

»Kann ich Ihnen helfen?« fragte Lamia ruhig und freundlich. Sie schluckte die große Welle des Hasses und der Furcht, die in ihr aufstieg, hinunter.

Mehr als Gewehre oder Granaten bedrohte diese müde, königliche Frau ihr Leben und war deshalb ihr Todfeind. Die Frau hob ihre Hände zum Himmel und murmelte ein Gebet; dann machte sie eine höfliche, flehentliche Geste.

»Ich bin gekommen, um das Kind meiner Tochter hier abzuholen«, erklärte sie. »Man hat mir gesagt, daß es von Leuten, die den Kämpfen an der Küste entflohen sind, gefunden und hierhergebracht worden sei . . . Oh, meine Tochter, hilf mir! Ich habe Angst, das Dorf zu betreten. Geh, und bring mir Nachricht! Muhmi ist ein schöner Junge. Seine Mutter wurde im letzten Mai getötet, im Orangenhain über dem Lager Tell Zaatar. Sie war hinausgegangen, um mit ihrem Mann zu reden ... meine einzige Tochter ... sie fanden ihren Leichnam, aber das Kind war verschwunden.«

Lamia überlegte schnell. Es war wichtig, soviel wie möglich über ihren Gegner herauszufinden. »Wo ist sein Vater?« fragte sie.

»Er wurde am Schwarzen Samstag schwer verwundet«, antwortete die Frau leise. »Meine Söhne kämpfen alle. Der Enkel ist das einzige, was ich habe. Um Gottes willen, meine Tochter, geh und frage nach!«

»Es sind viele Kinder hier im Dorf, und viele Familien sind dem Massaker entflohen. Wie sollte ich den Jungen erkennen können?«

»Als seine Mutter schwanger war, sah jemand sie an, der den bösen Blick hat. Deshalb hat das Kind ein großes dunkelrotes Muttermal auf dem Rücken. Außerdem habe ich noch dies hier.«

Dabei öffnete sie ihre Tragetasche und holte aus einem Ledermäppchen eine Fotografie hervor. Ein Milizsoldat im Kampfanzug war darauf zu sehen, der den Arm um seine Frau und einen kleinen Jungen legte. Das Foto war sicher über ein Jahr alt, doch das Baby war unverkennbar Muhmi. Er beugte sich nach vorn zur Kamera hin. Die schwarzen Augen blitzten eigensinnig und fröhlich. Lamia betrachtete das Foto lange. Sie erschauderte, denn Muhmis Mutter war jung und schön und lebendig gewesen, nicht zu vergleichen mit dem Geschöpf, das da auf der Erde unter dem Orangenbaum gelegen hatte.

»Ich kenne das Kind«, sagte sie schließlich. »Der Junge war im Dorf, aber sie sind jetzt nicht mehr hier. Als der Frieden ausgerufen wurde, kehrten sie nach Hause zurück. Die Frau, die sich um ihn kümmerte, war von euren Leuten auf der Straße erschossen worden, und ich hörte, wie der Vater sagte, daß er das Kind bei den Nonnen abliefern wollte.«

»Nicht mehr hier?« flüsterte die Frau fassungslos. Alles Leid der Welt schien sich in diesen Worten auszudrücken. Einen Augenblick hatte Lamia den Eindruck, die schwankende Gestalt vor ihr würde hinstürzen, aber sie rührte sich nicht, um die Feindin zu stützen.

»Wohin sind sie gegangen?« brachte die Frau schließlich mühsam hervor. »O meine Tochter, um Gottes Barmherzigkeit willen, sag mir, wohin sie gegangen sind!«

»Ich weiß es nicht. Wahrscheinlich zurück zu ihrem Haus an der Küste. Wenn ich von ihnen höre, werde ich Sie benachrichtigen. Unter welcher Adresse kann ich Sie erreichen?«

Die Tränen rannen der Frau über die Wangen, aber sie fischte in ihrer Tasche und holte einen Zettel mit einer Telefonnummer hervor. »Am Eingang unseres Lagers ist ein Laden«, sagte sie leise. »Ich wohne in einem Zimmer darüber. Wenn du diese Nummer hier wählst und nach Oum Aischa fragst, wird man mich rufen.«

Sie zögerte, ging ein paar Schritte vor und rang die Hände.

»Gibt es niemand anders im Dorf, der mir Auskunft geben könnte? Hatten diese Leute keine Verwandte hier?«

»Ich bin verwandt mit ihnen; ich werde es ihnen mitteilen. Sie können unser Dorf nicht betreten. Vielen hier wurde von Ihren Leuten Leid zugefügt, und man könnte Ihnen etwas antun. Sie gehen am besten zur Hauptstraße zurück und warten auf einen Wagen.«

»Sei so gut, und gib mir bitte einen Schluck Wasser!« Die Frau war immer noch höflich und würdevoll, doch schien sie mit ihren Kräften am Ende zu sein.

»Dort oben am Hang befindet sich eine Quelle«, sagte Lamia schon halb abgewandt. »Sie gehen jetzt am besten. Im Dorf sind bissige Hunde. Man könnte sie auf Sie loslassen.«

Lamia wandte sich nicht mehr zu der Frau um, sondern starrte auf die unter ihnen liegenden Häuser. Sie hoffte, daß bald der Wagen kommen und die Frau wieder mitnehmen würde. Langsam ging sie zum Dorf hinab. Erst als sie die ersten Häuser erreicht hatte, blickte sie zurück. Die Frau stolperte blindlings den Berg zur Quelle hinauf. »Sie sieht aus, als würde sie jeden Moment hinfallen«, dachte Lamia, »und sie hat nichts, womit sie Wasser schöpfen könnte.« Aber es war ihr gleichgültig – Feind bleibt Feind in Kriegszeiten, und es war ihnen ja auch gleichgültig gewesen, als Amin und Mutter fielen.

Das Taxi knatterte die Straße herauf und an ihr vorbei. Es war noch ein Platz frei darin. Der Wagen würde die Frau mitnehmen und für immer fortbringen. Der Zwischenfall war für Lamia vollkommen zufriedenstellend verlaufen. Nun wußte sie sogar, welches Gebiet sie zu meiden hatte, wenn die Menschen sich wieder völlig frei bewegen würden. Beim Haus der Großeltern angelangt, hörte sie Muhmi schon, der sein Käfigtor wütend mit Füßen trat und schreiend nach Freiheit verlangte.

Lamia schob den Riegel der Gartentür zur Seite, nahm Muhmi auf die Arme und drückte ihn leidenschaftlich. Er aber strampelte mit den Beinen und versuchte, sich freizukämpfen, und sie setzte ihn wieder ab. Muhmi streckte die Zunge heraus, lachte und rannte los. Er hatte sich so danach gesehnt, laufen zu dürfen, wohin er wollte, in die große, weite Welt und die Berge. Lamia rannte neben ihm her die Dorfstraße hinauf und hinaus in den zarten, wilden Vorfrühling, der keine Bedrohung mehr barg. Muhmi hüpfte und rollte sich im Gras wie ein plumpes Ziegenbaby, und sie faßte ihn bei den Händen, wirbelte ihn durch die Luft und lachte mit ihm. Nun war er hier sicher und würde immer bei ihr bleiben. Niemand würde ihn jemals von ihr fortnehmen.

»Abadan!« murmelte sie. »Abadan!«

Nur die ineinander verkrampften Hände, die zitternden Lippen und das außergewöhnlich blasse Gesicht dieser Frau konnte sie nicht vergessen.

12 *Ein Mann fragt nach dir*

Ja, es war gut, endlich diese unerträgliche Furcht loszusein, nicht ständig über Muhmi wachen zu müssen, sondern ihn in Sicherheit zu wissen. Aber so erleichtert, wie Lamia es sich erhofft hatte, war sie nicht. Etwas anderes war an die Stelle ihrer Furcht getreten. Und damit wurde sie nicht so gut fertig, weil sie nichts dagegen tun konnte: ein Schuldgefühl belastete sie. So sehr sie es auch versuchte, sie konnte einfach nicht vergessen, daß Muhmi jetzt gestohlenes Gut war, daß er ihr gar nicht gehörte. Und schlimmer noch: sie hatte Mutters Schwur gebrochen!

Anstatt glücklicher zu sein, wurde sie noch niedergeschlagener, noch ungeduldiger mit den beiden Geschwistern, noch ruheloser und verzweifelter. Ihre Großmutter wollte sie trösten, doch Lamia kapselte sich völlig ab. Mechanisch half sie im Haushalt mit, doch sobald sie ihre Pflichten erledigt hatte, spazierte sie hinaus in die Berge, oder sie verkroch sich in einer Zimmerecke. Nur zu Muhmi war sie immer liebevoll, beobachtete ihn, wenn er erwachte, brütete über ihm, wenn er schlief. Nur sein fröhliches Lachen konnte ein Lächeln auf ihr Gesicht zaubern, und ihre Großeltern hüteten sich, je wieder vorzuschlagen, ihn den Nonnen zu überlassen.

Es war eine Erleichterung, als ihr Vater Mitte Februar für eine Nacht eintraf und ihr die Schulbücher brachte. Es war ein kalter, nasser Tag, und sie saßen im Haus, tranken Kaffee und unterhielten sich, während die Großmutter ein Festessen bereitete. Huda und Sami waren noch in der Schule.

»Wie sieht das Haus aus, Vater?« fragte Lamia.

»Nicht so schlimm, wie ich befürchtet hatte. Die Fenster auf der Rückseite sind alle zerstört und die Wände und Möbel im Hinterzimmer durch Granateinschläge beschädigt, doch die Vorderfront des Hauses ist unversehrt, Gott sei Dank!«

»Hast du dein Geschäft wieder aufbauen können, Vater?«

»Ja, ich habe wieder ganz klein angefangen. Ich habe einen Raum in unserem Stadtteil gemietet, weil ich ja keinen Wagen mehr habe. Ich hatte noch einige Stoffballen unter den Bodenbrettern versteckt und verdiene recht ordentlich. Die Menschen fangen jetzt wieder an, sich frei zu bewegen und Handel zu treiben.«

»Und unser Haus wurde nicht geplündert?«

»Nein, gottlob nicht. Georges hat das Haus mit den beiden scharfen Hunden gut gehütet. Ich glaube, kein Moslem wagt sich so weit in ein christliches Wohngebiet hinein. Außerdem fackeln die Syrer nicht lange mit Plünderern. Neulich haben sie zehn davon erschossen.«

»Was wollen die Syrer eigentlich bei uns?«

Er zuckte die Achseln. »Sie sind wahrscheinlich die einzigen, die unser Land noch schützen können. Sie haben ein neues Reformprogramm aufgestellt, wobei der Präsident immer noch ein Maronit ist.«

»Vater, glaubst du, der Frieden wird anhalten?«

Sein Gesicht sah auf einmal sehr alt und müde aus. Er zuckte die Achseln. »Gestern abend wurde darüber im Radio diskutiert. Sie sagen, daß die Reformen in keinem Verhältnis stehen zu den Opfern, die gebracht worden sind: Vierzigtausend Tote, jedes fünfte Haus ist zerstört, die Hälfte aller Fabriken ist ausgebrannt oder ausgeplündert, und keine der beiden Seiten hat erreicht, was sie wollte. Einige sind hoffnungsvoll, aber ich glaube, die Verbitterung läßt sich nicht so schnell überwinden. Viele sind bereit weiterzukämpfen.«

»Vater, nimm mich mit nach Hause, mich und Muhmi! Ich darf gar nicht daran denken, daß du ganz allein zu Hause bist.«

Er sah sie nachdenklich an. Es wäre gut, sie daheim zu haben. Er wollte ihr nicht erzählen, wie ihm zumute war, wenn er abends in das beschädigte Haus zurückkehrte, sich irgend etwas kochte und die einsame Nacht fürchtete. Einige Schulen wurden schon wieder geöffnet. Im Augenblick sah wirklich alles friedlich aus.

»Vielleicht könntest du gegen Ende des Monats heimkommen«, sagte er langsam. »Huda sollte bis Ostern hierbleiben, um das Trimester zu beenden.« Dann fragte er abrupt: »Was macht eigentlich Sami? Ich nehme an, er ist der örtlichen Verteidigungsgruppe beigetreten?«

Sie nickte. »Ich konnte ihn nicht davon abhalten, Vater, alle Jungen sind dabei. Außerdem macht es ihn glücklich und hilft ihm zu vergessen. Er liebt sein Gewehr.«

»Wie oft geht er weg?«

»Nur einmal in der Woche.«

»Wissen die Großeltern davon?«

»Nein. Ich lasse ihn hinaus, wenn sie schlafen, und wieder ins Haus, bevor sie aufstehen. Es tut mir leid, Vater, aber was hätte ich sonst machen sollen?«

»Nichts. Er hat zuviel verloren. Er ist wie alle anderen. Keiner wird sich zufriedengeben, bis sein persönlicher Verlust gerächt ist. Dieser Krieg ist noch nicht zu Ende. Und wenn du nach Hause kommst, sollte Sami hierbleiben. Ich denke, er lernt etwas im Kloster, und in der Stadt würde er in weitaus schlimmere Dinge verwikkelt werden.«

»Und Muhmi, Vater? Er muß mitkommen. Die Großeltern könnten allein nicht mit ihm fertigwerden.«

»Ja, Muhmi auch kommen!« Der Kleine saß am Boden, ausnahmsweise still, und spielte mit dem kleinen Auto, das Elias ihm mitgebracht hatte. Sie hatten ihn ganz vergessen. »Muhmi auch kommen«, wiederholte er, »in Auto!« und rieb dabei seine Locken an Elias' Hosenbein.

»Wie willst du denn mit deiner Schulausbildung vorankommen, wenn du dich um Muhmi kümmern mußt?«

»Wir müssen eine Frau finden, die sich um den Haushalt kümmert, Vater. Sie könnte dann auch auf Muhmi aufpassen, während ich in der Schule bin. Es müssen ja

Tausende obdachlos sein. Es wird sich leicht jemand finden lassen.«

Er zuckte wieder die Schultern. »Nein, es sollte nicht schwierig sein. Die meisten Häuser westlich von uns sind zerstört. Nicolas' Haus hat ein großes Loch in der Mauer.«

Nico! Sie hatte höchst selten an ihn gedacht seit Mutters Tod. Es war eigenartig, wie ihr Leben nun in verschiedene Abschnitte zerfiel: das Leben vor Amins Tod, das Leben bevor Muhmi kam und das Leben bevor Mutter starb. Alle hatten sie sich seit diesem Tag verändert, aber Nicolas würde sich nicht verändert haben. Er gehörte zu den alten, unbeschwerten Kindheitstagen und auch zu den schmerzvollen Tagen, in denen Amin ermordet worden war. Sie hatte ihn verbittert und verletzt zurückgelassen und hatte ihn doch so gern trösten wollen. Vielleicht konnten sie sich nun gegenseitig trösten.

»Wie geht es Nicolas?« fragte sie gespannt. »Ich würde ihn gern wiedersehen. Meinst du, er würde kommen und uns abholen?«

»Er hätte eigentlich Krankenurlaub. Im Krankenhaus gab es eine Schießerei, und eine Kugel durchschlug sein Handgelenk. Obwohl sein Arm in Gips ist, hat er weitergearbeitet und Verwundete behandelt, bis es zum Waffenstillstand kam. Er würde dich sicher gern besuchen, wenn er sich frei machen kann. Er hat sich jedesmal nach dir erkundigt, wenn ich ihn traf.« Elias warf seiner Tochter einen raschen Blick zu, und Lamia bekam einen roten Kopf. Aber sie sagten nichts weiter, denn in diesem Augenblick kamen die Kinder aus der Schule. Anstatt ihrer üblichen zurückhaltenden Begrüßung warfen sie sich beide in die Arme des Vaters. Huda klammerte sich fest an ihn und begann zu weinen, als wolle ihr das Herz brechen.

Lamia sah ihnen zu, und es versetzte ihr einen Stich. Sie hatte nicht gewußt, daß ihre jungen Herzen so nach Liebe hungerten. Vollauf mit ihren eigenen Problemen beschäftigt, war sie den beiden Geschwistern keine große Hilfe gewesen. Das nagende Gefühl, versagt zu haben, vertiefte sich. »Wenn ich weggehe«, dachte sie, »werden sie mich wohl kaum vermissen. Sie sind genauso einsam, wenn ich bei ihnen bin, wie wenn ich nicht da wäre. O Mutter, Mutter! Alles ist falschgelaufen! Wir sind keine Familie mehr!«

Am nächsten Tag, als die Kinder in der Schule waren, fuhr Elias wieder fort. Lamia und Muhmi begleiteten ihn zum Taxi, wo Muhmi eine Szene machte, weil er sich zu all den anderen Reisenden hineindrängen wollte und zurückgehalten werden mußte. Mit tränenverschwommenem Blick sah Lamia dem Wagen nach. Sie weinte nicht ihrem Vater nach, weil sie ja bald bei ihm sein würde. Sie weinte wegen ihrer lieben alten Großeltern, denen sie sich nie geöffnet hatte, sie weinte wegen Sami und Huda, die sie nicht mehr um Hilfe baten, und wegen Mutters Eid, der ihr Gewissen belastete. Schweren Herzens ging sie zum Haus zurück, obwohl die Sonne schien und das Gras grün schimmerte nach dem Regen vom Tag zuvor. Als sie oben an der Dorfstraße angelangt war, kam ihr ein Kind entgegengelaufen.

»Lamia, ein Mann hat auf dem Marktplatz nach dir gefragt. Sie bringen ihn zu eurem Haus. Ich wollte es dir nur sagen.«

Ein Mann! War dieser furchtbare, rauchgeschwärzte Teufel persönlich gekommen, um Muhmi zurückzufordern? Wenn ja, dann hatte es keinen Zweck fortzurennen. Ihre einzige Hoffnung war, als erste das Haus zu erreichen und das Kind einzusperren. Sie nahm Muhmi auf den Arm und rannte wild die Straße hinunter. Muhmi brüllte und zappelte, aber sie achtete nicht darauf und erreichte gerade die Eingangsstufen, als eine kleine Horde Kinder, die einen Fremden begleitete, um die Ecke vom Marktplatz bog. »Dort ist sie!« hörte sie ein Kind rufen, als sie Muhmi in den Garten stieß und die Tür hinter ihm verriegelte. Doch noch während sie dies tat, mußte sie erkennen, daß sie seine Anwesenheit nicht leugnen konnte. Muhmis Gebrüll reichte aus, um das ganze Dorf aufzuscheuchen. Und sie kannte ihn gut genug, um zu wissen, daß er nicht aufhören würde, bis sie ihm seinen Willen ließ.

Also gut! Dann würde sie um ihn kämpfen. Sie ballte die Fäuste, warf den Kopf zurück und marschierte auf die kleine Prozession zu. Mit dunklen, haßerfüllten Augen starrte sie in das Gesicht des Ankömmlings. Dann stieß sie einen schluchzenden Schrei aus, blieb stehen und brach fast zusammen. Nicolas, dessen linker Arm in Gips war, sprang vor und hielt sie am Arm fest.

»Lamia!« rief er mit warmer, liebevoller Stimme, »ist alles in Ordnung? Komm zu den Stufen, Liebes, und setz dich! Stütz dich auf meinen rechten Arm!«

Sie war leichenblaß und zitterte am ganzen Körper, und einen Augenblick dachte Nicolas, sie würde ohnmächtig werden. Doch der aufgeregte Lärm der Kinder brachte sie zu Verstand, und ihre Wangen nahmen wieder Farbe an. »Es ... es geht schon«, sagte sie. »Ich ... ich dachte ... nur, du wärst jemand anders. Komm ins Haus!«

Sie befreite Muhmi, der brüllend, mit laufender Nase und puterrotem Gesicht aus seinem Gefängnis hervorstürzte. Seine Gefühle waren tief verletzt, denn Lamia hatte ihn nie zuvor grob auf den Boden geschleudert und ihm die Tür vor der Nase zugeschlagen. Er konnte es einfach nicht fassen. Er zog sich in eine Ecke zurück und saß lange Zeit schniefend und mit Schluckauf da und wollte sich nicht trösten lassen.

Lamia sank auf einen Stuhl und lächelte Nicolas schwach an. »Es tut mir leid«, sagte sie. »Ich dachte, du wärst jemand anders.«

»Wer denn nur? Dieser ›jemand anders‹ hatte aber eine eigenartige Wirkung auf dich! Warst du enttäuscht, daß nur ich es war?«

»Aber nein! Ich freue mich so sehr! Ich dachte, jemand sei gekommen, um mir Muhmi wegzunehmen. Nico, mein Vater ist gerade fortgefahren. Er hat mir schon erzählt, daß du einen Arm in Gips hast und trotzdem weiterarbeitest. Ich habe ihm einen Brief an dich mitgegeben!«

»Ach ja? Ich wußte nicht, daß er nach Jdita fahren würde, sonst hätte ich ihm einen Brief an dich mitgegeben.«

Sein Gesicht wurde ernst. »Ich wollte kommen und dir sagen, wie traurig ich war, als ich vom Tod eurer Mutter hörte.«

In diesem Augenblick betrat die Großmutter das Zimmer. Sie war erfreut, einen jungen Mann anzutreffen und machte sich sofort daran, Kaffee und Gebäck zu servieren. Sie hielt nichts davon, daß Mädchen eine höhere Schulbildung genossen, und meinte, es sei höchste Zeit für Lamia, sich auf die Ehe vorzubereiten, wie es ihre eigene Tochter mit sechzehn getan hatte. Aber in jenen Tagen waren es auch noch die Eltern gewesen, die an die Ehe der Tochter dachten, und die Tochter tat, wie ihr befohlen wurde. »Die Zeiten haben sich geändert«, dachte Asea betrübt. »Immerhin ist er ein netter junger Mann mit guten Manieren und einem ehrlichen Gesicht, und das Mädchen hätte an einen viel Schlimmeren geraten können.«

Lamia schenkte den Kaffee ein und setzte Muhmi auf ihren Schoß. Er stieß einen tiefen Seufzer aus, kugelte sich zusammen und schlief auf der Stelle ein, als wären die Probleme des Lebens einfach zuviel für ihn. Lamia und Nicolas unterhielten sich höflich, während sie den Kaffee tranken, und dann stand Nicolas auf. »Steck Muhmi ins Bett und sag deiner Großmutter, daß wir einen Spaziergang machen!« sagte er. »Hier können wir nicht richtig miteinander reden. Komm, laß uns zum Schnee und den Zedern hinaufklettern!«

Zunächst schritten sie schüchtern nebeneinander die Dorfstraße hinauf, doch als sie das Dorf hinter sich gelassen hatten, nahm er sie bei der Hand, und sie stiegen gemeinsam bergan. Lamia nahm die Welt um sich herum wahr, als wären ihr plötzlich die Augen geöffnet worden. Zum ersten Mal sah sie, daß der Frühling diesmal früh in die Berge eingezogen war. Sie bemerkte Dinge, die sie zuvor nicht gesehen hatte: die ersten Mandelblütenzweige auf den Terrassengärten, die das Dorf umgaben, das Grün des sprießenden Grases, die purpurnen Büschel von Alpenveilchen in den Mulden. Sie stiegen bergan, bis das Gras gelb wurde. Hier war der Schnee eben erst geschmolzen und floß nun in kleinen Rinnsalen zu Tal. Wiesensafran und Milchsterne blühten am Rand der Schneewehen. Erhitzt, mit glühenden Wangen und atemlos setzten sie sich auf einen Felsen. Sie wandten sich der großartigen Gebirgslandschaft zu, denn der sonnenbestrahlte, gleißendhelle Schnee blendete sie, und sie mußten sich abwenden. Hier schüttete Lamia ihr Herz aus – zum ersten Mal seit dem Tod ihrer Mutter. Sie gestand ihren Schmerz, ihre Unfähigkeit, den Platz der Mutter einzunehmen, ihre Ängste um Sami und Muhmi, ihren Entschluß, zu behalten, was ihr nicht länger gehörte. Nicolas hörte ihr zu, ohne sie auch nur einmal zu unterbrechen. Unten im Krankenhaus hatte er oft zugeschaut, wie ein Chirurg einen tiefen Abszeß, der sich um eine Schrapnellwunde gebildet hatte, mit einer Lanzette aufschnitt. Er hatte beobachtet, wie das Gift frei herausströmte, und gewußt, daß das Fieber sinken würde und der Patient danach in Ruhe schlafen könnte. Genauso saß er jetzt da und betrachtete das Mädchen, das er zu lieben begonnen hatte. Er wußte, daß sie zur Ruhe kommen konnte, wenn sie all den Schrecken der vergangenen Wochen vor ihm ausschütten durfte.

Sie redete, bis die Sonne direkt über der westlichen Kammlinie stand und die Hügel, Schneeflächen und Täler in jenes goldene Nachmittagslicht tauchte, das jede Einzelheit zum Strahlen bringt. Als sie geendet hatte, wandte sie sich ihm zu wie ein müdes Kind, das nach Hause gekommen ist.

»Was soll ich also tun?« fragte sie. »Und wie werden wir alle jemals wieder neu beginnen können?«

Er saß still da, weil er ihr etwas zu sagen hatte und nicht wußte, wie er beginnen sollte. Sie blickte ihn an und sah seine ruhigen Augen und das angedeutete Lächeln auf seinem Gesicht und gab ihm unbewußt die Hilfe, die er brauchte.

»Und du, Nico?« fragte sie. »Als ich dich das letzte Mal sah, warst du so traurig. Jetzt bist du irgendwie anders. Was ist geschehen? Ich nehme an, daß es jetzt, da der Krieg endlich vorbei ist, besser ist im Krankenhaus.«

Er schüttelte langsam den Kopf. »Ich glaube nicht, daß der Krieg schon zu Ende ist. Täglich werden neue Verwundete hereingebracht. Es ist entsetzlich . . . und übrigens, Lamia: vor einer oder zwei Wochen wurde Kamal zu uns gebracht. Ganz in seiner Nähe war eine Granate explodiert. Sein Gesicht war halb zerfetzt, und man mußte ihm einen Arm amputieren. Du hast also deine Rache gehabt.«

»Kamal!« sie versteifte sich, und ihre Augen blitzten zornig auf. »Sag mir, was hast du getan? Wenn du ihn doch nur getötet hättest!«

»Er wäre sicher dankbar dafür gewesen. Welcher Junge von siebzehn Jahren möchte verstümmelt und mit einem so entstellten Gesicht herumlaufen? Nein, ich habe es nicht getan. Ich half, ihn auf die Station zu tragen. Er war bei Bewußtsein, als er hereingebracht wurde, und wir sprachen ein wenig miteinander. Er erkannte mich an meiner Stimme.«

Lamias Gesicht war wutverzerrt. »Du . . . du hast mit ihm *geredet*?«

»Ja . . . ich habe ihm vergeben . . . weil, weißt du . ., weil mir auch vergeben worden ist.«

Er sprach so leise, daß sie ihn gerade noch verstehen konnte, und sie fragte sich, ob sie wohl richtig gehört hatte.

»Dir – vergeben?« stieß sie hervor. »Was hast denn *du* schon getan, um Vergebung nötig zu haben? Aber *er* . . . Nico, wie konntest du bloß!«

Sie wandte sich von ihm ab. Ihr plötzlich aufwallender Zorn war verraucht, und sie fühlte sich nur noch matt und hoffnungslos. Doch Nicolas redete, wenn auch unsicher, als müsse er nach Worten suchen, und sie mußte zuhören, ob sie wollte oder nicht.

»Ich hatte fast genausoviel Schuld an Amins Tod wie Kamal«, behauptete er, »und ich habe beinahe durchgedreht, nachdem er tot war. Ich wußte, daß man sich vor Kamal in acht nehmen mußte ... ich war fast zwei Jahre älter als Amin, und ich hätte ihn überzeugen können ... Wenn ich es nur genug versucht hätte und nicht aus der Haut gefahren wäre, hätte er auf mich gehört. Aber er sagte, ich sei ein Feigling, und das machte mich so wütend ... ich war zu stolz, um noch etwas zu sagen. Ich sah zu, wie er zwischen den Orangenbäumen auf seinen Tod zuging, und ich bin ihm nicht nachgelaufen!«

Er wartete, doch Lamias Gesicht war immer noch abgewandt. Sie sagte nichts und rührte sich nicht.

»Nach seinem Tod kam ich mir vor wie in der Hölle ... Schuld ist etwas Furchtbares, Lamia. Du erwachst in der Nacht, und die Sterne sind nicht mehr schön. Du gehst in den Bergen spazieren, und die wilden Blumen sind nicht mehr bunt. Das ganze Leben wird farblos. Es ist, als ob eine schwere Last ständig dein Herz bedrückt, bis du meinst, sie erdrückt dich demnächst.«

»Du siehst im Moment nicht besonders bedrückt aus«, stellte Lamia sarkastisch fest.

»Eben, das versuche ich dir doch gerade zu erklären! Nachdem ich den ganzen Tag lang nur Schreckensbilder gesehen hatte, wurde eines Nachts der Beschuß so heftig, daß wir, die wir dienstfrei hatten, in einen Schutzraum unter einem großen Wohnblock flüchteten. Ich glaube, es war eine große Tiefgarage. Als ich dort unten saß, beschloß ich plötzlich, Schluß zu machen. Ich wollte hinausrennen, mich mitten in die Schußlinie stellen und Amin dorthin folgen, wo immer er sich befand ... Nur schleppte ich diese schreckliche Last mit mir herum, und ich spürte, daß irgendwo ein Gott sein mußte. Schwitzend und zitternd saß ich da und hatte Angst zu leben und Angst zu sterben.«

»Nun, du scheinst ganz gut darüber hinweggekommen zu sein!« Lamia blieb hartnäckig.

»Das wirst du gleich hören. In dem Bunker war in jener Nacht ein Mann. Alle waren angespannt und fürchteten sich, aber er schien keine Angst zu haben. Er versammelte die Kinder um sich und spielte Gitarre und brachte ihnen Liedchen bei – Lieder über die Liebe Gottes. Dann wandte er sich an uns, und auch wir scharten uns um ihn. Er erzählte uns, daß seine Frau und seine Kinder an diesem Tag in die Vereinigten Staaten abgereist seien – seine Frau sei eine Amerikanerin –, aber er sei zurückgeblieben, weil er eine Botschaft für uns hätte.«

»Von wem? War er ein politischer Führer?«

»Nein ... eine Botschaft von Gott. Zwischen Granateinschlägen und Explosionen sprach er über das Kreuz.«

»Über das alte Kruzifix? Es hat Mutter nicht viel helfen können, oder? Ich glaube, ich bin Atheist, Nico.«

»Ich denke, ich war auch einer. Aber er sprach nicht über jemand, der vor Jahrhunderten gestorben ist, sondern über jemand, dessen Tod immer noch etwas bewirkt – auch heute noch. Er wußte, daß wir alle sowieso ans Sterben dachten, und er schlug vor, wir sollten doch über diesen einen Tod nachdenken, der jedem anderen Tod seinen Schrecken genommen hat. Er sprach irgendwie so, als sei Christus erst an diesem Tag gestorben – für mich, für all die Sünden, die ich begangen, all das Falsche, das ich getan hatte.«

»Und dann?« Lamia hatte sich ihm jetzt zugewandt und sah ihn interessiert an.

»Er sagte, es gäbe nur eine einzige wichtige Frage angesichts des Todes: Wo ist meine Sünde? Trage ich sie selbst, wie eine schwere Last, die mich für immer von Gott trennen wird, oder habe ich sie auf den gekreuzigten Christus gelegt? Wenn ja, dann ist der Tod das Tor zum Leben. Er las uns aus der Bibel vor.«

»Aus der Bibel? War er denn ein Priester?«

»Nein, er war kein Priester. Er war Hotelier. Wir redeten miteinander, wenn wir uns einigermaßen verstehen konnten, und ich sagte ihm, was ich vorgehabt hatte und aus welchem Grund. Gegen zwei Uhr morgens war eine Gefechtspause. Die Leute um uns herum schliefen alle, aber er las mir im Schein einer Taschenlampe aus seiner Bibel vor. Hör zu, Lamia, was er mir vorlas ...«

Er zog eine kleine Bibel aus seiner Jackentasche und blätterte langsam die Seiten um. Es war sehr still hier oben an der Schneegrenze, und das ganze Gebirge und der weite Himmel schienen zuzuhören.

»Doch wegen unserer Schuld wurde er gequält und wegen unseres Ungehorsams geschlagen. Die Strafe für unsere Schuld traf ihn, und wir sind gerettet. Er wurde verwundet, und wir sind heil geworden. Wir alle waren wie Schafe, die sich verlaufen haben; jeder ging seinen eigenen Weg. Ihm aber hat der Herr unsere ganze Schuld aufgeladen.«*

»Und weiter?«

»Tja, es war, als würde mir meine Last abgenommen und auf jemand anders gelegt. Ich wollte leben und nicht mehr sterben. Ich wußte, daß mir vergeben worden war.«

»Also kümmert dich alles nicht mehr? Du wirst die Hände in den Schoß legen und allen vergeben? Und nichts weiter tun wegen Amin und Mutter? Du wirst untätig dastehen und zusehen, wie unsere Feinde gewinnen?«

»Nein ...«, verzweifelt suchte er nach einer Erklärung, flehte sie an, doch zu verstehen. »Nein, so ist es nicht. Siehst du, wir haben doch immer zu einem toten Mann an einem Kruzifix gebetet; aber wir haben alles ganz falsch verstanden. Christus lebt – er nimmt uns die Last ab und kommt zu uns, und alles kann neu beginnen. Es ist, als würde man von neuem geboren werden. Wir vergeben, weil uns selbst vergeben worden ist, und wir

* Jesaja 53, 5.6

lieben, weil wir selbst geliebt worden sind. Lamia, hat je ein Mensch Haß durch Haß besiegen können, oder Dunkelheit mit tieferer Dunkelheit, oder Böses durch noch Böseres? Wenn du im Krankenhaus arbeitetest, fiele dir die Antwort nicht schwer. Haß bringt nur Haß hervor, und so werden Kriege nie enden.«

Ganz gegen ihren Willen war Lamia erschüttert. »Aber es ist doch ein heiliger Krieg«, sagte sie unsicher. »Es ist doch nur recht, seine Religion zu verteidigen. Bringen unsere Soldaten an ihren Panzern nicht Kruzifixe und Bilder von der Jungfrau Maria an?«

»Ja, und ich nehme an, daß der Junge, der deine Mutter erschossen hat, einen muslimischen Halbmond und einen Koran auf seinen Jeep geklebt hatte. Aber das Kreuz ist Gottes großes Zeichen der Liebe und der Vergebung. Ich glaube, wir haben das alles nicht richtig begriffen und haben uns unsere eigenen Götter gemacht.«

Die Sonne ging hinter den Bergen unter, und die Zedern bildeten eine schwarze Masse im Schatten der Berge. Nicolas erhob sich. »Komm«, sagte er, »du solltest vor der Sperrstunde zu Hause sein. Ich werde im Gasthaus übernachten und morgen früh mit dem ersten Wagen wegfahren. Ich muß mittags wieder im Krankenhaus sein.«

Sie rannten den Weg ins Dorf hinunter. Der Abendstern hing über dem Glockenturm des Klosters, als sie die Eingangstür des großelterlichen Hauses erreichten. Lamia zögerte.

»Möchtest du nicht hereinkommen?« fragte sie.

»Nein, das Haus ist schon übervoll, und sie wüßten nicht, wo sie mich noch unterbringen sollten. Außerdem war ich die ganze letzte Nacht auf den Beinen und möchte früh zu Bett gehen.«

Er zog die Bibel aus seiner Tasche. »Behalte sie, Lamia«, sagte er, »und lies die Abschnitte, die ich angekreuzt habe! Und komm bald wieder nach Beirut!«

Er wandte sich um und ging langsam davon. Sie sah seiner aufrechten, jungen Gestalt nach, die im Abendnebel verschwand. Sie ging nicht sofort ins Haus. Es war ein kalter Abend, doch es wehte der Südwind. Er war schwer vom Duft der Erde und des Wachstums. Die Tränen schossen ihr in die Augen. Nicolas war achtzehn und sie sechzehn, und es war Frühling. Doch sie hatten, soweit sie sich entsinnen konnte, fast den ganzen Nachmittag damit zugebracht, über Tod und Schuld zu sprechen. Wie alt, wie langweilig und müde machte einen der Krieg doch! Sie hätten lachen, tanzen und sich lieben sollen. Dabei war sie sich nicht einmal sicher, ob sie ihn liebte oder nicht. Sie wußte nur, daß er anders war als alle anderen jungen Menschen, die sie kannte.

Und trotzdem, sie mußte es sich eingestehen, Nicolas hatte gar nicht alt oder langweilig ausgesehen. Im Gegenteil, er war von einer geradezu aufreizenden Fröhlichkeit gewesen.

Doch jetzt, da die Fröhlichkeit verschwunden war, fühlte sie sich einsam und es fröstelte sie.

Sie konnte es einfach nicht begreifen.

13 Licht im Dunkel

Durch ein leichtes Prasseln am Fenster wurde Lamia aus einem wirren Traum geweckt, und zuerst konnte sie sich nicht entsinnen, was das heißen sollte. Es war noch stockfinstere Nacht und die Sterne funkelten über dem schwarzen Horizont der Berge. Dann erinnerte sie sich wieder: Sami hielt draußen Wache. Aber was sollte das nur bedeuten, daß er mitten in der Nacht heimkam? Sie sprang aus dem Bett, zog ihren Morgenmantel an und tastete sich zur Eingangstür hinunter. Sami schien mit einem kalten Windstoß ins Haus zu fallen.

»Sami!« flüsterte sie. »Was ist denn los? Wieso kommst du mitten in der Nacht und im Kampfanzug nach Hause?«

Er stand einen Augenblick reglos da, dann fiel er ihr in die Arme und klammerte sich, mühsam ein Schluchzen unterdrückend, an sie.

»Still, Sami! Großvater könnte dich hören! Komm mit in mein Zimmer und erzähl mir, was passiert ist!«

Sie schob ihn zu ihrem Bett, wo er sein Gesicht im Kissen vergrub und setzte sich auf die Bettkante, legte den Arm um ihn und tröstete ihn wie einen kleinen Jungen. »Schließlich ist er erst zwölf«, dachte sie. »Nur der Krieg macht Zwölfjährige zu Männern.« Allmählich hörte er auf zu zittern. Er drehte sich auf den Rücken, und Lamia holte Stück für Stück aus ihm heraus, was geschehen war.

»Farid!« flüsterte er. »Vielleicht ist er tot! Er lag am Boden und schrie und schrie!«

»Farid? Er ist jünger als du. Was ist denn passiert?«

Seine Antwort wurde von Schniefen und Schluchzen unterbrochen.

»Es war so kalt, daß wir anfingen, rauf und runter zu rennen; er an seinem Posten und ich an meinem. Dann trafen wir uns im Dorf und spielten ein bißchen rum und zielten zum Spaß mit den Gewehren aufeinander. Plötzlich kam einer der Dorfhunde bellend auf uns zugelaufen und erschreckte uns. Farid hat wahrscheinlich abgedrückt, und das Gewehr ging los, aber nicht nach vorn, sonst wäre ich jetzt wahrscheinlich tot. Nein, der Schuß ging irgendwie nach hinten los, in die Luft oder in sein Gesicht, und er fiel zu Boden und schrie . . ., und er schrie immer weiter und hielt sich die Hände vors Gesicht, und ich konnte nichts erkennen . . .«

»Aber wo ist er jetzt?«

»Die anderen Wachtposten hörten ihn und kamen. Sie holten seinen Vater, und der trug ihn nach Hause. Farid schrie immer noch. Er brüllte, er könne nicht mehr sehen. Lamia, meinst du, er ist blind?«

»Ich weiß es nicht. Jedenfalls war es nicht deine Schuld, Sami. Ich werde dir jetzt etwas Warmes zu trinken holen und bei dir bleiben, bis du einschläfst. Dann werde ich mich bei Farids Eltern nach ihm erkundigen.«

Sie schlich in die Küche und wärmte ihm eine Tasse Ziegenmilch. Er trank sie in einem Zug aus, warf seine Arme über den Kopf und schlief sofort ein. Lamia saß noch eine Zeitlang an seinem Bett und blickte auf sein glühendes, tränenverschmiertes Gesicht. Sie verspürte einen merkwürdigen inneren Frieden: Ja, so hätte ihre Mutter sicher auch gehandelt. Zum ersten Mal seit dem Tod der Mutter nahm sie ihren Platz ein und war den Kindern eine Zuflucht in der bitteren Welt des Krieges. Dann legte Lamia sich in Samis Bett, das in einer Wohnzimmerecke stand.

Sie schlief nicht lange, denn Großvater ging sehr früh aufs Feld, und seine Schritte weckten sie. Bald nach Sonnenaufgang zog sie sich schnell an, warf einen kurzen Blick auf Sami und betrat die glitzernde Welt leuchtender Nebelschwaden und Tautropfen. Sie rannte die leere Straße hinauf und klopfte leise an die Tür von Farids Elternhaus. Seine Mutter, deren dunkle Augen übermäßig groß erschienen in ihrem blassen Gesicht, öffnete ihr sofort.

»Was ist?« fragte sie abrupt und schlug die Hand vor den Mund.

»Ich wollte nur fragen . . . wie geht es Farid? Mein Bruder war dabei, als es geschah.«

Die Frau entspannte sich ein wenig.

»Ja, sie hatten zusammen mit ihren verfluchten Gewehren gespielt. Was ist nur in uns gefahren, daß wir Kindern Gewehre in die Hand drücken? Komm doch herein!«

Es war ein armseliges Häuschen. Die kleineren Kinder schliefen noch auf ihren Matratzen im Hinterzimmer. Lamia setzte sich und wartete still. Nach einiger Zeit begann die Frau mit tonloser Stimme:

»Sein Vater hat ihn ins Krankenhaus gebracht. Die Miliz kam mit einem Wagen . . . sie glauben, er ist erblindet . . . mein ältester Sohn! Wovon sollen wir alle leben? Und was wird nun aus ihm? Ein blinder Junge!«

»Es tut mir so leid!« murmelte Lamia. Dann erhob sie sich, denn es gab nichts weiter zu sagen. Die helle Sonne, die über der östlichen Bergkette strahlte und die Morgennebel vertrieb, blendete sie, als sie aus dem Haus trat. Sie fragte sich, wie es sein mochte, wenn man blind war und nie mehr das Morgenlicht sehen konnte. Plötzlich erinnerte sie sich mit tiefer innerer Befriedigung, daß Kamal womöglich auch blind war.

Nico! – Ihre müden Gedanken schweiften ab. Vielleicht war es nur der wunderschöne Morgen, aber beim Gedanken an Nicolas empfand sie so etwas wie Belebung. Seine Freude schien bis zu ihr herüberzureichen und die Trennung zu überbrücken. »Alles kann neu beginnen. Es ist, als würde man von neuem geboren werden . . . komm bald wieder nach Beirut, Lamia!«

Sie durfte nicht herumtrödeln; sie mußte Muhmi anziehen, Haushaltspflichten erledigen und eine Erklärung abgeben, weshalb Sami und sie die Betten getauscht hatten, und warum Sami immer noch schlief. Da fiel ihr ein, daß die Wahrheit gar nicht länger zu verheimlichen war, denn jeder würde Farids unglückliche Mutter besuchen, und in ein bis zwei Stunden würde die Geschichte im ganzen Dorf bekannt sein. Sie hoffte nur, daß Großvater den armen Sami nicht verprügeln würde. Er hatte doch sein Teil schon abbekommen!

So ging sie hinein und erzählte den Großeltern, was sich zugetragen hatte. Die Großmutter klagte und jammerte, doch der alte Mann zeigte keinerlei Anzeichen der Überraschung. Er nickte mit seinem kahlen Kopf, und seine gütigen, alten Augen strahlten.

»Zwölf Jahre alt!« murmelte er, »und bewacht unser Dorf! Rosa wäre stolz auf ihren Sohn!« In seiner Stimme lag unverhohlener Stolz.

Lamia war davon keineswegs überzeugt, doch war sie sehr erleichtert, daß kein Versteckspiel mehr nötig war. Aus den Augenwinkeln beobachtete sie, wie ihr Großvater die Treppe hinaufschlich, um einen Blick auf seinen heldenhaften Enkel zu werfen, der jedoch ungerührt weiterschlief. Die Klosterglocke läutete zum Unterrichtsbeginn, die Großmutter ging auf den Markt, die Kinder kamen heraus und lärmten auf dem Spielplatz, doch Sami schlief weiter. Die Großmutter hatte sich als außergewöhnliches Entgegenkommen bereiterklärt, Muhmi mitzunehmen, damit Ruhe im Haus herrschte. Lamia setzte sich mit Stopfwäsche der Kinder neben ihren Bruder. Doch sie ließ ihre Hände bald tatenlos in den Schoß sinken und nahm den Faden ihrer unterbrochenen Gedankengänge wieder auf. »Es ist wie ein Neubeginn; als würde man von neuem geboren werden ... komm bald wieder nach Beirut, Lamia!«

Was hatte Nico nur gemeint? Wie konnte man von neuem beginnen nach dieser Hölle des Todes und des Leids? Sie starrte zum Fenster hinaus. Wo das Dorf zum Tal abfiel, sproß es schon grün in den Terrassengärten, und die ersten zarten Triebe brachen aus dem toten, silbergrauen Feigenbaum hervor. Die Erde war schwarz und reich an Humus und Kompost. Niemand hatte das

Verwelkte und Verfaulte entfernt, denn es war der Nährboden, aus dem das neue Leben seine Kraft schöpfte. Anscheinend stieß man letzten Endes immer auf den Tod – das Ende des Lebens und gleichzeitig die Geburtsstätte neuen Lebens. Nicolas hatte etwas Ähnliches gesagt: »Der Tod ist das Tor zum Leben.« Sie ahnte, daß dies ein wichtiger Satz sein mußte, doch konnte sie keine Ordnung in ihre wirren, zusammenhanglosen Gedanken bringen.

Dann fiel ihr ein, daß Nicolas ihr eine Bibel dagelassen hatte. Sie hatte noch nie in einer Bibel gelesen. Bibeln waren vor allem in den Händen der Priester, die der Gemeinde austeilten, was diese ihrer Meinung nach brauchte. Sami atmete immer noch tief, es war still im Haus, und mit der Stopfwäsche hatte es keine Eile. So ging sie auf Zehenspitzen zum Schrank und holte die Bibel unter den vernachlässigten Schulbüchern hervor – sie hatte noch nicht mit dem Lernen begonnen; im Dorf gab es immer so viel zu tun, und außerdem konnte sie sich nicht konzentrieren.

Sie setzte sich und fand die Stelle, die Nicolas angekreuzt hatte. Die ungewohnten Worte nahmen sie gefangen. Die Sonne strömte durch das östliche Fenster und ruhte in heilender Wärme auf ihrem geneigten Kopf, aber sie merkte es gar nicht. »Doch wegen unserer Schuld wurde er gequält und wegen unseres Ungehorsams geschlagen. Die Strafe für unsere Schuld traf ihn, und wir sind gerettet. Er wurde verwundet, und wir sind heil geworden. Wir alle waren wie Schafe, die sich verlaufen haben; jeder ging seinen eigenen Weg. Ihm aber hat der Herr unsere ganze Schuld aufgeladen.« Während sie dies las, war sie auf einmal nicht mehr in dem Bergdorf, sondern sie stand bei Tagesanbruch unter einem verhangenen Himmel auf jener trostlosen Straße neben dem Auto. Der hübsche Junge mit dem lachenden Gesicht legte sein Gewehr an, und sie wußte, gleich würde sie sterben. Doch sie starb nicht, weil ihre Mutter sich mit ausgebreiteten Armen vor sie hinstellte und an ihrer Stelle starb. Aus diesem Grund lebte sie jetzt.

In ihrer Erinnerung kämpfte sie sich mühsam vorwärts, rutschte im Matsch aus und sank unter Muhmis Gewicht zu Boden. Doch plötzlich wurde ihr ihre Last abgenommen. Ein Mann hatte Muhmi auf seine eigenen Schultern gesetzt, und sie hatte sich aufgerichtet, hatte den Kopf gehoben und nicht weit entfernt die leuchtende Regenbogenstadt gesehen. Sie hatte dem Mann am Schluß nicht einmal danken können, weil er in der Menge verschwunden war; aber ihm hatte sie es zu verdanken, daß sie die Regenbogenstadt erreichte. Sie blickte auf Großmutters kleines Kruzifix, das an der Wand hing, und erkannte: dieser Tod mußte die Quelle ihres Lebens sein, diese Gestalt war unter ihren Lasten gebeugt, damit sie frei voranschreiten konnte.

»Ich glaube, ich bin kein Atheist mehr«, überlegte sie, doch sie hatte keine Ahnung, was sie nun anfangen sollte. Ihre Nachtruhe war unterbrochen worden, und sie war nicht in der Lage, tiefschürfende Gedanken zu verfolgen. Doch während sie so dasaß, war ihr bewußt, daß sie nicht allein war. Die Liebe, die gelitten hatte, die gestorben war und den Tod besiegt hatte, umgab sie von allen Seiten und nahm ihr die Last ab. Sie wachte über ihr, wie sie selbst über ihrem verstörten kleinen Bruder wachte, ihn vor Bösem schützen wollte und sein Wohl im Sinn hatte. Vorher hatte es keine Zukunft gegeben; sie hatten alle auf der Stelle getreten. Nun sah es ganz so aus, als hätten sie doch ein Ziel. Sie setzte sich aufrecht und blickte aus dem Fenster, durch das die Sonne ihre Strahlen schickte. Vielleicht gingen sie alle durch den Sturm dem Regenbogen und der leuchtenden Stadt entgegen? Sie legte ihren Kopf auf Samis Kissen und nickte friedlich ein, bis Muhmi, den diese ungewohnte Stille störte, sich aus Großmutters Griff befreite und die Treppe hinaufstampfte. Dabei muhte er wie die Kühe, die er auf dem Markt gesehen hatte, und weckte die beiden Geschwister auf.

Nach dem Mittagessen gingen Lamia und Sami zu Farids Haus, wo schon viele Besucher versammelt waren. Sami, der dabeigewesen war, als das Unglück sich ereignete, war der Mittelpunkt der allgemeinen Aufmerksamkeit. Lamia war jedoch nicht sicher, ob er der Held des Tages oder der Bösewicht des Stückes war. Farids Vater war noch nicht aus dem Krankenhaus zurückgekehrt, hatte aber die Nachricht überbringen lassen, daß der Junge für immer erblindet sei, und die Mutter saß hoffnungslos und verzweifelt da und beachtete kaum die mitfühlenden Worte um sie her. Sami gab bereitwillig Auskunft, doch als er kurz vor Sonnenuntergang mit Lamia heimwärts ging, brach er plötzlich in Tränen aus und mußte sich übergeben. Lamia stand bei ihm am Straßenrand und hielt seine Stirn, bis er fertig war. Da wurde sie sich wieder dieses eigenartigen neuen Gefühls bewußt, daß das Leben ein Ziel haben mußte, und sie tröstete ihn aus innerer Überzeugung heraus:

»Keine Bange, Sami, du wirst kein Gewehr mehr in die Hand nehmen – jedenfalls nicht, bevor du viel älter geworden bist. Wir werden wieder nach Hause zurückkehren. Jeder sagt, daß die Lage sich beruhigt hat, und du gehörst in eine richtige Jungenschule. Ich werde Vater heute abend anrufen, falls ich Anschluß bekomme.«

Sami sah dankbar zu ihr auf. Sein Gesicht war gelbgrün, seine Nase lief, und in seinen Augen stand derselbe verlorene, verängstigte Ausdruck, den sie damals in Amins Augen gesehen hatte, als er nach dem Gemetzel vor der Kirche heimgekommen war. Sie legte den Arm um seine Schultern und führte ihn zum Haus zurück, wo er wie ein Häufchen Unglück am Kamin saß, bis sie zu Abend aßen.

Lamia ging zum öffentlichen Fernsprecher hinunter, doch die Stadt war so zerstört, daß die Telefonverbindungen immer noch unterbrochen waren. Es blieb ihr nichts anderes übrig, als Reisenden Briefe mitzugeben und abzuwarten. Eine schmale Mondsichel hing in der Dunkelheit über den Berggipfeln, und Lamia wanderte ganz langsam zum Haus der Großeltern zurück, denn seit dem Vormittag war sie nicht mehr allein gewesen mit diesem neuen Gefühl der sich entfaltenden, werbenden, führenden Liebe, die nach einer Erwiderung zu verlangen schien. Doch sie wußte nicht, wie sie darauf antworten oder was sie tun sollte. Morgen wollte sie es herausfinden; sie wollte zum Priester gehen und beichten und am Sonntag mit Großmutter die Messe besuchen. Außerdem wollte sie weiter in Nicolas' Bibel lesen, obwohl sie ihr so schwierig und fremdartig erschien. Sie begann sich zu überlegen, was sie beichten sollte. Doch bald beschloß sie, gar nicht zur Beichte zu gehen. Sie wußte nur von einer wirklich großen Sünde, und die wollte sie nicht beichten, denn sie hatte viel zuviel Angst davor, was der Priester dazu sagen würde.

Während sie in den nächsten Tagen auf eine Antwort ihres Vaters wartete, zog sie immer wieder mit ihrer Bibel hinauf auf die Berghänge, wo sie die Geschichte von Jesus und seiner Liebe las. Das tat ihrem wunden Herzen gut, das darin Trost fand. Aber sie ließ sich nicht zu einer Erwiderung dieser Liebe herausfordern. Das herrliche Wetter hielt an, und am Rand des Dorfes blühten die Blumen, Bäche quollen über die Ufer, und kleine Lämmer kamen zur Welt. Doch über den Zedern klammerte sich der Schnee immer noch an die Gipfel – bis tief in den Frühling hinein würde er sich zu behaupten wissen, trotz der geduldigen Sonne, die Tag für Tag die Gipfel erwärmte. Doch sein Stündlein würde noch schlagen; eines Tages würde der Frühling den Sieg davontragen, das Eis würde springen und der geschmolzene Schnee in breiten Strömen zu Tal fließen. Aber jetzt noch nicht . . . noch nicht.

14 *Ursache und Wirkung*

Am nächsten Wochenende kam Elias in einem neuen Wagen und in etwas besserer Stimmung nach Jdita. Der sechsundzwanzigste Waffenstillstand schien anzudauern, und die Neuauflage des Nationalen Pakts, die der Staatspräsident ankündigte und von Syrien unterstützt wurde, gab zu der Hoffnung Anlaß, daß eine friedliche Regelung getroffen werden könnte. Die Banken hatten wieder geöffnet, Verkehrsstaus prägten wie früher das Straßenbild, und der Luftverkehr war wieder aufgenommen. Der stinkende Abfall verschwand von den Straßen, zerbrochenes Glas und verbogenes Metall wurden weggeräumt, ja, selbst die Postzustellung hatte wieder begonnen, und vor Monaten abgeschickte Briefe wurden nun ausgetragen. Die Schulen seien wieder geöffnet worden, berichtete Elias optimistisch, und Lamia und Muhmi sollten mit ihm heimkehren. Aufgrund der jüngsten Erlebnisse Samis hielt er es für besser, seinen Sohn ebenfalls mitzunehmen.

Lamia hatte erwartet, sie würde sich freuen, wenn sie endlich das Dorf verlassen könnte, doch zu ihrer Überraschung stimmte der Abschied sie traurig. Grund war nicht das, was sie zurückließ, sondern das, was nie gewesen war. Ihre würdigen, altmodischen Großeltern hatten sie in ihrer Stunde der Not aufgenommen, und Lamia liebte sie aufrichtig. Doch sie hatte es nie fertiggebracht, es ihnen in irgendeiner Art zu zeigen oder sich ihnen gegenüber zu öffnen. Und jetzt, da sie ihrer Großmutter gern um den Hals gefallen wäre, mußte sie feststellen, daß es ihr nicht möglich war. Und dann Huda! Sie hatte nicht gewußt, wie sehr sie die kleine Huda mit den lustigen Zahnlücken, den riesigen Augen und den spindeldürren Beinen liebte. Doch Huda hielt es kaum für nötig, sich von ihrer älteren Schwester zu verabschieden, weil sie mit der Großmutter zum Markt gehen durfte und gerade den größten Korb hervorholte.

Es war früh am Morgen, als sie losfuhren. Seltsamerweise ließ Elias die Straße, die in westlicher Richtung nach Hause führte, rechts liegen, und bog nach Süden auf die Straße ab, auf der sie gekommen waren. Sie glaubte, sein Schmerz habe ihn zerstreut gemacht, und legte die Hand auf sein Knie.

»Vater«, sagte sie behutsam, »wir können nicht diese Strecke fahren. Die Moslems halten immer noch den Küstenstreifen besetzt.«

»Ich weiß, meine Tochter«, antwortete er. »Wir werden nur einen Teil der Strecke fahren und dann umkehren.« Da wußte sie, wohin sie fuhren und sagte nichts mehr.

Lamia trennte sich ungern von der Gebirgslandschaft. Sie sah niedergeschlagen aus dem Autofenster. Es war ein klarer Frühlingstag, und tauglänzende Weidetriften, Mandelblütenzweige, die sich vom blauen Himmel abhoben, und die hellgrünen Triebe in den Terrassengärten zogen an ihr vorüber. Das seltsame neue Gefühl, geliebt zu werden, berührte die Wurzeln ihres Seins, wie die Sonne die Wurzeln im gefrorenen Boden berührt. Tief in ihrem Innersten rief die Liebe Gegenliebe wach. Lamia begann, andere in ihren Problemen wahrzunehmen und sich um sie zu kümmern. Aber sie konnte die Schranken nicht aufheben und der Liebe freien Lauf lassen, und so schmerzte sie und verkrampfte sich. »Ob Liebe immer so weh tut?« fragte sie sich. »Und wenn ja, ist sie es wert? Ist es nicht besser, hart, kalt und gefühllos zu bleiben? Aber so kehrt kein Frühling ein, kann weder neues Leben reifen noch eine Geburt geschehen ...« Ihre Gedanken wurden von Muhmi unterbrochen, der sie bei der Nase packte, um ihr einige neugeborene Lämmer zu zeigen. Der Vater saß angespannt und schweigsam hinter dem Steuer. In diesem Augenblick fuhren sie durch die Straßen der Regenbogenstadt, die eigentlich nur ein Dorf war, und kurz darauf parkten sie am Straßenrand. Rechts erhoben sich die Felsen und links lag die Schlucht. Elias stieg wortlos aus und ging zu dem Steingrab. Keins der Kinder wagte es, ihm zu folgen. Sie saßen im Wagen und beobachteten ihn, und sogar Muhmi verstummte.

Lamia konnte sich kaum an diese Stelle erinnern, denn sie waren hier in der Dunkelheit angekommen, und ihr Schockzustand am nächsten Morgen hatte jeden anderen Eindruck verwischt. Der Ort sah jetzt ohnehin anders aus. Ihr Vater war schon zweimal dagewesen, um weitere Steine auf das Grab zu häufen und ein Holzkreuz zu errichten. Die Felsen im Umkreis waren nicht länger kahl und schwarz; ein grünes Kleid bedeckte sie, und das Gras war übersät mit Blumen. Die Stelle, wo Mutter gestorben war, war nun ein Garten. Erneut spürte Lamia, wie ihre gefrorenen Wurzeln berührt wurden von Liebe, Kummer und bitterer Reue. Sie hatte die Gegenwart ihrer Mutter immer als völlig selbstverständlich angenommen, und wie eigensinnig war sie oft gewesen!

»Mutter, Mutter!« schrie sie innerlich. »Wenn du zurückkämst – wie anders würde jetzt alles sein! Ich würde alles tun, um was du mich bätest.«

Erinnerungen stürmten auf sie ein. Sie saß am Boden neben der Mutter, an dem Tag, als Amin beerdigt worden war. »Es gibt sicherlich noch vieles, was ich nicht weiß«, hatte Rosa gesagt. »Du wirst lesen und reisen und es herausfinden. Aber ich weiß eins: Christus starb, weil er uns liebte.« In einer Hinsicht hatte sich die Mutter geirrt: Sie, Lamia, hatte trotz ihrer Schulbildung nichts gewußt. Rosa war es, Rosa mit ihrer mangelhaften Bildung und ihrer schlichten Weisheit, sie hatte die höchste und letzte Wahrheit erkannt. An einem anderen Abend hatten sie in der Küche gesessen, Lamia war wütend gewesen, und die Mutter hatte in aller Ruhe einen Kohlkopf zerkleinert und dabei gesagt:

»Der Glaube wird in einem Herzen lebendig erhalten, das liebt und vergibt.« Lieben ... vergeben ... so hatte

Rosa gelebt, und so war sie auch gestorben und hatte dabei geflüstert, daß alles andere unwichtig sei.

Ihr Vater kam zurück; sein Gesicht glich einer starren Maske. Er ließ den Motor an, setzte zurück und wendete. Als Lamia einen letzten Blick auf das Grab warf, fiel ihr plötzlich auf, daß in den vergangenen Minuten der hübsche Junge mit dem spöttischen Lachen und dem angelegten Gewehr gar nicht dagewesen war. Dieses Gesicht, das sie Woche um Woche verfolgt hatte, war verschwunden. Nur ihre Mutter war da, die mit ausgebreiteten Armen starb, damit ihre Kinder leben konnten. Vielleicht, überlegte sie verwirrt, war es genau das, was die Liebe vollbrachte: sie löschte das Böse aus und brachte all das zum Strahlen, was in ihr Reich gehörte. Vielleicht hatte ihre Mutter recht. Vielleicht war alles andere wirklich unwichtig.

Lamia stellte erleichtert fest, daß ihr Elternhaus weniger beschädigt worden war, als sie befürchtet hatte. Es war durch die großen Wohnblocks, von denen nun viele halb zerstört und ausgebrannt waren, einigermaßen geschützt worden. Gemeinsam packten sie nun die neue, trostlose Aufgabe an, als Familie ohne ihre Mutter zu leben. Doch das Wunder des Frühlings und die Blütenpracht im vernachlässigten Garten halfen ihnen dabei. Die Schulen sollten in ein paar Tagen wieder geöffnet werden, und Lamia und Sami lernten eifrig. Eine traurige, ältere Frau aus ihrem Vorort, deren Haus zerstört worden war und deren verheiratete Kinder mit ihren Familien nach Zypern geflüchtet waren, zog zu ihnen, um den Haushalt zu versorgen und Muhmi zu hüten. Doch sie war Muhmis flinken Füßen und seiner Gabe, immer neue Streiche auszuhecken, nicht gewachsen. Er tanzte ihr ständig auf der Nase herum. Er schien von Tag zu Tag mutwilliger und einfallsreicher zu werden, bis Lamia nur noch höchst ungern das Haus verließ, weil ihr schon davor graute, was sie bei ihrer Rückkehr zu hören bekommen würde.

Eines Abends war es besonders schlimm, als Lamia

aus der Schule kam und die alte Laila weinend vorfand. Sie hatte sich ihre Schürze über den Kopf gezogen, und Muhmi saß unsicher und tränenüberströmt neben den Überresten von Hudas kleiner Kuckucksuhr. Er versuchte zu erklären, daß er die Uhr mit einem Hammer bearbeitet habe, weil er den Kuckuck in den Garten habe holen wollen, damit er auf dem Rasen sänge; doch Laila habe sich darüber so aufgeregt, daß er seinen Plan nicht habe ausführen können. Diesmal ließ Lamia keine Gnade walten, denn Huda würde völlig verzweifelt sein. Sie machte Laila bittere Vorwürfe, daß sie Muhmi auf einen Stuhl hatte steigen lassen, damit er sich über die Uhr hermachen konnte. Dann zog sie Muhmi hoch, verabreichte ihm eine gehörige Tracht Prügel und setzte ihn unsanft in sein Gitterbettchen. Den ganzen Feierabend verdarb er ihnen: Er schlug mit seinem Kopf gegen das Bett und brüllte wie am Spieß. In dieser Hinsicht war er von ungewöhnlicher Ausdauer.

Am nächsten Tag erwachte Muhmi wie der strahlende Morgen. Von dem stürmischen Abend war keine Spur zurückgeblieben, und er sprang in Lamias Arme, als hätte kein Wölkchen ihre Beziehung getrübt. »Es hat keinen Sinn, ihn zu bestrafen«, dachte das Mädchen erschöpft, »er ist einfach noch zu klein, um es zu begreifen. Und überhaupt war es Lailas Schuld. Sie hat nicht auf ihn aufgepaßt ... Wir werden einen Spaziergang machen, Muhmi«, fügte sie laut hinzu. »Nach dem Frühstück werden wir den Berg hinaufsteigen zu den kleinen Ziegenbabys, die hinter der Kirche spielen.«

Seit ihrer Heimkehr war sie so in Anspruch genommen vom Haushalt, von der Schule und den Hausaufgaben, daß sie keine Zeit gehabt hatte, Amins Grab zu besuchen. Doch an diesem Samstagmorgen wollte sie gehen, und, sofern Muhmi sie nicht daran hinderte, sich eine Weile in die düstere, weihraucherfüllte Kirche setzen und wieder die Gestalt am Kruzifix betrachten mit ihren ausgebreiteten Armen ... die Gestalt, die wegen ihrer Schuld gequält, wegen ihres Ungehorsams geschlagen worden war und ihre Lasten trug. Zweimal hatte Lamia noch im Dorf die Messe besucht, aber nicht die Antwort gefunden, die sie suchte. Es waren dort zu viele Menschen und es war zu viel Betrieb gewesen. Vielleicht würde sie hier, wenn sie allein sein konnte und Muhmi sich mit den Ziegenbabys beschäftigte, dem persönlich begegnen, von dem sie nun schon so viel gelesen hatte. Vielleicht würde sie dann lernen, zu lieben und zu vergeben.

Es war ein ruhiger Tag; sanfte, gedämpfte Farben und ein klarer Horizont kündigten Regen an. Der war dringend nötig, denn die Felder waren zu trocken für das Nachpflügen. Hier an der Küste war der Frühling schon viel weiter fortgeschritten als im Gebirge, und ganze Flächen purpurroter Anemonen wuchsen im Gras. Muhmi trabte munter vorwärts und führte Selbstgespräche. Er liebte es, Ausflüge zu machen, egal wohin. Hauptsache, es ging vorwärts, und er hatte Bewegung. Er konnte jetzt schon weite Strecken laufen und schien tagtäglich kräftiger zu werden. »Ich werde ihn im Herbst in den Kindergarten schicken«, überlegte Lamia. »Er sieht älter aus, als wir angenommen haben. Wie alt mag er wohl wirklich sein?«

Muhmi marschierte schnurstracks auf die Gräber zu. Er spielte gern hinter den Grabsteinen Verstecken mit sich selbst, und Lamia wandte sich zur Kirche. Eine junge maronitische Nonne kam gerade heraus. Sie lächelte dem zögernden Mädchen zu. Lamia hatte immer angenommen, Nonnen seien unnahbar und zurückhaltend, doch diese junge Frau hatte ein freundliches, offenes Gesicht und schien bereit zu sein, mit ihr zu reden. Sie setzten sich auf die Steinmauer, die den Kirchhof umgab. Die Nonne hörte still zu, als Lamia ihr das Herz ausschüttete, und Muhmi rannte hin und her und schenkte ihnen feuchte kleine Blumensträuße.

»Ich verstehe dich«, sagte die Nonne schließlich. »Der Verlobte meiner Freundin wurde an der Südgrenze bei Kampfhandlungen getötet. Daraufhin trat sie ins

Kloster ein. Aus reiner Verzweiflung, weil sie nichts mehr auf der Welt hatte, wofür es sich zu leben lohnte, wandte sie sich dem Gott der Liebe zu.«

Lamia dachte über diesen Satz nach. Was sie in Nicolas' Bibel gelesen hatte, hatte sie an Gottes Liebe glauben lassen; aber es gab noch große, unbeantwortete Fragen.

»Die Liebe Gottes!« brach es bitter aus ihr heraus. »Können Sie mir erklären, Schwester, wieso er all das zugelassen hat, wenn er uns wirklich liebt? Wieso starb der Verlobte dieses Mädchens? Warum mußten meine Mutter und mein Bruder sterben? Warum all diese Quälerei, wenn Gott uns liebt? Warum setzt er all dem nicht einfach ein Ende, und warum ist diese Welt so grausam?«

Die junge Frau saß eine Zeitlang still da. Mit dieser Frage hatte sie selbst schon in eigenem Leid und ihren Zeiten der Stille zu kämpfen gehabt, aber es war nicht einfach, ihre Überlegungen in Worte zu fassen.

»Ich weiß es nicht«, antwortete sie schließlich; »aber ich könnte es mir so vorstellen: Gott erschuf das Universum so, daß alles in vollkommener Harmonie abläuft, wenn die Gesetze der Liebe befolgt werden. Doch wenn wir diese Gesetze übertreten und ein anderes Gesetz wählen, wird die Harmonie zerstört, und die Welt gerät in ein entsetzliches Durcheinander. Ich glaube, Gott handelt nur nach seinen eigenen Gesetzen, nicht nach den Gesetzen, die wir stattdessen einführen. Er hat das Gesetz von Ursache und Wirkung nicht aufgehoben. Die Liebe ist der Weg, auf dem er zu unserer Rettung handelt. Aber die Welt hat sich von der Liebe abgewandt.«

»Dann gibt es keine Hoffnung«, stellte Lamia niedergeschlagen fest. »Dann sind wir hilflos der Niederträchtigkeit anderer Menschen ausgeliefert.«

»Nein, ich glaube, wir können eine persönliche Wahl treffen. Ich glaube, daß ich mich auch in einer Welt, wo Krieg und Haß regieren, trotzdem noch dem Gesetz der

Liebe unterstellen kann. Dann lebe ich in Einklang mit Gott.«

»Wie meinen Sie das? Wie unterstellt man sich dem Gesetz der Liebe? Haben Sie denn den Eindruck, daß Sie Gott lieben? Manchmal meine ich fast, ich hasse ihn.«

»Ja, ich weiß ... aber er hat uns nie gesagt, daß unsere Gefühle ausschlaggebend sind. Ich glaube, Gott mißt unsere Liebe einzig und allein an unserem Gehorsam. Es geht nicht darum, wieviel ich fühle, sondern darum, wieweit ich ihm gehorchen will.«

Sie sprach zögernd, suchte nach Worten und schien erleichtert zu sein, als Muhmi ihre Unterhaltung unterbrach. Er zog Lamia an der Hand und wollte ihr einen kleinen Bach zeigen (in den er wahrscheinlich gefallen war, denn er war tropfnaß).

»Ist das dein Bruder?« fragte die Nonne.

»Nein«, antwortete Lamia. Sie spürte, daß sie dieser einfachen jungen Frau mit dem klaren Blick nichts vorzuspielen brauchte. »Wir haben ihn unter der Leiche seiner Mutter in der Nähe unseres Hauses gefunden. Er ist ein Palästinenser.«

»Woher weißt du das?«

»Seine Mutter fiel nicht weit vom Lager entfernt, und außerdem erkannte ich ihre Kleidung, und dann ...« Sie hielt verwirrt inne, und die Nonne sah sie fragend an.

»Weißt du nicht, wem er gehört?«

»Nein, jedenfalls ... nein, eigentlich nicht.«

Ihre Stimme klang erregter, als ihr lieb war, aber sie konnte nichts dagegen tun. Ihre neue Freundin sah sie immer noch an.

»Ich kenne das«, stimmte sie ernst zu. »Man bringt uns viele verlorene Kinder ins Kloster, und manchmal kommen ihre Verwandten und suchen sie bei uns. Manchmal fällt es einem schwer, ein Kind zurückzugeben, das man liebgewonnen hat; aber welche Freude ist es, wenn es wieder zu seiner richtigen Familie zurückkehren kann! Wenn Leute kommen sollten, die nach einem kleinen Jungen fragen, der aussieht wie er, soll ich ihnen dann sagen, daß du ein Kind hast?«

»Nein!« schrie Lamia außer sich. »Lassen Sie ihn in Ruhe! Er ist jetzt unser Kind; wir werden ihn keinem geben!« Sie zog Muhmi heran und drückte ihn fest an sich. Er schrie und strampelte und riß sie am Haar. Die junge Nonne lachte.

»Ich habe den Eindruck, daß du alle Hände voll zu tun hast mit ihm«, bemerkte sie. »Ich bin froh, daß keins von unseren Kindern so ... hm ... energisch ist. Auf Wiedersehen, Lamia. Gott segne dich! Und denk daran: der Gehorsam in den alltäglichen Dingen ist das einzige Maß der Liebe, das Gott uns gegeben hat. Das Kreuz war einfach der Gehorsam der Liebe.«

Sie wandte sich ab, um wieder an ihre Arbeit zu gehen, und Lamia setzte Muhmi nieder. Er rannte davon, den Weg entlang, und Lamia folgte ihm. Der Eindruck, daß Liebe und Leid zusammengehörten, schien irgendwie zu einem Dreiklang hinzuführen: Liebe, Gehorsam, Leid – aber fruchtbares, lebensspendendes Leid, das wiederum zu tieferer Liebe führte – wie der Winter zum Frühling. Sie spürte, daß dies alles sie auf etwas hinzutreiben schien, wogegen sie sich sperrte. Sie blieb nur kurz vor dem grünen, blumenbewachsenen Hügel stehen, unter dem Amin lag, bevor sie Muhmi nach Hause schleppte. Sie ärgerte sich über ihn, weil er sie vor dieser friedvollen jungen Frau blamiert hatte, die ihn freundlicherweise als energisch bezeichnet hatte – doch im Grunde hatte sie sagen wollen, daß er fürchterlich verzogen sei.

Der Anblick der zertrümmerten Kuckucksuhr deprimierte Lamia noch mehr, und sie saß lange da und probierte, ob sie nicht vielleicht doch repariert werden könnte. Sie befürchtete aber, daß nichts mehr zu retten war; die Uhr war wunderschön geschnitzt und so konstruiert, daß man sie sanft behandeln und vorsichtig aufziehen mußte. Unter diesen Voraussetzungen konnte sie die genaue Zeit angeben und der Kuckuck sein fröhliches Liedchen singen. »Doch wenn wir diese Gesetze übertreten, wird die Harmonie zerstört, und die Welt gerät in ein entsetzliches Durcheinander.« Ja, die Nonne hatte recht gehabt; man konnte dem Uhrmacher nicht die Schuld zuschieben, daß sein Vogel nicht mehr sang, wenn Muhmi sein kunstvolles Werk mit einem Hammer bearbeitete. Es war nie dazu geschaffen worden, Hammerschläge auszuhalten. Gottes Gesetz ist die Liebe, und sein Universum war nie dazu geschaffen worden, mit Bomben, Gewehren und Haß regiert zu werden. Dazu hatten sich die Menschen entschieden; aber deshalb brauchte sie, Lamia, ja nicht dieselbe Wahl zu treffen. Eines Tages, ja, eines Tages würde sie sich entscheiden müssen, aber jetzt noch nicht . . . noch nicht.

15 *Die Entscheidung*

Der zerbrechliche Frieden hielt Anfang März immer noch an, obwohl er häufig bis zum äußersten strapaziert wurde. Offiziell war zwar Waffenstillstand, doch wurde beinahe täglich im Radio von Entführung und Mord berichtet, denn jeder Mann, der im Besitz eines Gewehres war, nahm sich die Freiheit heraus, seine persönlichen Verluste zu rächen. In der Bekaa-Ebene hatten sich Teile der Armee unter muslimischer Führung abgespalten, und Tyrus und der Süden des Landes schlossen sich dieser Bewegung an.

»Wenn die Armee auseinanderfällt«, sagte Elias bedrückt, »wird auch der letzte Rest von Gesetz und Ordnung endgültig zusammenbrechen, und der ganze Wahnsinn wird von neuem beginnen.«

Die jungen Leute wollten die Hoffnung jedoch nicht aufgeben und kosteten jeden Augenblick dieses sogenannten Friedens aus, so gut sie konnten. Es war schön, auf den Straßen zu bummeln, einkaufen zu gehen und die Nachbarn zu besuchen – auch wenn das Viertel, in dem man wohnte, noch weitgehend in Trümmern lag und die Familie durch den Krieg geschrumpft war. Der Frühling war mit seiner ganzen Fülle eingezogen. Blütenzweige verdeckten die verbogenen Eisenträger, Gänseblümchen, Ringelblumen und blaue Winden verwandelten die Gräber in kleine Gärten.

Nicolas kam eines Abends aus dem Krankenhaus, um Lamia zu besuchen. Er begrüßte sie ernst und unterdrückte seine Wiedersehensfreude, denn sie trug immer noch Trauerkleidung. Er kam selten nach Hause, denn das Krankenhaus, in dem er arbeitete, lag im Westen der Stadt und auch jetzt, da »Frieden« herrschte, ging keiner vom Westen in den Osten oder umgekehrt, wenn er nicht unbedingt mußte. Außerdem war das Krankenhaus immer noch überfüllt. Aber diesmal hatte Nicolas es riskiert, und dann saßen er und Lamia im letzten Abendlicht auf der Veranda und unterhielten sich. Sie hatten sich so viel zu erzählen, bis schließlich eine kleine Pause entstand, und das lebhafte Gesicht des Mädchens ernst wurde.

»Ich habe in deiner Bibel gelesen, Nico«, sagte sie schlicht. »Ich fand es gut. Ich fand vor allem den Abschnitt gut, wo steht, daß Jesus Christus unsere Schmerzen und unsere Schuld getragen hat und für uns gestorben ist. Aber ... es ist nicht so einfach, nicht wahr? Ich meine, man hat das Gefühl, etwas tun zu müssen oder so.«

»Ja, das muß man auch. Eine so große Liebe verlangt nach einer Erwiderung.«

»Aber nach welcher? Was muß ich denn tun?«

»Ich kann nicht für dich sprechen. Du mußt deinen eigenen Weg gehen. Aber Christus lebt und handelt auch heute noch, und wenn wir ihn in unser Leben einlassen – weißt du, dann zeigt er jedem einzelnen von uns den ganz persönlichen Weg der Liebe, glaube ich. Lamia, komm doch morgen mit! Wir treffen uns in dem Haus des Mannes, von dem ich dir erzählt habe, weißt du, des Mannes, der in den Bunker kam und zu uns redete. Ich konnte längere Zeit nicht dabeisein, aber jeden Samstagnachmittag versammelt sich dort eine ziemlich große Gruppe, und es ist nicht weit von hier. Die Straßen, die in diese Richtung führen, sind einigermaßen sicher, und wir werden bei Sonnenuntergang zurück sein.«

»Ich werde meinen Vater fragen«, sagte Lamia und wechselte das Thema, denn sie spürte, wie eine starke Flutwelle sie in eine Richtung trug, in die sie nicht wollte. Und dennoch – sie war gespannt darauf, den Mann kennenzulernen, der weder Priester noch Mönch war, aber eine solche Veränderung bei Nicolas bewirkt hatte. Außerdem freute sie sich schon allein darauf, an einem schönen Samstagnachmittag im Frühling mit Nicolas irgendwohin gehen zu können.

Ihr Vater hatte nichts dagegen einzuwenden. Er spürte, daß ihr Leben zu eintönig verlief und sich zu sehr auf die eigene Familie beschränkte, aber er wußte nicht, wie er dies ändern könnte. Deshalb freute er sich, als sie in ihrem besten Kleid die Tür fest hinter einem wütenden Muhmi schloß und fortging, um ihren Freund zu treffen. Laila würde wahrscheinlich einen lauten und nervenaufreibenden Nachmittag haben. Elias beschloß vorsichtshalber, ebenfalls auszugehen und die beiden einander zu überlassen.

Nicolas und Lamia trafen sich am Gartentor und gingen durch die höher gelegenen Außenbezirke Beiruts, die relativ sicheren christlichen Vororte. Sie wanderten, ohne viel miteinander zu reden, ungefähr eine halbe Stunde nebeneinander her und freuten sich an der Sonne, an den blühenden Gärten und an der Freiheit, einfach zusammen ausgehen zu können nach der Trennung und dem Eingesperrtsein der vergangenen Monate. Lamias Meinung nach erreichten sie ihr Ziel viel zu schnell, als Nicolas vor der Tür eines weißen Hauses stehenblieb und klopfte.

Sie kamen ein bißchen zu spät, und das Zimmer war schon vollgepackt mit Männern und Frauen aller Altersstufen. Selbst einige ältere Kinder waren da. Man begrüßte Nicolas und Lamia mit Begeisterung, und Lamia stellte fest, daß jeder eine Bibel bei sich hatte. Vor allem aber fiel ihr auf, daß eine Atmosphäre freudiger Erwartung herrschte, als seien alle gekommen, um einen geliebten Freund zu treffen. Als die Begrüßung vorbei war, begannen sie mit Gitarrenbegleitung zu singen. Die Lieder waren einfach und leicht zu lernen. Lamia nahm an, daß die Worte aus der Bibel stammten. Ihr gefielen die mitreißenden Melodien, und sie fühlte sich richtig wohl in dieser Runde. Da stand ihr Gastgeber auf und öffnete seine Bibel.

Lamia starrte ihn an. Er war noch ziemlich jung und sah nicht gerade beeindruckend aus, aber er hatte etwas an sich, was einen aufmerken ließ. Sie hatte schon oft

Priester über Gott reden hören, doch dieser Mann schien Gott persönlich zu kennen. Als er einen Bibelabschnitt vorlas, schien es ihr, als spräche Gott selbst, und die Worte trafen sie mit solcher Macht, daß sie danach nichts anderes mehr hörte. Als sie später auf ihre Armbanduhr sah, stellte sie fest, daß der Mann schon eine ganze Weile über diese Worte gesprochen hatte. Sie blickte mit Nicolas in dessen Bibel und starrte auf den Abschnitt, taub und blind für alles andere, und las immer und immer wieder: »Wenn ihr mich liebt, werdet ihr meine Weisungen befolgen. Ich werde den Vater bitten, daß er euch einen Stellvertreter für mich gibt, den Geist der Wahrheit, der für immer bei euch bleibt . . . Wer meine Weisungen annimmt und sie befolgt, der liebt mich wirklich. Und wer mich liebt, den wird auch mein Vater lieben. Auch ich werde ihn lieben und ihm zeigen, wer ich bin . . . Wir werden zu ihm kommen und bei ihm wohnen.«*

Hier war es wieder: Liebe, verbunden mit Gehorsam, ohne dem Leid auszuweichen. Doch in diesen Versen lichtete sich der Nebelschleier, und man konnte einen Blick erhaschen von der Schönheit jenseits des Leids; von der Gegenwart des Stellvertreters; von Christus, der ihr zeigen wollte, wer er war; von Gott, der bei ihr wohnen wollte. Sie verstand zwar nicht, was das alles bedeutete, aber es kam ihr wie ein leuchtendes, unentdecktes Land vor, das direkt hinter der Grenze des Gehorsams lag. »Er zeigt dir deinen ganz persönlichen Weg der Liebe«, hatte Nico zu ihr gesagt, und er hatte recht. Sie wußte, was es für sie hieß, Gottes Weisung zu befolgen. Das Zimmer erschien ihr plötzlich dunkel und eng, und die Buchstaben verschwammen vor ihren Augen: Sich zu weigern bedeutete, das helle Land vor sich zu verlieren – zu gehorchen hieß, Muhmi zu verlieren.

Die Ansprache ging zu Ende, und die Anwesenden beteten. Aber sie beteten nicht zu einer toten Gestalt an

* Johannes 14, 15.16.21.23b

einem Kruzifix, sondern zu jemand, der da war, lebendig und ganz nah. Ja, er war tatsächlich spürbar nah. »Also gut«, flüsterte Lamia. »Ich werde gehorchen. Ich werde alles tun, was du willst, und vergib mir!« Da wußte sie, daß ihr Haß gegenüber der Palästinenserin, die Lügen, hinter die sie sich geflüchtet hatte, und der gebrochene Eid ihrer Mutter, daß all das, diese ganze Last, nun von ihr genommen worden war. Ihr wurde ganz leicht ums Herz, und in einem kurzen Augenblick schien sie die Grenze durch einen Willensakt überschritten zu haben und am Rand des hellen Landes angekommen zu sein. Ganz benommen verabschiedete sie sich und ging mit Nicolas fast ohne ein Wort zu sagen nach Hause. Das Abendlicht, das auf die blumenbewachsenen Grasränder fiel, der leuchtende Streifen am Himmel über der Bucht und die Farben des Meeres, von dem sie ab und zu zwischen den zerstörten Dächern einen Blick erhaschen konnten: all das schien nicht von dieser Erde zu sein. Nicolas, der spürte, daß sie zu sehr mit ihren Gedanken beschäftigt war, um mit ihm zu reden, schwieg ebenfalls, und als sie ihre Haustür erreicht hatten, bat sie ihn nicht hereinzukommen. Sie lächelte ihn nur an mit einem Blick, den er niemals vergessen würde; und er ging pfeifend den Berg hinunter.

Als Lamia das Haus betrat, verblaßte allerdings der helle Schein, und sie fand sich der harten Wirklichkeit des nächsten Schrittes gegenübergestellt. Sobald Muhmi sie erblickte, gab er Laila einen Tritt vors Schienbein und stürmte auf Lamia zu. Sie hob ihn hoch, und er schlang seine Arme um ihren Hals, bedeckte sie mit feuchten Küssen und blickte sie mit seinen großen, schwarzen Augen sanft und liebevoll an. Er wußte nur zu gut, daß Laila erzählen würde, er sei ein ganz unartiger Junge gewesen und hätte sich absichtlich auf den Brotteig gesetzt, den sie fortgestellt hatte, um ihn aufgehen zu lassen. Deshalb wollte er Lamia den Wind aus den Segeln nehmen. Lamia kannte diesen Trick, aber es fiel ihr schwer, ihm zu widerstehen, wenn er sie mit diesem Blick ansah. Sie wurde weich, umarmte ihn wider besseren Wissens und meinte, das Herz müsse ihr brechen.

Doch an dieser Grenze durfte sie nicht stehenbleiben: sie mußte entweder vorwärtsgehen oder in die Nebel der Ungewißheit zurückkehren, in die Einsamkeit und Schuld. Zurückkehren? Nein, das wollte sie um keinen Preis, also hieß es, möglichst schnell hinter sich zu bringen, was getan werden mußte. Sie trug Muhmi hinauf ins Bett und legte sich lange neben ihn, erzählte ihm Geschichten, sang ihm seine kleinen Lieblingslieder vor, bis er plötzlich an sie gekuschelt einschlief. Sie löste sich vorsichtig von ihm und ging hinunter, um mit ihrem Vater zu sprechen. Laila war in der Küche beschäftigt, Sami brütete über seinen Hausaufgaben, und ihr Vater las die Zeitung im Salon. Sie zog ein Sitzkissen zu ihm hinüber und setzte sich zu seinen Füßen.

»Vater«, sagte sie, »ich muß dir etwas erzählen.«

Er legte die Zeitung beiseite und sah sie aufmerksam an, und sie erzählte ihm die ganze Geschichte, ohne etwas auszulassen. Er hörte ihr still zu, und als sie geendet hatte, saß er lange gedankenversunken da.

»Es tut mir so leid, Lamia«, sagte er schließlich mit ungewöhnlich weicher Stimme. »Du liebst das Kind, und ich liebe es auch, aber wir können es nicht seiner Familie stehlen. Soweit wir wissen, sind sein Vater wie auch seine Großmutter noch am Leben. Vor allem aber müssen wir fragen, was das Beste für Muhmi ist.«

»Das Beste für Muhmi? Sicherlich ist es das Beste für ihn, hier aufzuwachsen und Christ zu werden.«

»Er ist als Palästinenser geboren. Gott hat jedem seinen Platz zugewiesen. Außerdem, Lamia, woher willst du wissen, ob und wie er Christ werden kann? Und hast du es denn nicht auch bemerkt – das Kind sollte nicht hier bei uns sein, jetzt, da Rosa nicht mehr ist. Du mußt dich um deine Schule kümmern, und Laila wird nicht mit ihm fertig. Ich möchte sie nicht fortschicken, nachdem sie so viel verloren hat. Aber siehst du nicht, daß er immer verzogener und eigensinniger wird?«

»Aber Vater, die Palästinenser sind unsere Feinde!«

»Aber nicht seine Feinde. Du hast mir gesagt, seine Großmutter sei eine sehr vornehme Frau. Sah sie denn arm oder hungrig aus?«

»Nein, ihre Kleider waren von guter Qualität. Sie sah nur sehr erschöpft aus . . . o Vater!«

Sie lehnte ihren Kopf an sein Knie und weinte bitterlich. Er legte seine Hand auf ihr Haar und ließ sie eine Zeitlang weinen. Nie zuvor waren sie sich so nahegekommen.

»Lamia, meine Tochter«, sagte er nach einer Weile, »laß uns keine weitere Zeit verlieren. Wo ist die Telefonnummer? Wir wollen das erledigen, solange Frieden ist. Wenn die Kämpfe von neuem ausbrechen, können wir uns nicht mehr mit der Frau treffen; es wäre zu gefährlich. Jetzt oder nie.«

Lamia hörte zu, als träume sie. Sie konnte einfach nicht glauben, daß es Wirklichkeit war, was nun geschah. Sie mußten sich über ihr Vorgehen beraten, dem Händler, in dessen Laden das Telefon klingelte, Erklärungen abgeben, und dann hörten sie eine Frau herzzerbrechend weinen und eine Stimme, die Allah lobte. Lamias Vater gab seine Anweisungen durch:

»Sie müssen morgen früh um elf Uhr an die Stelle im Orangenhain kommen, wo Sie die Leiche Ihrer Tochter gefunden haben. Bringen Sie auch eine Fotografie mit. Wir werden Sie dort mit dem Kind treffen. Wenn sein Vater da ist, soll er auch mitkommen.«

So einfach war das, und doch war es das Schwerste, was Lamia in ihrem ganzen Leben je hatte tun müssen. Sie schlief kaum und erwachte beim ersten Hahnenschrei. Sie lag da und starrte durchs Fenster nach draußen, wo es immer heller wurde und die letzten Sterne verblaßten. Sie hatte das Gefühl, als würde ihr demnächst ein lebenswichtiger Körperteil amputiert werden. Muhmi erwachte beim flammendroten Sonnenaufgang, und sie hob ihn zu sich ins Bett, bis er ihrer Tränen und Küsse überdrüssig war und aufzustehen verlangte. Sie wusch und kleidete ihn mit großer Sorgfalt, packte seine Kleider und Spielsachen in Plastikbeutel und fragte sich, wie sie die letzten Stunden überstehen sollte. Es war Sonntag, und die Menschen stiegen den Berg hinauf, um die Messe zu besuchen, doch sie wollte sich nicht von Muhmi trennen. Sie ging mit ihm in den Garten hinaus, und sie spielten seine Lieblingsspiele, bis ihr Vater ihr zurief, daß es Zeit sei zu gehen; und mit dem Kind in der Mitte betraten sie langsam den Orangenhain.

Schweigend gingen sie diesen Pfad entlang, der so viele Erinnerungen wachrief. Hier waren Amin und Lamia fröhlich hinuntergerannt zur Geburtstagsparty; dort war die Stelle, wo man seine Leiche hingeworfen hatte und ein Stück weiter die Stelle, wo die junge Mutter gestorben war. Sie trafen pünktlich ein, aber die Großmutter war schon vor ihnen angekommen. Sie sahen die stille, schwarzgekleidete Gestalt schon von weitem, die allein unter dem glänzenden Laubwerk stand. Sie ging ihnen nicht entgegen, sondern stand da, aufrecht und gefaßt. Ihre Augen verschlangen das Kind geradezu, und ein Ausdruck, der Lamia an Licht und sanfte Musik erinnerte, überzog ihr Gesicht, als Muhmi näherkam, zu ihr aufsah und sie ihn erkannte.

Sie stand auf dem richtigen Fleck und überreichte Elias die Fotografie, ohne ihn anzublicken. Wortlos und reglos stand sie da und wartete, und Muhmi starrte sie gebannt an. Dann trat er zurück und schmiegte sich etwas unsicher an Lamia. Doch er starrte die Frau unablässig weiter an, und dann begannen seine Augen ganz allmählich aufzuleuchten und verschwammen, als sähen sie etwas, was sehr weit entfernt und in der Vergangenheit lag. Und immer noch regte sich keiner.

Doch dann geschah das Wunderbare – und wiederum gar nicht so Wunderbare, hatte doch die Trennung vor weniger als einem Jahr stattgefunden: Muhmi bewegte sich auf seine Großmutter zu und streckte ihr die Arme entgegen. Sie bückte sich ohne Hast und hob ihn liebevoll hoch. Und er legte seinen Kopf auf ihre Schulter, steckte zwei Finger in den Mund und sah nicht mehr zurück. Er war nach Hause gekommen.

»Gelobt sei Allah!« murmelte die Frau und sah nun erstmals Lamia an, die nur ein wenig jünger als ihre verstorbene Tochter war. Das Mädchen war blaß und hatte verweinte Augen, aber es hatte nicht versucht, Muhmi zurückzuhalten. Die Aufmerksamkeit der Frau richtete sich so sehr auf ihren Enkelsohn, daß sie durch nichts zu erkennen gab, ob sie Lamia wiedererkannte. »Du liebst ihn auch«, sagte sie staunend, »und trotzdem hast du ihn zurückgegeben. Was für eine Liebe ist das?«

Doch Lamia vermochte kein Wort über die Lippen zu bringen. Sie verabschiedete sich nicht, sondern drehte sich um und schritt den Weg des Leids hinauf. Ihr Vater blieb noch einen Augenblick und sprach mit der Frau, bevor er seiner Tochter nacheilte.

»Was hast du ihr denn gesagt?« fragte Lamia.

»Ich habe ihr unsere Adresse gegeben. Muhmis Vater liegt immer noch im Krankenhaus in Tripoli. Falls es weitere Schießereien geben sollte – wer weiß? Dann wird sie vielleicht froh darüber sein. Ihr Haus steht genau am Lagereingang, demnach ganz in der Nähe von Kamals Haus.«

Er legte seinen Arm um ihre Schultern, und sie gingen schweigend nach Hause. Sie war sehr müde, verspürte aber einen inneren Frieden und eine sonderbare Ruhe. Noch seltsamer war, daß sie sich nicht erinnern konnte, eine große Traurigkeit bei der Übergabe empfunden zu haben. Später sollten Trauer und Sehnsucht mit voller Wucht auf sie einstürzen, aber dann sollte sie auch verstehen und darüber froh sein, daß sie zumindest in jener Stunde sich selbst völlig hatte vergessen können. Sie hatte nur an Muhmi gedacht, und der Gesichtsausdruck der Frau und der Glanz in Muhmis Augen sagten ihr, daß sie das Beste für das Kind getan hatte.

16 *In Gott geborgen*

Vielleicht war es gerade die Unsicherheit des Friedens, die diesen Frühling so herrlich erscheinen ließ. Im Radio wurde unaufhörlich von Meuterei und dem drohenden Auseinanderbrechen der Armee berichtet, und jeder sagte sich im stillen, daß es bald wieder einen großen Knall geben mußte. Doch in der Zwischenzeit schien die Sonne über Beirut, die Nächte waren ruhig, und jeder Tag war kostbar, wie es nur Tage sein können, die gezählt sind.

Für Lamia waren es verwirrende Tage, weil sie völlig gemischte Gefühle hatte. Es waren Tage der Trauer über ihre schmerzlichen Verluste, einsame Tage, weil Muhmi ihr nicht länger entgegenrannte, wenn sie nach Hause kam, oder neben ihr in seinem Gitterbettchen schlief. Es waren aber gleichzeitig Freudentage, weil Christus ihr die Last abgenommen hatte und zu ihr gekommen war. Seine Gegenwart schien ein neues Licht auf alles zu werfen, ein Licht, leuchtender als die Frühlingssonne, als die Farbe der Blumen oder des frischen Grases. Nie zuvor war ihr die Welt so schön erschienen, nie war ihr ihre Familie so wichtig gewesen. Sie stellte fest, daß sie sich nach Huda und ihren Großeltern sehnte; sie nahm ihren Vater und Sami auf ganz neue Weise wahr. Selbst Laila wunderte sich über die Veränderung des Mädchens. Lamia war immer so launisch und gereizt gewesen, doch jetzt war sie freundlich zu ihr und hörte sogar zu, was die arme alte Frau zu sagen hatte. Laila fühlte sich sonderbar frisch und schrieb das alles Muhmis Abwesenheit zu, den sie für den leibhaftigen Teufel gehalten hatte.

Lamia war sich überdies bewußt, daß sie Nicolas zu lieben begann. Niemand glaubte daran, daß der gegenwärtige Waffenstillstand von Dauer war. Die Kriegsgerüchte wurden von Tag zu Tag lauter und bedrohlicher.

Falls sie beide aber unbeschadet den Krieg überstehen sollten, dann hoffte sie, eines Tages, in ferner, friedvoller Zukunft, mit Nicolas verheiratet zu sein, und das war ein beruhigender Gedanke. Ihre Gefühlsreserven waren aufgebraucht, und so brachte sie nicht die Kraft zu großer Leidenschaft auf. Ihre Liebe schien sich mit dem Frühling still und schön und ohne Krisen zu entfalten. Zum ersten Mal seit Amins Tod erkannte sie, daß auch auf dem dunklen Hintergrund schmerzlichen Verlustes helles Licht aufleuchten konnte.

Sami hatte seine militärische Schulung abgebrochen. Sein Vater hatte sie ihm strengstens verboten, und Sami stellte überrascht fest, mit welcher Erleichterung er gehorchte. Der Krieg, die Verteidigung des christlichen Erbes, war ihm so glorreich erschienen, doch nun war der Glorienschein verschwunden und nur die Narben und Brandwunden waren übriggeblieben – Amins Grab dort oben, die Erinnerung an Mutters weißes Gesicht, bevor es verhüllt und mit Erde bedeckt wurde, und Farid, der schreiend und blind am nächtlichen Hang lag. Keiner hatte irgendwelchen Nutzen daraus ziehen können. Er fühlte sich enttäuscht und betrogen. Es war eine düstere Aussicht, das Heldentum abzulegen und nur noch ein kleiner Schuljunge zu sein. Lamia spürte, in welch unglücklicher Verfassung er sich befand und wollte ihn gern trösten, doch er war alles andere als mitteilsam und gesellig. Gewöhnlich vergrub er sich hinter seinen Büchern oder schoß lustlos einen Fußball durch den Garten. Er hatte mehr Unterricht versäumt als seine Schulkameraden, und manchmal bat er Lamia, ihm zu helfen. An einem Märzabend saß sie neben ihm und erklärte ihm die Beugung seiner französischen Verben. Als sie ihm eine Frage stellte, wartete sie vergeblich auf seine Antwort, und sie drehte sich zu ihm um. Er starrte zum Fenster hinaus auf das Blütenmeer von Kirsch- und Aprikosenbäumen. Er war mit seinen Gedanken ganz woanders.

»Sami!« Sie gab ihm einen kleinen Rippenstoß. »Du

paßt überhaupt nicht auf. Wozu erkläre ich dir das eigentlich, wenn du nicht zuhörst?« Als er sie mit großen Augen ansah, wußte sie, daß alles, was sie gesagt hatte, an ihm vorbeigerauscht war.

»Wenn doch bald Ostern wäre! Meinst du, Vater wird uns mitnehmen, wenn er nach Jdita fährt und Huda abholt? Fragst du ihn bitte, Lamia?«

Sie nickte. »Hab noch ein wenig Geduld, Sami! Ostern ist erst in über fünf Wochen. Aber wenn die Straßen sicher bleiben, wird Vater Huda bestimmt abholen. Ich möchte ja auch gern in die Berge und sie und die Großeltern wiedersehen.«

»Ich möchte Farid besuchen. Lamia, glaubst du, daß er immer noch blind ist?«

Sein junges Gesicht hatte einen gequälten Ausdruck angenommen, und sie versuchte, ihn aufzumuntern.

»Ich weiß es nicht. Vielleicht hat man ihm im Krankenhaus helfen können.«

»Das glaube ich nicht. Man kann Blinde nicht heilen. Ich glaube, er ist immer noch blind und sitzt einfach da, ohne etwas tun zu können, und das in ständiger, pechschwarzer Nacht. Du hast doch mal etwas von einer Blindenschule erzählt – es würde ihm sicher gut tun, etwas lernen zu können, nicht wahr? – Lamia, ich wünschte, du hättest Muhmi nicht weggegeben.«

Die Tränen schossen ihr in die Augen. Wenn man ihn erwähnte, war ihr immer, als ob man mit einer Sonde in eine tiefe Wunde eindränge.

»Ich hätte ihn auch lieber behalten; aber ich mußte es tun, nicht? Ich konnte ihn doch nicht einfach stehlen! Er gehört zu ihnen. Außerdem hatte Mutter es versprochen.«

»Aber sie sind unsere Feinde! Er wird als Palästinenser und Moslem aufwachsen. Soll das gut sein?«

Sie antwortete nicht, denn genau diese Frage hielt sie nachts wach, wenn sie in Gedanken ihren letzten gemeinsamen Gang nacherlebte. Muhmi war nach Hause zurückgekehrt, das hatte er gewußt und nicht mehr zurückgeblickt. Aber er würde erwachsen werden und kämpfen lernen und den grenzenlosen Haß und die Bitterkeit seines vertriebenen Volkes erben. Sie würde niemals Gelegenheit haben, ihn zu lehren, daß Liebe das einzig Wichtige war, und ihm nicht erklären können, was sie eben erst entdeckt hatte: daß für den Menschen, der Christus aufnahm, dieser Christus zu einer lebendigen Quelle der Liebe und der Vergebung wurde. Sie konnte nichts mehr für Muhmi tun, und er hatte noch das ganze Leben vor sich.

Sie legte ihren Arm um Sami. »Ich werde mich nach den Aufnahmebedingungen der Blindenschule erkundigen und Farids Eltern benachrichtigen, einverstanden? – Sami, wie findest du die Idee, morgen nachmittag nach Schulschluß noch einen kleinen Stadtbummel zu machen? Ich möchte so gern mal wieder mit meinen Freundinnen in große Geschäfte gehen, und du könntest auch etwas mit deinen Freunden unternehmen. Wer weiß, wie lange wir uns noch frei bewegen können. Ich werde Vater fragen, ob er uns abends abholt. – Und jetzt konzentriere dich bitte auf die unregelmäßigen Verben hier!«

Lamia genoß den darauffolgenden Nachmittag in vollen Zügen. Zusammen mit einigen Schulfreundinnen bummelte sie durch die Hauptgeschäftsstraße und erledigte ein paar Einkäufe. So viele Menschen waren unterwegs, lachten und schwatzten in den Straßencafés und standen in kleinen Grüppchen beisammen. Viele Häuser waren zerstört, aber der Schutt war weggeräumt worden, und der Sonnenschein und der fröhliche Lärm lenkten von dem Bild der Verwüstung ab.

Sie hatten mit dem Vater vereinbart, daß sie sich um fünf Uhr auf dem Parkplatz treffen würden, wo Elias früher immer den Wagen abgestellt hatte, als er noch sein Textilgeschäft in der Stadt hatte.

Als Lamia gegen fünf mit ihren Freundinnen ein Geschäft verließ, hörten sie plötzlich aufgeregte Schreie auf der Straße. Die Menschen stoben in alle Richtungen auseinander. Als Lamia sich gerade bei einem Zeitungsverkäufer, der eilends seine Sachen zusammenpackte, nach der Ursache erkundigen wollte, lief ein Schulkamerad Amins, den sie flüchtig kannte, auf sie zu und rief:

»Es sind wieder Unruhen ausgebrochen. Leute werden entführt, und sie schießen wieder. Geh schnell, so lange noch Zeit ist! Lauf zur großen Kreuzung am Nationalmuseum und versuche, von jemand mitgenommen zu werden!«

Mit entsetzten Gesichtern trennten sich die Mädchen und rannten los. Nur Lamia stand wie festgewurzelt. Entführung, Schüsse! Und Sami würde jetzt unterwegs sein zu ihrem Treffpunkt mit Vater! Was konnte sie bloß machen? Sie würde ihn niemals finden unter all den geängstigten, flüchtenden Menschen. Sie würde auch niemals den Parkplatz erreichen können gegen den Strom der Menschenflut, die nur in eine Richtung drängte. Doch da hatte der Junge sie schon am Arm gepackt und zog sie durch die flüchtende Menge. Während sie rannte hörte sie, wie in beängstigender Nähe Maschinengewehre losknatterten.

Sie machte sich keine Sorgen um ihren Vater. Er hatte sein Gewehr bei sich im Auto, und ihr Treffpunkt lag außerhalb des Stadtzentrums. Aber Sami! Entführt zu werden konnte unter Umständen viel schlimmer sein, als erschossen zu werden. Wie oft wurde die Leiche des Gekidnappten nach ein paar Tagen an einem verlassenen Ort gefunden, wie es bei Amin gewesen war, und keiner wußte, was das Opfer in der Zwischenzeit erlitten haben mochte. Sie stand Todesängste aus, und ihr Mund war ganz trocken, aber sie stolperte hinter dem Jungen her, bis sie die Hauptstraße erreicht hatten. Sie zwängten sich zwischen den ineinanderverkeilten Autos hindurch, klopften verzweifelt an geschlossene Autoscheiben und bettelten darum, mitgenommen zu werden. Schließlich fand Lamia jemanden, der in ihre Richtung fuhr. Sie quetschte sich in einen kleinen Wagen und setzte sich auf den Schoß eines alten Mannes. Von allen Seiten ertönte ein lautes Hupkonzert, so daß man die Gewehrschüsse nicht mehr hören konnte, und die Verkehrsstaus, die an den Übergangspunkten entstanden, schienen sich nicht auflösen zu wollen. Doch sie kamen langsam vorwärts, und als die Straßen sich außerhalb des Zentrums verzweigten, floß der Verkehr schneller, und kurze Zeit später stieg Lamia in der Nähe ihres Wohnbezirks aus. Es war immer noch hell, als sie heimkam. Außer der alten Laila, die in der Küche eingenickt war, war das Haus leer. Sie schaltete das Radio ein und hörte den leidenschaftlichen Aufruf eines muslimischen Brigadegenerals, der den Rücktritt des christlichen Präsidenten forderte und verkündete, daß eine neue Regierung gebildet worden sei. Lamia war nicht beeindruckt und schaltete das Gerät aus. Mit leeren Versprechungen konnte sie nichts anfangen. Sie hatte zu viele Waffenruhen erlebt, und im Moment nahm sie keiner Regierung etwas ab, wenn sie nicht tatsächlich Ruhe und Frieden wiederherstellte. Sie hatte nur den einen Gedanken: ihr Vater war nicht nach Hause gekommen, und Sami befand sich irgendwo dort draußen mitten im Gemetzel. Da fuhr ein Wagen vor. Sie rannte zur Tür, riß sie auf, und ihr Vater sprang die Stufen herauf.

»Ist der Junge auch zu Hause?« fragte er.

Sie schüttelte den Kopf und sah, wie alle Farbe aus seinem Gesicht wich.

»Ich hatte gehofft, du würdest ihn mitbringen«, sagte sie. »Konntest du ihn nicht erreichen?«

»Ich wartete zuerst bis Viertel nach fünf auf dem Parkplatz auf euch. Es war unmöglich, auch nur in die Nähe des Stadtzentrums zu gelangen. Der Verkehr riß einen einfach mit. Man konnte weder wenden, noch gegen die Menschenmassen anlaufen, die das Stadtzentrum verließen wie Ameisen einen Ameisenhaufen. Dann wartete ich wieder auf der Hauptstraße, hoffte aber, daß jemand euch beide schon mitgenommen hatte. – Ich werde in die Stadt zurückfahren und ihn suchen.«

»Vater, du kannst nicht zurückfahren mitten in die

Kampfzone hinein. Wenn er ... gesund ist, wird er die Stadt schon verlassen haben.«

»Also werde ich ihn finden und nach Hause bringen, sonst ...«

»Er möchte mit ihm zusammen sterben«, dachte Lamia trübe, »und was wird dann aus mir?« Doch laut sagte sie: »Vater, es gibt so viele verschiedene Wege, auf denen er kommen könnte. Warte noch ein wenig – ich werde dir inzwischen Kaffee kochen.«

Er schüttelte den Kopf und stürmte ohne sich umzublicken aus dem Haus, und sie blieb allein zurück, denn Laila war schon zu Bett gegangen. Es wurde allmählich dunkel. Sie öffnete das Fenster an der Vorderseite des Hauses. Die Abendnebel verschleierten den Friedhof, doch die warme Frühlingsluft schien erfüllt zu sein von der Gegenwart derer, die gegangen waren: von einem lachenden Amin, einer sanften Mutter und einem kleinen, lustigen Kerl, der seine dicken Ärmchen um ihren Hals warf ... sie waren alle gegangen, fort, und nun waren auch Sami und Vater gegangen.

Wohin eigentlich? Ihre umherirrenden Gedanken konzentrierten sich auf diese Frage. Wo waren sie, diese geliebten Toten? Die Kirche sagte, sie seien im Fegefeuer und die Hinterbliebenen müßten Kerzen anzünden und Gebete für die armen Seelen hersagen, doch Lamia hatte sich nie vorstellen können, daß Amin und Mutter gepeinigt wurden, und deshalb weder das eine noch das andere getan.

Doch wo waren sie?

Erinnerungen stürmten auf sie ein: Da war jener Frühlingsmorgen, beinahe ein Jahr war es schon her, als sie beim ersten Hahnenschrei erwacht war und eine überirdische Freude verspürt hatte. Wenn Amin in diesem Augenblick erschossen worden war, so hatte er ihr helle Freude mitgeteilt, keine Pein. Sie erinnerte sich an das Gesicht der Mutter in derselben Nacht, als sie kniend zu der leidenden Gestalt am Kruzifix emporblickte: »Du wirst es herausfinden«, hatte sie gesagt,

»aber ich weiß eins: Christus starb, weil er uns liebte.«

Welchen Nutzen hatte aber all sein Leiden, wenn sie immer noch leiden mußten?

Sie schaltete das Licht an und setzte sich hin, um nochmals den Abschnitt aus Jesaja 53 zu lesen, den Nicolas ihr damals gezeigt hatte. »Doch wegen unserer Schuld wurde er gequält und wegen unseres Ungehorsams geschlagen. Die Strafe für unsere Schuld traf ihn, und wir sind gerettet. Er wurde verwundet, und wir sind heil geworden. Wir alle waren wie Schafe, die sich verlaufen haben; jeder ging seinen eigenen Weg. Ihm aber hat der Herr unsere ganze Schuld aufgeladen.« Wie immer, wenn sie diesen Abschnitt las, fiel ihr auch diesmal ihre Mutter mit den ausgebreiteten Armen ein, die all den Haß und die Kugeln mit ihrem eigenen Körper aufgefangen hatte. »Ich lebe und bin gesund«, dachte Lamia. »Sie hat alles für mich erduldet. Und wenn er, Christus, alles auf sich genommen hat, was haben wir dann noch zu tragen?«

Sie schaltete das Licht wieder aus und saß lange nachdenklich da. Der Himmel über den Bergen war mit funkelnden Sternen übersät, die Düfte aus dem Garten stiegen wie Weihrauch auf, und in ihrem Herzen begann eine staunende Hoffnung zu wachsen. Ihre Mutter hatte Christus immer vertraut, und Amin hatte sicherlich in diesen letzten, qualvollen Tagen gefunden, was er so ernsthaft gesucht hatte. Wenn es stimmte, war dann das, was am Kreuz vollbracht worden war, nicht ausreichend? Und waren sie dann nicht geradewegs in die Gegenwart Gottes getreten? Sie erinnerte sich daran, daß Christus zu dem reumütigen Dieb neben ihm am Kreuz gesagt hatte: »Du wirst noch heute mit mir im Paradies sein.«* Das änderte doch jegliche Vorstellung vom Tod – wenn es wirklich wahr war.

Sie saß immer noch da und dachte nach, als der Wagen draußen vorfuhr und ihr Vater sich die Stufen her-

* Lukas 23, 43

aufschleppte. Sie wußte, bevor sie ihn überhaupt sah, daß seine Suche vergeblich gewesen war. Mit fahlem Gesicht ließ er sich in einen Sessel fallen. Er schien ihre Gegenwart gar nicht wahrzunehmen, bis sie ihm Kaffee brachte. Er nippte ihn geistesabwesend und streckte seine Hand nach ihr aus, als suche er einen Halt. Sie setzte sich zu ihm, und seine Hand ruhte auf ihrem Kopf. »Wenn er tot sein sollte«, sagte er schließlich, »müssen wir es hinnehmen. Es ist vielleicht besser, ein Junge stirbt, als daß er in solch einer Welt aufwächst. Aber wenn er entführt worden ist . . . hat er nicht schon genug Elend erlebt mit seinen zwölf Jahren? Und wir werden nie erfahren, was mit ihm geschehen ist.«

Sie lehnte sich an ihn und versuchte, ihn zu trösten.

»Vater«, flüsterte sie, »trink noch etwas Kaffee! Ich werde dir etwas kochen. Ich glaube, Sami ist in Sicherheit. Ich glaube, Gott ist da draußen im Kugelhagel . . . ich denke, Sami wird nach Hause kommen.«

»Kam Amin nach Hause?« fragte Elias ruhig. »War Gott da, als deine Mutter starb? Worauf gründet sich dein Glaube, Lamia?«

Sie konnte es nicht erklären, nur erschien ihr plötzlich der Vorhang zwischen Leben und Tod sehr dünn, und der Tod schien nicht länger das tragische Ende zu sein. »Heute . . . mit mir.« Diesseits oder jenseits des Vorhanges – sie würden in jedem Fall nach Hause kommen. Doch wie konnte sie das ihrem stillen, reservierten Vater verständlich machen? Sie hatte nie viel mit ihm zu reden gewußt, doch jetzt, da vielleicht nur noch sie beide übriggeblieben waren, wollte sie doch einen Versuch wagen.

»Deine Mutter hat geglaubt«, fuhr er in demselben ruhigen Ton fort. »Sie glaubte weiter an Gott, als sie Amin nach Hause brachten . . . sie glaubte noch, als wir in dieser Hölle von einem Keller in Damour lagen und auf den Tod warteten. Aber wenn es einen Gott geben sollte – warum das Ganze, warum?«

Seine Stimme brach, und Lamia war eine Weile still,

denn darauf konnte sie auch keine Antwort geben. Doch der Gedanke an die Stunden, die sie in jenem Keller verbracht hatten, rief etwas anderes in ihr wach, und schließlich sprach sie stockend:

»Vater, ich weiß es nicht, aber – was das Sterben angeht ... erinnerst du dich, als letztes Jahr während der schweren Artilleriegefechte die Leute nach Sonnenuntergang unser Haus bevölkerten und wir alle im Flur übernachteten? Weißt du noch, wie schlecht die Luft dann wurde? – Stinkende Wunden und schmutzige Babys und Kleider, die versengt waren vom Feuer und Sprengstoff, und das Schnarchen und Stöhnen! Manchmal dachte ich, ich müßte jeden Augenblick erstikken ... dann schlich ich frühmorgens zur Tür und schlüpfte in den Garten hinaus. Ich werde wohl nie diesen ersten Atemzug voll kühler, frischer Luft vergessen, die Stille und manchmal den Vogelgesang – diese Reinheit und das erste Licht über den Bergen! Wie wohl fühlte ich mich dann plötzlich! Vater, ich glaube, daß das Sterben für einen Gläubigen nicht anders ist. Ich glaube, Gott war da, als Mutter starb. Ich glaube, er öffnete die Tür, und sie ging durch.«

Er starrte sie trübe an. »Für einen Gläubigen?« fragte er schließlich. »Und wer kann sagen, ob Sami ein Gläubiger ist oder nicht? Und überhaupt, was ist mit dem Fegefeuer?«

Sie schwieg erneut, denn seit dem Tod der Mutter hatte sie sich nur darauf konzentriert, Sami aufzumuntern. Sie hatte ihm bei den Schulaufgaben geholfen und ihm seine Lieblingsgerichte gekocht, aber sie hatte ihn nie an dem teilhaben lassen, was sie gerade lernte. »Wir machen alles falsch«, dachte sie. »Wir arbeiten hart, um ihnen beizubringen, wie man lebt, aber wir erwähnen nie das Allerwichtigste: wie man stirbt. Wenn Sami zurückkommt ...«

Plötzlich hörten sie das Geräusch kleiner, müder Füße, die die Stufen heraufschlurften, und eine Hand machte sich am Türgriff zu schaffen. Elias sprang auf, und einen Augenblick später lag ein schmutziger, frierender und nach Luft ringender Sami in seinen Armen. Lamia, die beide auf einmal umarmte, hatte das überwältigende Gefühl, daß die Freude der Verstorbenen sie von allen Seiten umgab und sich mit der Freude der Lebenden vermischte, und daß diese Freude durch keinerlei Leid getrübt wurde.

Zuerst hatte Sami nicht viel zu berichten. Er war hinter eine Mauer gerannt, als die Schießerei begann, und hatte lange zitternd und – nach den Streifen zu urteilen, die sein verschmutztes Gesicht überzogen – weinend am Boden gelegen. Er war dort bis zum Einbruch der Dunkelheit liegengeblieben. In einer Gefechtspause war er dann hervorgekrochen und in die Richtung gerannt, von der er hoffte, daß sie nach Hause führte. Er war über einen Abfallhaufen gestolpert und stank entsetzlich, und er hatte sich fürchterlich verlaufen. Aber schließlich hatte er einen Übergangspunkt erreicht, und ein Soldat hatte sich seiner erbarmt und jemanden gebeten, ihn im Wagen mitzunehmen. Er hatte großen Hunger . . . Elias führte Sami ins Badezimmer und half ihm, die Kleider zu wechseln, während Lamia das Abendessen vorbereitete.

Alle drei langten tüchtig zu beim Essen, das mit dem heißen Milchkaffee Samis Lebensgeister weckte. Im Laufe seiner Erzählung wurden die Ereignisse des Abends immer aufregender und abenteuerlicher, und Samis Mut und Gewandtheit wurden immer erstaunlicher. Er war kein erschöpftes, geängstigtes Kind mehr, sondern ein strahlender Held, der durch Tapferkeit und geschicktes Manöver sein Ziel erreichte. Seine Augen strahlten, und seine Brust schwoll vor Stolz an, während der Vater und Lamia ihn zu weiteren Berichten über seine Heldentaten anfeuerten und lachten, wie sie schon seit langer, langer Zeit nicht mehr gelacht hatten. Ihr Junge war sicher nach Hause gekommen, tot und wieder lebendig, verloren und wiedergefunden, und sie hätten ihm die ganze Nacht zuhören und lachen können. Doch gerade in einer höchst kritischen Situation eines fantastischen Fluchtberichts brach Sami auf einmal ab. »Ich bin so müde«, brachte er gerade noch gähnend heraus, lehnte seinen Kopf an Vaters Schulter und schloß die Augen.

Elias brachte ihn zu Bett, Lamia räumte den Tisch ab und ging ebenfalls zu Bett, erschöpft von Furcht, Erwartung und Freude. Aber sie konnte noch lange nicht einschlafen, denn wenn ihre Entdeckung der Wahrheit entsprach, dann war sie von ungeheurer Bedeutung. Wenn man beim Sterben lediglich einen Schritt in die Gegenwart Gottes tat, dann waren ihre Toten nicht unendlich weit weg, sondern zu Hause, umhüllt von der Liebe Christi, der wiederum seine Liebe in das Herz derer ausschüttete, die ihn aufnahmen . . . Auf diese Weise waren sie alle einander viel näher, als sie es sich je hätte vorzustellen gewagt, vereint in dieser allumfassenden Liebe.

War es aber wirklich so? Da dachte sie an den Ausdruck, den Vaters bleiches Gesicht plötzlich angenommen hatte, als er draußen die schlurfenden Schritte vernahm, an seinen erstickten Freudenschrei, als er seinen schmutzigen, erschöpften Sohn in das erleuchtete Haus zog. Würde Gott, der Vater aller Väter, denn etwa anders handeln, wenn seine Kinder durch das dunkle Tal des Todes stolperten und vor den heimatlichen Toren standen? Das konnte sie nicht glauben.

17 *Ich lerne zu lieben*

Die Schüsse in der Stadt leiteten die nächste Phase des Krieges ein, die die schlimmste werden sollte. Der christliche Staatspräsident, der zum Rücktritt aufgefordert worden war, zögerte zu lange damit. Die Armee fiel auseinander, und ihre verschiedenen Teile schlossen sich nun den rechts- und linksgerichteten Milizen an. Dann kämpften sich muslimische Milizeinheiten bis auf sieben Kilometer an den Präsidentenpalast heran und beschossen ihn mit schwerer Artillerie. Als der Präsident zwei Nächte später mit seiner Familie und seinen Leibwächtern floh, war bei Tagesanbruch nichts mehr zu zerstören, außer den großen Palasthunden und Bergen persönlichen Besitzes.

War es für die muslimische Linke ein großer Sieg, so war es eine schwere Niederlage für die christliche Rechte. Lamia und Sami saßen bedrückt am Radio und hörten dem verzweifelten Aufruf ihres Parteiführers zu, der seine Anhänger aufforderte, zu den Waffen zu greifen. »Unsere Leute sind zerstreut, unsere Armee ist auseinandergebrochen«, rief er, »unsere Gesellschaftsordnung löst sich auf, und unser Land ist von fremden Eindringlingen ruiniert worden. Es gibt keine staatliche Ordnung mehr, keine Gerichtsbarkeit, keine Autorität, keine Sicherheit und keine Freiheit. Die Zerstörung greift von den Städten auf die Dörfer, von der Küste aufs Gebirge über. Ich rufe alle Männer und Frauen auf, sich für ihr Vaterland zu vereinen. Führt eure heilige Pflicht aus, und kämpft für euer Vaterland, das vom Untergang bedroht ist!«

Das war keine Übertreibung, denn die linken Gruppen gewannen in den Bergen immer mehr an Boden und umzingelten christliche Hochburgen, die man für sicher und uneinnehmbar gehalten hatte. Alles erweckte den

Anschein, als sei ein Sieg der Linken durchaus möglich.

»Sie gewinnen auch in der Stadt«, sagte Sami schwermütig. »Lamia, wenn sie auf der ganzen Front siegen werden – was wird dann aus uns?«

»Ich weiß es nicht. Ich nehme an, man wird uns gewisse Stadtviertel zuweisen, wo wir leben dürfen, vorausgesetzt, wir tun, wie uns geheißen wird. Ich glaube, die meisten Christen werden versuchen, das Land zu verlassen. Tausende sind sowieso schon weg.«

»Sie haben das Holiday Inn erobert«, sagte Sami mit leichtem Schauern. »Das hast du nicht mitgekriegt, Lamia. Du hast im Garten Blumen gepflückt. Es war furchtbar – sie stürmten in der Nacht das Hotel und . . .«

»Ich weiß, du hast es mir doch schon erzählt«, unterbrach ihn Lamia hastig, »ich möchte es kein zweites Mal hören.« Beim Radiobericht war ihr schon übel geworden, und Sami, der seine Ohren überall zu haben schien, hatte weitere grausame Einzelheiten hinzugefügt. Das Holiday Inn mit seinen sechsundzwanzig Stockwerken war ein Bollwerk der christlichen Partei, das allerdings im muslimischen Stadtteil lag. Seit Monaten flackerten immer wieder Kämpfe um dieses Hotel auf. Doch nun hatten erfahrene Offiziere der zusammengebrochenen Armee die Belagerung in die Hand genommen: Im Schutz der Dunkelheit waren Palästinenser in das Gebäude eingedrungen, hatten die Türen aufgestoßen, Handgranaten hineingeworfen und alle Gegner getötet. Als alles vorbei war, gruppierten sie sich in Siegerpose um die Leiche eines ihrer Opfer, dem der Kopf weggesprengt war, und ließen sich so fotografieren. Andere gaben ihrem Siegestaumel dadurch Ausdruck, daß sie hinter ihren Jeeps die feindlichen Leichen durch die Straßen schleiften.

Das war der Anfang eines erbitterten Kampfes, der als »die Schlacht um die Hotels« bezeichnet wurde und zur völligen Aufspaltung der Stadt in eine christliche und eine muslimische Hälfte führte. Als Vergeltungsschlag beschossen die christlichen Milizen die Häuser, die an der Promenade am Mittelmeer standen, mit Granatwerfern. Dieses Feuer sollte sich über Monate hin erstrekken. Die Granaten, die ihr Ziel nicht erreichten, landeten in den dichtbevölkerten Gebieten hinter den Hotels, und die Opfer waren meistenteils Frauen, die geduldig in den Lebensmittelschlangen standen, oder Kinder, die in der drückenden Sommerhitze auf den Straßen spielten. Die Menschen verkrochen sich in Erdgeschossen und Kellern; Leichen blieben auf den Straßen liegen und verwesten, weil keiner sich hinauswagte, um sie wegzuschaffen. Die Schulen und Geschäfte waren geschlossen, und das Leben der Stadt kam mehr oder weniger zum Stillstand, während der wahllose Granatenhagel, das sinnlose Töten unaufhörlich weitergingen.

Als Lamia die Küche betrat, mußte sie sich am Spülstein festhalten, um ihre aufgepeitschten Nerven zu beruhigen. Sie spürte, daß das alles ihre Kräfte überstieg, daß sie es nicht länger aushalten konnte. Wenn sie doch bloß irgendwohin fliehen könnten, wie Tausende anderer es taten! Fort von dem unablässigen dumpfen Dröhnen und der beklemmenden Furcht! Sie sah ihren Vater den Gartenweg entlangkommen und lief ihm entgegen. Er ging immer noch vereinzelten Geschäften nach und hatte soeben einem Nachbarn, der weiter oben in ihrer Straße wohnte, Stoff gebracht.

»Vater!« rief sie verzweifelt. »Können wir nicht fortgehen? In der Stadt passieren entsetzliche Dinge. Wie lange werden wir das noch aushalten können?«

Er setzte sich und zog sie neben sich. Er sah, daß sie wirklich am Ende war. Sami setzte sich zu ihnen. Es war nicht mehr möglich, ins Gebirge zu fliehen, denn auf den meisten Straßen wurde gekämpft. Doch immer noch trugen überladene Flugzeuge angsterfüllte Familien fort, und ganze Schiffsflotten verließen den christlichen Hafen Jounie nördlich von Beirut in Richtung Zypern. Elias sah seine Kinder nachdenklich an.

»Ich könnte euch nach Zypern zum Vetter des Schwagers eurer Tante schicken«, sagte er schließlich. »Ich glaube, sie würden . . .«

»Aber Vater, wir können nicht ohne dich gehen. Wieso kannst du nicht mitkommen?«

»Wovon sollt ihr denn leben, wenn ich nichts mehr verdiene? Außerdem ist dieses große Haus unsere ganze Zukunft. Das ist alles, was wir haben. Wenn wir fortgehen, wird dieses Haus geplündert oder besetzt werden oder beides, und wir werden nie mehr zurückkehren können. Ich habe euch noch gar nicht gesagt, was man mir gerade über das Haus von Samiras Schwester erzählte, die weiter unten wohnte, direkt am Palästinenserlager.«

»Was? Hat Samira dir davon erzählt?« Ihre angespannten Gesichtszüge lösten sich zu einem Lächeln beim Gedanken an Samira, denn sie war schon von ihrer Erscheinung her ein Witz; eine große, stämmige Frau, über die die tollsten Geschichten erzählt wurden.

»Ja, Samiras Schwager entschloß sich, mit seiner Frau und den Kindern nach Zypern zu gehen. Seine Mutter sollte das Haus hüten. Eines Morgens ging die alte Dame zur Bäckerei, und als sie zurückkam, war eine Familie aus dem Lager in ihr Haus eingebrochen und hatte sich dort breitgemacht. Der Familienvater forderte sie mit vorgehaltenem Gewehr auf zu verschwinden – was sie auch tat. Sie wohnt jetzt bei Samira, und ich muß sagen, Samira hat mein volles Mitgefühl. Ihr seht also – ich muß hierbleiben, aber wenn ihr gehen wollt, werde ich alles in die Wege leiten.«

»Es ist wie in der Nacht, als er Mutter sagte, sie solle mit uns aufs Schiff gehen«, dachte Lamia. »Aber sie wollte ihn nicht verlassen, und ich will es ebensowenig. Alles andere ist zweitrangig, so lange wir zusammenbleiben können.« Laut sagte sie: »Ich möchte lieber bei dir bleiben, Vater, aber wenn Sami gehen möchte . . .«

»Ich will nicht«, sagte Sami hastig. Er hatte nicht gewußt, wie sehr er an seinem Vater und seiner Schwester hing. Jetzt erkannte er plötzlich, daß er ohne sie nichts weiter als Strandgut wäre, ein Flüchtling, der nirgendwohin gehörte. »Vielleicht haben all die Gefahren wenigstens ein Gutes: Wir merken, wie nötig wir einander brauchen«, dachte Lamia. »Wir wissen nicht, wie sehr wir einander lieben, bis wir bedroht sind.«

»Ich wünschte, Huda wäre bei uns«, sagte Lamia.

»Und Muhmi«, fügte Sami leise hinzu. Sie rückten näher aneinander und lächelten ihren Vater an. Die Spannung hatte nachgelassen, und Zypern wurde nicht mehr erwähnt.

Auch Lamia empfand Mitleid mit Samira, die schon die Familie ihrer Kusine versorgen mußte, der das Haus über dem Kopf zusammengeschossen worden war. Zwei Tage später trat Lamia vorsichtig in einer Gefechtspause auf die Straße hinaus und besuchte Samira. Sie traf diese bei bester Laune an und wurde in einen von Menschen und Möbeln vollgestopften Raum geführt, mußte sich setzen und bekam eine Tasse Mokka serviert.

»Die Sache mit dem Haus deiner Schwester tut mir wirklich leid«, sagte Lamia. »Und der Gedanke, daß sie ihr auch noch die ganze Einrichtung genommen haben!«

»Das haben sie gar nicht!« Samira warf ihren Kopf zurück, und ihr üppiger Körper schwabbelte, als sie lachte. »Ich bin mit einem Transportwagen hingefahren und habe die Möbel mitgenommen. Wir haben jetzt kaum noch Platz, uns zu bewegen, aber es ist immerhin besser, als alles zu verlieren!«

Ihre Familie, die Familie der Kusine und die alte Tante, die alle in diesem Zimmer saßen, das einem Möbelgeschäft glich, stimmten vergnügt in Samiras Gelächter ein.

»Du hast sie weggeholt?« staunte Lamia. »Und sie haben dich nicht erschossen? Werden sie jetzt nicht hinter dir her sein?«

»Das sollen sie mal versuchen!« kicherte Samira. »Sie werden sich nicht so tief in ein christliches Viertel wagen. Die Nachbarin meiner Schwester hatte die Eindringlinge unauffällig beobachtet. Eines Abends schickte sie ihren kleinen Sohn mit der Nachricht zu uns, daß der Vater und der älteste Sohn mitsamt ihren Gewehren ins Lager hinuntergegangen seien. Da bin ich losgezogen.«

»Ging dein Mann mit?« fragte Lamia.

»Ach was, der hatte doch Angst!« sagte sie mit einer bezeichnenden Handbewegung zu einem großen Ohrensessel hin, über dessen Lehne ein kleiner, schmächtiger Mann einen flehenden Blick warf. »Der Transportwagen stand schon bereit. Ich nahm meine beiden Söhne mit, die zwar auch Angst hatten, aber taten, was ich ihnen sagte. Als wir das Haus erreichten, klopfte ich an. Sie öffneten die Tür, und wir drängten uns hinein. Ich hatte auch ein Gewehr dabei.

›Wir sind gekommen, um die Möbel abzuholen‹, sagte ich.

›Die könnt ihr nicht bekommen‹, sagten sie.

›Wir sind gekommen, um sie abzuholen‹, sagten wir, und mein Sohn hielt sie mit dem Gewehr in Schach. Ihre Männer hatten die Gewehre mitgenommen, und sie konnten nichts weiter tun als heulen. Wir nahmen alles mit – absolut alles. Letzte Nacht schliefen sie auf dem Boden ohne Wolldecken, und heute essen sie auf dem Boden, das heißt, wenn sie überhaupt essen können, denn wir haben keinen Löffel zurückgelassen!« Sie und alle Anwesenden brachen in weitere Lachsalven aus. Aber der älteste Sohn protestierte.

»Das ist nicht wahr, Mutter«, sagte er. »Du hast Dekken für die Kinder zurückgelassen und alles, was das Baby brauchte.«

Samira schien sich deswegen zu schämen. »Nun gut, das Baby!« gab sie zu. »Ich wollte doch nicht, daß das Baby darunter zu leiden hätte. Doch die anderen ...« Wiederholt schüttelte sie sich vor Lachen, und Lamia lachte mit ihnen, bis ihr die Tränen die Wangen herunterrollten. Es war ein erheiternder Besuch.

Die erste Druckwelle einer erneuten Explosion

mahnte Lamia, nach Hause zu gehen. Atemlos und immer noch lachend erreichte sie das Haus. Ihr Vater und Sami schienen mit dem Ohr am Radio zu kleben. Sie winkten Lamia, auch zuzuhören.

»Die Führer beider Seiten sind von ihrer Konferenz in Damaskus zurückgekehrt«, erklärte der Vater. »Sie diskutieren Friedensvorschläge. Wenn sie sich nicht einigen können, werden die Syrer unser Land besetzen. Sie haben schon ihre Panzer und Truppen an der Grenze konzentriert. Es klingt aber, als würden sie einen Weg zur Einigung finden.«

»Frieden!« dachte Lamia. »Wenn der Kampf aufhört, wird Nico mich besuchen kommen.« Sie blickte auf das Blütenmeer, das sich den Hang hinaufzog. Das Wunder des Frühlings war ihr noch nie so schön erschienen.

Am ersten April wurde ein weiterer Waffenstillstand vereinbart, obwohl einige behaupteten, der Kampf sei nur für zehn Tage unterbrochen, damit man die nächste Phase des Krieges planen könne. Jedenfalls hörte der Beschuß auf, und die Menschen tauchten wieder aus den Kellern auf, schöpften tief Luft, und machten sich daran, den Unrat fortzuräumen. Die einen hielten Totenklage, während andere von neuem hofften und auf die Rückkehr ihrer Lieben warteten. Und an einem wunderschönen Aprilmorgen erschien Nicolas; unversehrt und mit strahlenden Augen. Lamia sah ihn, wie er unter den blühenden Aprikosenbäumen den Gartenweg entlangkam. Weil die meisten Leute sagten, daß endgültig Frieden sei, wagte sie es auch, ihn zu lieben. Sie war fast außer sich vor Freude, bezwang sich aber, ordnete ihre Locken und ging zur Tür.

»Gott sei Dank, ich bin heil herübergekommen!« rief er ein wenig atemlos. »Frieden hin, Frieden her, die Heckenschützen sind immer noch emsig bei der Arbeit. Aber ich wollte dich so schrecklich gern sehen, daß ich es gewagt habe.«

Sie errötete und sah zu Boden, denn sie war noch nicht bereit, ihm zu sagen, wie sehr sie sich nach ihm gesehnt hatte. Sie war das Kind einer bescheidenen, zurückhaltenden Frau vom Lande, und der Einfluß ihrer Mutter machte sich bemerkbar.

»Komm, Nico, trink eine Tasse Kaffee«, sagte sie ruhig, »und dann gehen wir ein wenig raus, ja? Wir könnten zur Kirche hinaufsteigen und uns in die Sonne setzen.«

Lächelnd wartete er. Ihm war ihr Erröten nicht entgangen, und er war alles andere als enttäuscht darüber. Ihr zurückhaltendes Wesen, unverdorben vom Einfluß der westlichen Welt mit ihrer draufgängerischen Art, gefiel ihm. Ein schwelendes Feuer brennt länger als eine lodernde Flamme, und er wollte, daß ihre Liebe nie aufhörte. Während sie ihren Mokka tranken, erzählte er ihr von den vergangenen Wochen im Krankenhaus. Es herrschte akuter Mitarbeitermangel, weil so viele Ärzte das Land verlassen hatten und viele Krankenschwestern nicht mehr zur Arbeit erschienen. Da das Krankenhaus im Westteil der Stadt lag, konnten die Schwestern, die auf der anderen Seite der Trennungslinie wohnten, diese wegen der Lebensgefahr nicht täglich passieren. Diejenigen, die bei der Arbeit blieben, verließen das Spitalgebäude äußerst selten und lebten wie alle anderen unter ständiger Bedrohung.

»Durch ihre Gewehre haben sie uns völlig in ihrer Gewalt«, sagte Nicolas erschöpft. »Manchmal müssen wir uns an einem Tag mit dreihundert Schußverletzungen befassen. Wir behandeln die Schwerverletzten zuerst. Die anderen müssen warten, bis sie an die Reihe kommen. Aber wenn palästinensische Freischärler einen Kameraden hereinbringen, stürmen sie mit ihm geradewegs in den Operationssaal, fuchteln mit ihren Pistolen und drohen, ihre Handgranaten zu zünden, wenn wir uns nicht beeilen. So bleibt uns nichts anderes übrig, als die begonnene Operation zu unterbrechen und uns um den PLO-Kämpfer zu kümmern – und wehe uns, wenn etwas schiefgeht! Eines Tages starb einer von ihnen auf dem Operationstisch. Der Chirurg zog es vor, sich im Operationssaal umzukleiden und durch die Hintertür zu flüchten, um den Freunden des Toten nicht unter die Augen treten zu müssen!«

Er lachte auf, doch Lamia sah die Anspannung in seinen Augen.

»Komm, wir gehen den Berg hinauf«, schlug sie vor. »Es ist so schön, ohne Angst spazierengehen zu können, und wer weiß, wie lange es noch möglich sein wird.«

»Wähne dich nur nicht allzusehr in Sicherheit«, entgegnete er trübsinnig. »Fünfundachtzig Menschen wurden in den ersten vierundzwanzig Stunden nach dem Waffenstillstand getötet. Die Heckenschützen haben sich so an ihre Gewehre gewöhnt, daß sie sie nicht mehr aus der Hand legen können.« Doch als sie den Hang hinaufstiegen, vergaßen sie den Krieg und dachten nur noch an sich.

Lamia blieb hier und da stehen und pflückte Blumen. Es war der Höhepunkt der Blütezeit, kurz vor Eintritt der Dürremonate. Auf den Frühlingswiesen hoben sich die Farben und Schattierungen der verschiedenen Blumen voneinander ab: hell- und dunkelrosa Alpenveilchen, leuchtendrote Anemonen, große weiße Gänseblümchen, rosafarbener, sternenförmiger Affodill, blaue Lupinen und violette Hyazinthen. Die Farben und der Duft vertieften Lamias Freude, und sie war völlig darin versunken, als Nicolas ihr plötzlich eine Frage stellte:

»Wo ist Muhmi? Ich habe ihn vorhin im Haus nicht gesehen.«

Sie sah hoch und antwortete ruhig: »Er ist wieder bei seinen Leuten. Komm, wir wollen uns dort auf die Mauer unter den Feigenbaum setzen, da werde ich dir alles erzählen.«

Sie erzählte ihm alles: wie sie sich Jesus bei der Versammlung an jenem Samstagnachmittag anvertraut und seine Liebe in ihr Herz eingelassen hatte. Sie erzählte von der Entscheidung, die sie danach getroffen hatte, von der Begegnung mit der Großmutter und ihrer inneren Leere, die daraufhin entstand. Er hörte ihr mit wachsender Freude zu, denn wenn sie diesen lebendigen Glauben mit ihm teilte, der sein eigenes Leben völlig verwandelt hatte, dann sah er kein Hindernis, das sich ihrer gemeinsamen Zukunft entgegenstellen könnte.

»Du hast richtig gehandelt«, sagte er, als sie geendet hatte, »aber ich kann mir gut vorstellen, wie schwer es für dich gewesen sein muß.«

»Ja ... und trotzdem, irgendwo tief drinnen bin ich glücklicher. Nachdem die Schulen wieder geschlossen wurden, hatte ich in den vergangenen Wochen mehr Zeit. Ich habe in der Bibel gelesen, die du mir gegeben hast, und habe schon eine Menge gelernt.«

»Was denn?«

Sie blickte den Hang hinauf zu der Stelle, wo eine Reihe Zypressen das Grab verbarg. Sie zögerte und spielte mit ihren Blumen.

»Sag mir's!«

Sie lächelte ihn an. »Ich habe etwas über die Toten und über das Sterben gelernt. Sie schienen so verloren und so weit weg zu sein. Ich habe immer wieder den Abschnitt in Jesaja gelesen, den du mir damals gezeigt hast. Auf einmal wurde mir klar: Wenn Christus wirklich unsere ganze Schuld auf sich geladen hat und wir durch die Wunden, die er erlitten hat, heil geworden sind, weshalb sollten wir dann noch zu leiden haben? Wenn wir im Glauben an ihn sterben, dann ist uns doch vergeben worden, und Christus heißt uns bei sich willkommen.«

»Ja, das nehme ich an; ja, ich glaube, so ist es.« Nicolas hatte darüber noch nicht nachgedacht, aber er hatte ja auch keine nahen Verwandten verloren.

»Und dann können sie auch nicht weit weg sein, verstehst du? Ich meine, sie sind bei Christus, und Christus lebt in mir, und je näher ich Christus bin, desto näher sind wir uns alle. Sie haben die Liebe erreicht, und ich fange an zu lieben – oh, ich kann es nicht gut erklären, aber ich lerne immer mehr über die Liebe.«

»Und ich auch«, dachte der Junge, als er ihr glühendes, bewegtes Gesicht betrachtete und die Schatten der jungen Feigenblätter auf ihrem Haar. Aber laut sagte er nur: »Was genau lernst du?«

Sie seufzte. »Ich weiß nicht, wie ich es ausdrücken soll«, antwortete sie. »Ich stelle eben fest, daß es wahr ist, was Mutter sagte, als sie starb: ›Alles andere außer der Liebe ist unwichtig‹.«

18 *Es ist dir verziehen*

In einer dramatischen Parlamentssitzung wurde am 8. Mai ein neuer Staatspräsident gewählt. Aber jedermann war sich im klaren darüber, daß die Lage sich zusehends verschlechterte. Der neue Präsident würde wenig ausrichten können, da der vorherige sich weigerte, vor Ablauf seiner Wahlperiode im Herbst zurückzutreten. Zwar war der siebenundzwanzigste Waffenstillstand ausgerufen worden, doch immer noch gab es solche, die verbissen weiterkämpften, und einige Tage später wurden fünfzehn Christen ermordet als Vergeltungsmaßnahme für neun entführte und ermordete Moslems. Daraufhin brach die reinste Hölle los. Alle politischen Gruppierungen waren entschlossen, den ihnen zugefügten Schaden zu vergelten, und die Stadt spaltete sich allmählich in getrennte Viertel auf, die von den Christen und den Moslems jeweils selbst verwaltet wurden. In gewisser Hinsicht war das für die Bewohner von Vorteil, denn immerhin wagten sie sich nun auf die Straßen und begannen, die Berge stinkenden Abfalls wegzuräumen. In der Zwischenzeit hatte jeder Haushalt versucht, den eigenen Abfall zu verbrennen und sich an den sauren, beißenden Rauch zu gewöhnen. All das gehörte zur neuen Lebensweise.

Wenn es Sami gelang, sich während einer Gefechtspause aus dem Haus zu stehlen, kam er regelmäßig mit jungen Kätzchen zurück. Auf den riesigen Abfallhaufen wuchs die Katzenbevölkerung unbeschreiblich, und es wimmelte nur so von halbverhungerten Katzenkindern. Im ganzen gesehen waren die Katzen jedoch recht nützlich, denn sie hielten die Ratten in Schach, die sich ebenso schnell wie sie vermehrten. Sami konnte den Kätzchen einfach nicht widerstehen. Lamia und Laila schimpften ihn zwar gehörig aus, aber er zog sich mit seinen Pfleglingen einfach in den Garten zurück und hoffte, daß sie ihn und die Katzen vergessen würden. Bei seinen Kätzchen fand er Trost, und obwohl die Lebensmittel äußerst knapp wurden, teilte er seine mageren Rationen mit ihnen.

Am Rand der Vororte, wo sie wohnten, war es etwas leichter, Nahrungsmittel zu erhalten. Die Leute vom Land rollten Karren mit frischem Gemüse, Eiern und Hühnern bis an den Stadtrand und konnten dafür verlangen, was sie wollten. Im Garten reiften Pflaumen, Aprikosen und die ersten Feigen. Sie fällten einen Baum, und wie der Sommer vorrückte, wurde Sami Experte für Lagerfeuer, denn die Elektrizität fiel oft tagelang aus, und sie kochten im Garten. Auch die Wasserversorgung wurde zum Problem, und oft mußten sie an einem einzigen Wasserhahn auf der Straße Schlange stehen. Mittlerweile wurde es immer heißer, und der Abfall verfaulte und stank ekelerregend in der Trockenheit.

Als die palästinensischen Guerillas und die libanesischen Moslems gegen die Christen zu gewinnen drohten, griff Syrien ein und ließ am 31. Mai ein großes Truppenkontingent im Libanon einmarschieren. Die syrischen Verbände kamen den rechtsgerichteten Milizen zu Hilfe, blieben aber zunächst oberhalb Westbeiruts, der Hochburg der Linken, stehen, um einen verlustreichen Straßenkampf zu vermeiden.

Dennoch mußten immer mehr Menschen ihr Leben lassen. Zahlen bedeuteten nichts mehr, als neue und schreckliche Waffen auf den Straßen erschienen. Zu oft wurde wahllos drauflosgeschossen, wobei die eigentlichen Ziele verfehlt wurden. Zehn kleine Kinder starben, als eine Granate einen Kindergarten traf, und fünfzehn Erwachsene, als eine andere in einer Warteschlange vor einem Kino einschlug. Nichts konnte dagegen getan werden, und die restliche Bevölkerung, wie betäubt durch all diesen Horror, war vollauf mit dem immer größer werdenden Problem beschäftigt, wie sie den nächsten Tag überleben könnte.

Aber die Lage sollte sich weiter verschlechtern, und die Menschen verließen das Land wie Ratten ein sinkendes Schiff. Nach einer Reihe wunderschöner Junitage wurde der Flugverkehr erneut eingestellt, nachdem der Flughafen mehrfach beschossen worden war. Die Ermordung des amerikanischen Botschafters beschleunigte den Abzug fast aller Ausländer, die entweder auf dem Seeweg oder in langen Konvois mit freiem Geleit durch die verschiedenen Milizen entlang der Küste, über das Libanongebirge, nach Damaskus evakuiert wurden. Abgeschlossen von der Außenwelt, sich selbst überlassen, schien das Land seiner totalen Zerstörung entgegenzugehen.

Anfangs hatte Lamia wie jedermann mit dem Ohr fast ständig am Radio geklebt, wenn es funktionierte. Doch allmählich machten das anstrengende tägliche Leben und die Sehnsucht sie beinahe unempfänglich für das, was draußen geschah. Denn irgendwo unten in der Stadt, mitten im Gewehrfeuer und Granatenhagel, arbeitete Nicolas, und sie bekam keine Post, keinen Telefonanruf, keine Nachricht übermittelt. Wenn er getötet worden war und man seine Leiche zusammen mit anderen in ein Massengrab geworfen hatte – sie würde nie davon erfahren. Ihre Liebe zu ihm war wie das Licht des anbrechenden Tages stetig gewachsen. Jetzt erkannte sie, welch tiefe Dunkelheit herrschen würde, wenn dieses Licht ausgelöscht werden würde.

Die Tage waren lang und heiß, und wie Sami bei seinen Kätzchen Trost suchte, so wandte sich Lamia ihrer Bibel um Trost zu. In ihr fand sie die nötige Kraft, um weiterzuleben. Sie wurde sich immer mehr der Nähe des Einen bewußt, der gelitten und die völlige Entsagung und den Tod erfahren hatte. Der Tod war nicht länger das dunkle Ende, denn Christus war durch ihn hindurchgegangen und hatte die Tür geöffnet zum ewigen Leben. Und ihr Weg in die Zukunft bestand darin, Christus besser kennenzulernen. »Wer meine Weisungen annimmt und sie befolgt, der liebt mich wirklich . . . Auch ich werde ihn lieben und ihm zeigen, wer ich bin.« Deshalb wollte sie während der lauten, schrecklichen Tage des Eingesperrtseins lieben und gehorchen, wollte um ihres Vaters und Samis willen fröhlich bleiben und trotz ihres eigenen schweren Herzens die arme, zitternde alte Laila trösten. Ihr wurde dabei gar nicht bewußt, wie sehr alle immer mehr bei ihr Halt suchten und von ihr abhängig wurden.

Doch während nun endlich die Aufmerksamkeit der ganzen Welt auf den Libanon gerichtet war, während die arabischen Nachbarländer sich berieten und feilschten und sich die Christen und Moslems immer weiter in zahlreiche kleine Splittergruppen aufspalteten, braute sich neues Unheil über Beirut zusammen. Diesmal betraf es auch Lamia und ihre Angehörigen, denn es fand praktisch vor ihrer Haustür statt. Jetzt, wo endlich wieder Ordnung einzukehren schien, zog sich die Miliz der christlichen Rechten zusammen zum letzten großen Versuch, die Feste ihrer Feinde zu zerstören. Mit Hilfe der syrischen Artillerie umzingelte sie die Palästinenserlager, die im Osten, im »christlichen« Teil der Stadt lagen.

Lamia war mit ihren Gedanken vor allem bei der Schlacht, die um das zur Festung ausgebaute Lager Tell Zaatar jenseits des Orangenhains tobte. Denn mitten in dieser flammenden Hölle befand sich der kleine Muhmi. Die Belagerung begann im Juni. Obwohl man wenig von den Zuständen im Lager erfuhr, kreisten doch bald Gerüchte über die unerträglichen Lebensbedingungen in dieser Sommerhitze. Der Gedanke an ihren fröhlichen kleinen Jungen verfolgte Lamia Tag und Nacht. Sie stellte sich vor, wie er hungerte, krank und durstig war, und ein Brief von Nicolas, den er durch einen Überbringer schickte, trug nicht dazu bei, ihre Angst zu mindern. Nicolas berichtete ihr, wie das Rote Kreuz es mit großem Mut und diplomatischem Geschick erreicht hatte, einen Ambulanzwagen ins Lager zu schicken, um die Menschen mit den gefährlichsten Verletzungen herauszubringen, und seine Berichte bestätigten alle Gerüchte.

Ein Brunnen nach dem anderen wurde in diesem Gebiet verseucht, und die Ruhr war in großem Umfang ausgebrochen. Mangel an Lebensmitteln, Arznei, Wasser und Hygiene verwandelte das ganze Lager in eine stinkende, sonnendurchglühte Todesfalle. In der Nacht wurden die Toten in einem Massengrab beerdigt, während ein Scheich aus dem Koran vorsang. Er flüsterte, damit die Töne nicht den Kugelhagel des Feindes auf sie lenkten. Lamia konnte jetzt kaum etwas anderes tun als warten: In endlosen Schlangen stehen und auf kleine Lebensmittelrationen warten; am Wasserhahn ihrer Straße warten, bis sie an die Reihe kam und ihre Eimer füllen konnte; im Keller auf das Ende der Artilleriegefechte warten und in den Gefechtspausen auf den Neuangriff warten; während der schwülen, lauten Nächte auf den Morgen warten und in der sengenden Hitze des Tages auf den etwas kühleren Abend warten. Doch während dieser Tage, in denen sie fast ständig an Nicolas und Muhmi dachte, entdeckte sie die Psalmen in der Bibel und begann, sie zu ihren eigenen Gebeten zu machen. »Bewahre sie, wie man sein eigenes Auge schützt, und gib ihnen Zuflucht unter deinen Flügeln! Du siehst ihre Feinde, diese Verbrecher; sie kreisen sie ein, sie wollen sie vernichten!«*

Gegen Mitte August hörten sie dann, daß die christlichen Milizen Tell Zaatar gestürmt hätten und die Belagerung vorbei sei. Sami, der alles mitzukriegen und während der Gefechtspausen überall hinzugehen schien, war völlig aufgeregt wiedergekommen: jetzt würde der starke Beschuß sicherlich ein Ende haben, und ihre Feinde würden ein für allemal ausgerottet sein! Doch Lamia freute sich nicht. Würde Muhmi sterben, oder würde man ihn diesmal unter dem Körper seiner Großmutter finden? Und würde sich dann jemand um ihn kümmern? Oder würde er das Schicksal Hunderter Babys und kleiner Kinder teilen müssen?

* Psalm 17, 8.9

Und dennoch – wie sah das Schicksal dieser Kleinen aus? Ein paar verwirrende Stunden oder Augenblicke der Verzweiflung und Qual, aber dann würden sie für immer zu Hause sein, geheilt und vollkommen gemacht, und die verrückte, haßerfüllte, mordgierige Welt des Krieges würde hinter ihnen liegen. Sie würden niemals hassen, kämpfen oder weinen. Sie würden in der sie umgebenden Liebe zu ihrer vollkommenen Erfüllung heranreifen. Jede Stunde dieses Tages war Lamia sich der Nähe und Freude ihrer Toten bewußt. Der Lärm war ohrenbetäubend, denn eine christliche Milizeinheit feuerte vom Süden ihres Vorortes aus, doch wie sich der Tag dahinzog, ebbte das Donnern ab. Als Lamia an diesem Abend den schmutzigen, rauchgetrübten Sonnenuntergang betrachtete, spürte sie, wie ein müder Frieden in ihr einzog. Sie kochte ihrem Vater und Sami ein mageres Abendessen, stieg in den Keller hinab, legte sich auf ihre Matratze und war bald darauf tief eingeschlafen.

Es mußten einige Stunden vergangen sein, als sie von einem leichten Klopfen erwachte. Sie stützte sich auf ihren Ellbogen und schaute zu ihrem Vater und Sami hinüber, die neben ihr schliefen. Es war nun still, und sie wollte die beiden nicht wecken. Sie schlüpfte in ihren Morgenmantel und stieg in den ersten Stock hinauf zum Fenster, das sich über der Eingangstür befand. Sie stellte sich so, daß sie in Deckung war, öffnete es einen Spalt und rief: »Wer da?«

Drei Gestalten traten in den Mondschein: ein junger Mann, der, mit einem Gewehr in der linken Hand, fluchtbereit dastand, eine Frau, die mit flehender Gebärde die Hände zu ihr emporhob und ein kleines Kind, das still zu ihr hochsah. Ohne Zweifel – diese kleine, stramme Gestalt, die schwach winkte, war ihr wohlbekannt. Alle Vorsicht außer acht lassend, rannte Lamia zum Eingang, und einen Augenblick später lag Muhmi in ihren Armen. Sie hätte ihn noch eine lange Zeit umarmt und an sich gedrückt, wenn Aischa sie nicht ins Haus gedrängt hätte. »Laß uns hineingehen, meine

Tochter«, flüsterte sie mit trockenen Lippen, »laß mich alles erklären, dann werde ich gehen. Ich habe dir das Kind gebracht. Es ist keiner mehr da, der für es sorgen könnte. Aber wenn sie uns sehen, werden sie uns töten!«

Sie drängte sich regelrecht ins Haus und schloß die Tür hinter sich. Der junge Mann war verschwunden.

»Gib mir Wasser!« keuchte Muhmi. »Ich habe Durst.«

Sie ließen sich im Salon nieder, Lamia zündete eine Kerze an und holte Essen und Wasser.

»Wo ist der junge Mann?« fragte sie. »Wer war er? Und ist er in Sicherheit?«

Die Frau schüttelte den Kopf. Sie war eigentümlich blaß und schien nur mit Mühe atmen zu können.

»Er wird sicherlich erschossen werden«, sagte sie schlicht. »Wir wohnen am Rand des Lagers, und als eure Leute heute morgen das Lager stürmten und zu schießen begannen, versteckten wir uns hinter einer Dornenhecke im Orangenhain. Kamal wohnt nebenan, er kennt euer Haus und weiß, wie sehr du das Kind liebst. Er hat seinen rechten Arm verloren und ist auf dem einen Auge erblindet. Er kann nicht mehr kämpfen, aber er zeigte uns den Weg durch den Orangenhain. Er will versuchen, in den Westteil zu fliehen, aber ich glaube nicht, daß es ihm gelingen wird. Eure Leute werden ihn schon erwischen. Sie töten erbarmungslos.«

Kamal! Er war bis vor ihre Haustür gekommen, und Lamia verspürte auf einmal das wilde Verlangen, ihm gegenüberzutreten. Ob sie ihn töten oder ihm vergeben wollte, wußte sie nicht. Sie rannte mutig in den Garten hinaus. Der Junge war immer noch da. Er kauerte im dunklen Schatten des Torpfostens, um allen Mut zu sammeln, bevor er auf diese Straßen hinausschlüpfte, wo der Tod lauerte.

»Kamal!« sagte sie.

Er sprang herum, riß sein Gewehr in Position, und sein Finger schnellte zum Abzug. Doch als er sie unbewaffnet im Morgenrock vor sich stehen sah, ließ er sein Gewehr zu Boden fallen und versuchte, sein entstelltes, vernarbtes Gesicht mit der Hand zu bedecken. Er zitterte am ganzen Körper, aber er bat nicht um Gnade, und sie standen sich einen Augenblick unschlüssig gegenüber. Beide waren sie hin- und hergerissen von widerstreitenden Gefühlen und wußten nicht, was sie sagen oder tun sollten.

Er brach das Schweigen. »Ich brachte dir das Kind«, murmelte er.

»Ja, das sehe ich. Danke! Was wirst du nun machen?«

»Ich weiß es nicht; ich werde versuchen, in den Westen zu gelangen.«

Amin schien ihr sehr nahe zu sein. Er war nicht kalt und tot, sondern lachte, wie er immer gelacht hatte. »Das ist doch jetzt egal«, schien er zu sagen. Und ihre Mutter, so friedevoll wie zu ihren Lebzeiten: »Lieben, vergeben – alles andere ist unwichtig!« Lamia holte tief Luft.

»Möchtest du einen Schluck Wasser, Kamal?« fragte sie.

Er starrte sie an, als sähe er ein Gespenst vor sich. Sein Gesicht, oder was davon noch übrig war, erblich.

»Wasser? O ja, ich sterbe fast vor Durst. Wir haben den ganzen Tag lang nichts zu trinken gehabt. Aber ich möchte nicht, daß dein Vater mich sieht.«

Sie brachte ihm Wasser und kalte Makkaroni und stand neben ihm, während er sie hinunterschlang. »Jetzt gehst du besser!« sagte sie schließlich. »Über dem Meer wird es schon hell, und wenn sie dich in diesem Viertel finden, erschießen sie dich. Wenn du nach unten durch unseren Garten gehst, triffst du auf einen Pfad, der zur Hauptstraße führt. Vielleicht schaffst du es. Ich muß unseren Wasservorrat sorgfältig einteilen, aber hier hast du eine halbe Flasche voll.«

Er wandte sein Gesicht so, daß er sie voll mit seinem sehenden Auge anblickte. Sein wilder Stolz kämpfte mit seiner Furcht und seinem Elend. Doch bevor er ging, flüsterte er, schon halb abgewandt: »Ismahli!«, den üblichen Ausdruck für »verzeih mir«.

Und Lamia gab die korrekte Antwort: »Mesmuh!« – es ist dir verziehen – und ging leichten Herzens ins Haus zurück, denn jetzt wußte sie endlich, daß sie keine Feinde hatte.

19 Der Regenbogen

Lamia schloß leise die Tür und ging auf Zehenspitzen in den Salon zurück.

Muhmi, der viel getrunken und etwas gegessen hatte, hatte den Kopf in Großmutters Schoß gelegt und schlief schon fest, und Lamia starrte ihn sicher eine halbe Minute lang an. Er war sehr abgemagert und von Kopf bis Fuß schmutzig. Seine Locken waren verfilzt vom Staub und von vertrocknetem Gras, seine Augen eingesunken durch den Wassermangel. Doch er war heil und unversehrt, und sie bückte sich und küßte ihn sanft. Dann wandte sie sich der Frau zu, die zusammengesunken auf dem Sofa saß und röchelte.

»Sind Sie krank?« fragte Lamia. »Möchten Sie sich vielleicht hinlegen?«

»Laß mich ein wenig ausruhen«, bat die Frau bescheiden, »dann werde ich gehen. Wir flohen am frühen Morgen, als die große Schießerei losging. Als eure Soldaten hereinstürzten, schien es, als versuchten Tausende, aus dem Lager zu flüchten. Ganze Familien, Männer, Frauen und Kinder, wurden niedergeschossen, während sie um ihr Leben liefen, und stürzten alle auf einen Haufen. Ich wurde angeschossen, aber ich starb nicht und Kamal, unser Nachbar, war freundlich zu uns. Auch er liebt das Kind. Mein Schwiegersohn, Muhmis Vater, wurde vor drei Wochen während der Belagerung getötet. Kamal zerrte uns hinter eine Dornenhecke außerhalb des Lagers. Den ganzen Tag lagen wir dort, ohne etwas zu essen oder zu trinken. Doch wir hatten etwas Schatten, gelobt sei Gott! Wir warteten noch lange, bis wir in den ersten Morgenstunden durch den Orangenhain krochen und Kamal uns euer Haus zeigte. Ich habe dir das Kind wiedergebracht, weil du es geliebt hast, und hier wird es in Sicherheit sein. Ich ... ich werde bald zu meinem Schöpfer gehen. Es ist egal, ob die Christen mich erschießen, denn ich werde in jedem Fall sterben.«

Ihr Bericht war von schmerzhaften Hustenanfällen unterbrochen worden. Jetzt streckte sie den Arm hoch und versuchte aufzustehen, doch sie sank erschöpft zurück.

»Sie können hierbleiben«, sagte Lamia. »Keiner braucht davon zu erfahren. Wo ist Ihre Wunde?«

Die Frau deutete auf ihre Seite und zog die Kleider zurück, die steif waren von getrocknetem Blut. Zwischen den Rippen befand sich eine häßliche, blaue Wunde. Die Kugel war höchstwahrscheinlich in die Lunge eingedrungen. Es war fast aussichtslos, in diesen Zeiten schnell einen Arzt zu bekommen. Lamia hatte keine Ahnung, was sie tun sollte, aber Laila hatte Erfahrung mit Krankheit und Leid. Laila würde wissen, was zu tun war.

Es dauerte einige Zeit, bis Laila wach war, und es dauerte noch eine Weile, bis sie begriffen hatte, worum es ging. Danach schien sie aber plötzlich ganz in ihrem Element zu sein. In ihrer Familie waren Schußwunden an der Tagesordnung gewesen, und sie hatte ihren eigenen Sohn gesundgepflegt, der in fast derselben Verfassung gewesen war wie Aischa jetzt. Lamia beobachtete Laila erstaunt und half ihr, wenn sie sie darum bat. Die alte Frau wusch die Wunde, wechselte die verschmutzte Kleidung mit äußerster Behutsamkeit und murmelte dabei tröstende, zärtliche Worte. »Ist das nicht eigenartig«, dachte Lamia. »Laila schimpfte immer über die Palästinenser, aber ich glaube, diese Frau ist für sie nichts anderes als eine Patientin, und ihre Nationalität ist wie ausgelöscht. ›Bellende Hunde beißen nicht‹ – das trifft auch auf Laila zu!«

Es war etwas schwieriger, ihrem Vater zu erklären, weshalb sie ausgerechnet in der jetzigen Lage eine kranke Palästinenserin verbergen sollten, doch als er Muhmi erblickte und über die Ereignisse im Bilde war, zuckte er die Achseln und erlaubte, sie dazulassen. Sami mußte allerdings schwören, nichts auszuplaudern. Während das Radio den wunderbaren Sieg der Rechten in den Äther plärrte, der Geschützdonner aufhörte und eine ungewöhnliche Stille eintrat, lag Aischa im Sterben, denn die Kugel war tief eingedrungen. Elias war fortgegangen, um ärztliche Hilfe zu holen, aber es schien unwahrscheinlich, daß er sie rechtzeitig finden würde.

Laila saß den ganzen Tag über bei Aischa und umsorgte sie. Lamia wusch Muhmi, gab ihm zu essen und legte ihn zu seiner Großmutter aufs Bett, damit sie ihn neben sich spürte. Er war geschwächt von der leichten Ruhr, die er hatte, und ausgehungert und hatte keine Energie, herumzutoben oder zu spielen. Aischas Temperatur stieg an, und trotz ihrer Atembeschwerden schien das Fieber sie gesprächig zu machen. Manchmal verlor sie jeglichen Zeit- und Ortsbegriff und war wieder in ihrem Heimatland Palästina. Sie war eine fröhliche, junge Frau von vornehmer Herkunft gewesen, bevor die Israelis ihre Heimatstadt zerstört und ihren Mann vor ihren Augen erschossen hatten. Sie hatte sich mit ihren kleinen Kindern in den Libanon geflüchtet. Ihre Kinder wuchsen im Lager auf. Danach hatte der Krieg sie eins nach dem anderen hinweggerafft. Nun war nur noch Muhmi übrig. Aber jedesmal, wenn ihr Blick auf ihm ruhte, legte sich ein Ausdruck tiefster Zufriedenheit auf ihr Gesicht.

»Unser Volk besteht nur aus staatenlosen Flüchtlingen. Wir haben kein Heimatland mehr, und kein Land der Erde will uns aufnehmen. Aber Muhmi wird ein Zuhause haben . . . er wird geliebt werden . . . er wird eine Nationalität und ein Heimatland haben . . . er gehört zu euch . . . er wird wissen, was Frieden heißt . . . Gott hat sich seiner erbarmt.« Diese Sätze murmelte sie von Zeit zu Zeit, doch während der Tag sich dahinzog, geriet sie in immer größere Atemnot und redete kaum noch etwas. Laila saß neben ihr, kühlte ihr Gesicht, stützte sie und gab ihr immer wieder ein wenig Wasser zu trinken, und Lamia schaute ab und zu herein. Als sie Muhmi abends dann zu Bett gebracht hatte, kam sie ebenfalls und setzte sich in der Dämmerung zu Aischa. Nach einer Weile holte sie ihre Bibel und las die Verse vor, die sie erst vor kurzem entdeckt hatte: »Ich bin gewiß, daß uns nichts von dieser Liebe trennen kann: weder Tod noch Leben, weder Engel noch andere Mächte, weder Gegenwärtiges noch Zukünftiges, weder etwas im Himmel noch etwas in der Hölle. Durch Jesus Christus, unseren Herrn, hat Gott uns seine Liebe geschenkt. Darum gibt es in der ganzen Welt nichts, was uns jemals von Gottes Liebe trennen kann.«*

Aischa glaubte, Lamia hätte ihr aus dem Koran vorgelesen, und freute sich darüber. Doch das Wort, das jeder versteht, das keine Grenzen kennt, das Rasse und Farbe überschreitet und alle Schranken durchbricht, erreichte sie: »Gottes Liebe«, flüsterte sie und lächelte. »Und das Kind ... du hast Muhmi geliebt ... du wirst ihn immer liebhaben ... versprich, daß du ihn immer liebhaben wirst!« Und Lamia versprach es ihr, ohne auch nur im geringsten zu zögern.

Aischa starb sehr früh am nächsten Morgen beim ersten Hahnenschrei. Laila, die immer noch wach war, hielt ihre Hand. Der Rest des Haushalts schlief weiter in dieser ungewohnten, befremdlichen Stille. Als sie erwachten, war alles bereit für die Beerdigung, und die Luft flimmerte schon vor Hitze. Elias und Sami und einige Nachbarn hoben ein Grab am Hang aus und bestatteten Aischa in Richtung Sonnenaufgang, wie sie es sich gewünscht hätte. Lamia begleitete sie nicht zur Beerdigung. Sie blieb mit Laila und Muhmi zu Hause. Als Muhmi gesagt wurde, daß seine Großmutter für immer weggegangen sei, senkten sich seine Mundwinkel nach unten, und seine Augen füllten sich mit Tränen. Dann lag er lange still in Lamias Armen und starrte ins Leere. Doch er akzeptierte es, wie er all die Veränderungen, die Gewalt und das plötzliche Sterben in seinem kurzen Le-

* Römer 8, 38.39

ben akzeptiert hatte, und wurde gegen Abend wieder etwas lebhafter. Laila, die sich über seinen Weggang so gefreut hatte, kümmerte sich plötzlich rührend um ihn. Allerdings bestand kein Zweifel, daß er als ein anderes Kind zurückgekehrt war: gebändigt, gehorsam und irgendwie liebevoll.

Obwohl die Heckenschützen verbissen weiterkämpften, konnte man feststellen, daß der Krieg ein Ende hatte, und man machte sich an die Aufräumungsarbeiten. Die Hitze war erdrückend, der Unrat stank, und die Häuserruinen qualmten noch, aber als die Tage ins Land zogen, floß in den Häusern wieder das Wasser aus den Hähnen, und das elektrische Licht ging wieder an. Der Sommer neigte sich seinem Ende zu, die Granatäpfel reiften, und die Blätter in den Weinbergen färbten sich rotgold. Dann setzte der Frühregen ein, und beinahe über Nacht schossen die Krokusse an den Hängen aus dem blutdurchtränkten, durch Granateinschläge vernarbten Boden, und das zarte Grün neuen Wachstums fiel wie ein Schleier über das Land. Doch es tobten immer noch kleinere Kämpfe, die Schulen blieben geschlossen, und die Menschen hielten sich möglichst in der Nähe ihrer Häuser auf und hofften auf bessere Zeiten. Für viele würde das Leben nie mehr richtig beginnen. Man schätzte die Zahl der Toten auf vierundvierzigtausend und die der Verwundeten auf einhundertachtzigtausend. Der Krieg hatte zu tiefe Wunden hinterlassen. Man würde die zerstörten Häuser wiederaufbauen, doch die gebrochenen Herzen konnte man nicht so leicht heilen. Die bitterste Pille war jedoch, daß augenscheinlich keiner von dem hohen Preis profitiert hatte.

An einem kühlen Novembertag marschierten die Friedenstruppen der arabischen Liga ins Land. Sie bestanden hauptsächlich wiederum aus Syrern und besetzten alle wichtigen strategischen Punkte. Ein neuer Frieden war vereinbart worden. In manchen politischen Kreisen war man ärgerlich und mißtrauisch, in anderen freute man sich. Doch der gewöhnliche Mann auf der Straße, der des Terrors und des Blutvergießens überdrüssig war, empfing die Truppen mit offenen Armen. Der Frieden war – zumindest für einige Zeit – gesichert. Jetzt würde man ohne Angst in den Betten schlafen, Verwandtenbesuche machen können, die Geschäfte würden wieder öffnen und die Kinder draußen spielen.

Elias und Sami waren fortgegangen, um an dem Friedensfest teilzunehmen. Lamia saß vor dem Haus auf den Stufen im schüchternen Sonnenschein und versuchte, das Geschehen zu verarbeiten. Muhmi kam mit Spielzeug an und kletterte ruhig auf ihren Schoß. Sie spürte die Wärme und das Wachstum, die von seinem kleinen, dicht an sie gepreßten Körper ausströmten. Auch ihr eigener Körper pulsierte und wurde neu belebt, als sprudelten verborgene Quellen in ihr. Nicolas würde wiederkommen, vielleicht schon heute, und sie wußte, daß sie recht bald heiraten würden. Seinem Vater war es gelungen, den ganzen Krieg über sein Geschäft aufrechtzuerhalten, und sie hoffte, daß Nicolas bald sein Examen ablegen und als Medizinstudent ins Krankenhaus zurückkehren würde. Aber das hatte er selbst zu entscheiden. Huda würde nach Hause kommen und das Leben wieder neu beginnen. Die Kraft der Erneuerung regte sich so stark in ihr, daß sie sich völlig sicher war, eines Tages Nicos Kinder zur Welt zu bringen. Doch kein eigenes Kind würde von ihr jemals tiefer geliebt werden als dieser stramme kleine Junge auf ihrem Schoß – der zwar nicht die Frucht ihres Leibes war, aber die Frucht ihrer Qual und ihrer Gewissensnöte, ihrer Vergebung und ihres Sieges. Ja, er war wunderbarerweise zu einem untrennbaren Teil ihrer selbst geworden.

Rosa schien ihr sehr nah zu sein, als hätte das Leben einen Kreis geschlossen und sei wieder durch die Jahreszeiten bei einem neuen Frühling angelangt. Lamia war froh, daß sie und Nicolas, im Gegensatz zu ihren Eltern, einander schon vor der Hochzeit kennenlernen konnten. Ihre Liebe mochte vielleicht keine tieferen Wurzeln schlagen, aber sie würde vertrauensvoller, gesprächsbereiter und, besonders in den ersten Jahren, befriedigender sein. Sie war auch irgendwie froh, daß sie beide an dem allgemeinen Leid teilgehabt hatten, denn sie würden sich nun immer mitfühlend der Wogen der Angst und des Hasses bewußt sein, die draußen vor ihrer Tür schäumten und fluteten.

Ihr Heim erschien ihr wie ein kleiner Wasserlauf in der Wüste. Gott, die Quelle der Liebe, ergoß sich in Christus und suchte Zugang zu den Menschen. Gewöhnlich wurde ihm dieser verwehrt, aber hier und da fand er ein Herz, das dem Heiligen Geist gegenüber offen war. Dann strömte die Liebe durch hingebungsvollen Dienst, durch glückliche Familien und Kinder, die so erzogen wurden, daß sie Toleranz und Wohlwollen vor allen anderen Gütern wert achteten. Überall, wo dieser Fluß vorbeikam, entstanden Leben und Heilung. Grünes Gras bedeckte die Gräber, Ringelblumen und Ackerwinden verwandelten die Bombenkrater in Gärten, und lebendiges Wasser sprudelte in der Wüste hervor. Rosa hatte recht gehabt: Liebe war das Wichtigste und der einzige Weg zum Frieden.

Muhmi schnappte plötzlich nach Luft, drehte sich in ihrem Schoß um, packte sie bei der Nase, damit sie in die richtige Richtung sah und streckte seinen klebrigen Zeigefinger in die Luft.

»Guck mal!« rief er. »Es sind zwei!«

Sie blickte in die Richtung, in die Muhmis Finger zeigte, und staunte mit ihm. Die Sonne hatte die Wolken wieder durchbrochen, und ein großer, doppelter Regenbogen stand über der zerstörten Stadt. Er war so breit, so klar, so strahlend in seinem Versprechen, und er schien die gesamte Küste von Tyrus bis Tripoli zu überspannen.

***

DER BIBELLESEBUND ist eine internationale, überkonfessionelle Organisation. Sein Ziel ist es, durch seine Literatur und seine Veranstaltungen das tägliche, planmäßige Lesen der Bibel zu fördern und Menschen mit Jesus Christus in Verbindung zu bringen.

Als Hilfe für das persönliche Bibellesen gibt der Bibellesebund folgende Zeitschriften und Broschüren heraus:

Gott spricht mit mir – ich spreche mit ihm
Eine Anleitung für Kinder ab ca. 4 Jahre, 45 Seiten, farbig illustriert

Erste Schritte mit der Bibel
4 Bibelleseheft mit je 91 Erklärungen (3 Monate) für Kinder ab ca. 7 Jahre, je 96 Seiten, farbig illustriert

Guter Start
Vierteljährlich erscheinender Bibelleseplan mit Erklärungen für Kinder ab ca. 9 Jahre, mit Illustrationen, Rätseln, Fragen zum Beantworten, Liedern und Bastelvorschlägen

Geradeaus
Vierteljährlich erscheinender Bibelleseplan mit Erklärungen für Teenager ab ca. 13 Jahre, mit Illustrationen, Fotos und Comics, Fragen, Gebeten, Liedern und Rätseln

Profil
Vierteljährlich erscheinender Bibelleseplan mit Erklärungen für junge Erwachsene ab ca. 17 Jahre, mit Illustrationen, Denkanstößen und Fragen zum weiteren Studium

Orientierung (in der Schweiz auch in Großdruck erhältlich)
Vierteljährlich erscheinender Bibelleseplan mit Erklärungen für Erwachsene, mit Büchertips und Berichten aus der weltweiten Arbeit des Bibellesebundes

Anschriften des Bibellesebundes:

Deutschland	Postfach 1129 5277 Marienheide 1
Schweiz	Römerstraße 151 8404 Winterthur
Österreich	Postfach 237 5021 Salzburg

J. B. Donovan

Diamantenjagd

(aus der Reihe »Inspector Speed«, erscheint demnächst!)
176 Seiten

Eine Serie von Juwelendiebstählen bereitet der Londoner Polizei Kopfzerbrechen. Die Opfer gehören alle der High-Society an. Inspector Speed vermutet, daß der Täter selbst in diesen Kreisen verkehrt. Er kennt sich gut aus und geht mit großem Geschick vor. Doch von der Vermutung bis zum handfesten Beweis erlebt Speed mit seinem jungen Freund Vic nicht nur eine abenteuerliche Jagd – er wird auch persönlich herausgefordert. Wird er zugeben müssen, daß »frommes Wunschdenken« mit der harten Wirklichkeit unvereinbar ist? Oder stellt er persönliche Wünsche und Gefühle zurück, um Gottes Gerechtigkeit zu dienen?

John Prince

Das Geschenk der Sexualität

133 Seiten

»Nein, von diesem frommen Spießer lasse ich mich nicht belehren«, höhnte Bob. »Der predigt doch nur, daß wir brave Mädchen und Jungen sein sollen. Dabei hat er nicht die geringste Ahnung von moderner Liebe!«
Die Sexualität ist etwas Großartiges. Aber seltsamerweise haben wir gewaltige Probleme mit ihr. John Prince behauptet, daß Gott diese Probleme kennt, weil die Sexualität sein Geschenk an uns Menschen ist. Es ist deshalb wichtig zu wissen, was Gott zu diesem Thema sagt. Allerdings sind das keine billigen Patentantworten, sondern helfende Leitlinien für junge Leute.